云落凡尘
YUN LUO FANCHEN

时代出版传媒股份有限公司
安徽文艺出版社

丁东亚，1986年生，祖籍河南，现居武汉。湖北省作协签约专业作家。作品见《人民文学》《当代》《钟山》《花城》《山花》等期刊。有小说被《小说选刊》《小说月报》转载。曾获第十八届滇池文学奖、第七届湖北文学奖等。

新生代作家小说 精选大系

云落凡尘

丁东亚 ◎ 著

YUN LUO FANCHEN

时代出版传媒股份有限公司
安徽文艺出版社

图书在版编目（CIP）数据

云落凡尘/丁东亚著. —合肥：安徽文艺出版社，2023.4
（新生代作家小说精选大系）
ISBN 978-7-5396-7613-5

Ⅰ. ①云… Ⅱ. ①丁… Ⅲ. ①中篇小说－小说集－中国－当代②短篇小说－小说集－中国－当代 Ⅳ. ①I247.7

中国版本图书馆 CIP 数据核字（2022）第 222139 号

出 版 人：姚 巍	策 划：朱寒冬
责任编辑：宋晓津	装帧设计：徐 睿

出版发行：安徽文艺出版社　　www.awpub.com
地　　址：合肥市翡翠路 1118 号　　邮政编码：230071
营 销 部：(0551)63533889
印　　制：安徽新华印刷股份有限公司 (0551)65859551

开本：880×1230　1/32　印张：9　字数：180 千字
版次：2023 年 4 月第 1 版
印次：2023 年 4 月第 1 次印刷
定价：45.00 元

（如发现印装质量问题，影响阅读，请与出版社联系调换）

版权所有，侵权必究

目 录

半生雪 ■ 001

生事弥漫 ■ 033

云落凡尘 ■ 066

半夏生 ■ 138

明月照人来 ■ 161

野火 ■ 202

风行无址 ■ 231

请你将梦带出黑夜 ■ 256

半生雪

一

傍晚时分,薄雾在清寂的湖面上缓缓升起,弥散。远处的青山和建筑,在雾色中渐渐隐去。窗前野橘树上的橙黄橘果,果肉酸涩,风吹枝叶,有雨珠断续滴落下来。结伴而来的夜钓者,此时已在雨后的草地上搭好了帐篷。他们将钓竿从长方体手提箱中取出,组装完毕,在钓钩上挂好鱼饵,相隔坐开,水面的鱼漂就成为他们最为关注的所在。待夜色笼罩四野,他们打开 LED 灯,灯光在水面打出圆形或剑状的蓝色光束。秋日是钓鲫鱼的好时光。鲫鱼鲜美可口。但他们并非真正的美食者,收获多半会送人或卖掉,乐在垂钓之中。

早些时候,小渔村的人们尚沉浸在那场庄重热闹的婚礼中。伴娘们穿着灰色坠地长裙,手捧鲜花,跟在一身白色婚纱的新娘身后。教堂院门大开,阳光从门前的针叶松间落下,掠过花坛边沿,在两侧整齐摆放的鲜绿盆栽植物上短暂停留。等到她们一一跨过门槛，步入庭院，我快步跟了上去。

那时我刚从湖边回来。清晨去湖边散步，是我搬来小渔村后才有的习惯。通往湖边的青石小径，形若一条蜿蜒爬行的游蛇，藏身在野草杂花间。秋日湖水清澈，天空明净，时有迁徙的椋鸟成群飞过。我站在岸上，观察或谛听，风物却有了难言的苦味。

婚礼进行曲从教堂传出，几只鸽子飞落在喷泉水池边。饮水时，它们不时警觉地晃动脑袋，仿佛危险近在咫尺。我坐在青草坪上，想到新郎和新娘在牧师面前庄重宣誓——一生相伴，不离不弃——的画面，将戒指从无名指上取下。象征爱与责任的证物，一旦失去了往日的忠诚与圣洁，便再无意义可言。

仪式结束，新娘挽着新郎走出天主堂，与伴娘和亲人们沿着横穿花园的小路说笑而来，我起身离开。

新娘动人的身影此刻正慢慢模糊，就像被他们惊飞的鸽子一般。想到与她照面而过的瞬间，慌乱再次袭来。毋庸置疑，那张乖巧清秀的脸庞，让我想起多年来只可在梦中见到的女孩。时间：1990 年夏。赤脚走在河滩上的小男孩，在等待他下课前来的邻家玩伴。舒娜端坐在室内的一架钢琴前，手指轻轻敲击琴键，曼妙舒缓的音符悠然起落。等她打开窗户，喊出小男孩的名字，他迅疾地把手中捡到的光滑石块塞进口袋，爬上河岸。

如今,我已离开艾茅镇多年,在 G 城以码字为生。小镇民风古朴,盛产鱼、羊,一日日变得陌生,唯舒娜穿着那天的黄裙子,一直陪伴我左右。故事开始,她便不邀自来,故事结束,她又消失不见。二十六年来,她从未长大,以至我在每个爱过的女人身上,都会看到她的影子。我知道她们无法忍受自己是他者的替身,尽管我从未向她们说起任何有关舒娜的事情。或许终其一生,我们都要在爱之孤独里交相辉映,但孤独从不离去,唯爱日渐消遁。她们每一个离开,我都会大哭一场,哭完了,她们就成为夜空星辰的一员,只在记忆里无声闪烁。

事实上,我已很久没能写下一个完整的故事片段。那些无法写出的故事,仿佛在等待情人的召唤,只是短时缺席,空白暂由光线填补。

房间的灯光太过明亮。我把桌上尚未读完的《达洛维夫人》合上,将台灯关掉,黑夜即刻占据一切。藏身在黑暗里,我感到从未有过的轻松和安全。我相信,终有一天,我再不必为故事担忧,就像此刻,坐在椅子上,一动不动,只需闭上眼睛,想象小渔村人们的生活:系着围裙的女人在厨房准备饭菜,瓦罐里飘出阵阵诱人的煲汤香味;孩子们窝在沙发里看电视,猫儿温顺地依偎在他们脚边;年迈的妇人清理完院里低洼处的积水,弯身放下紧握的笤帚,清风拂过她苍老的手面。也许她早已不再做梦,因为梦境虚无(像我写下的故事),醒来后会带来悲伤……

我把灯打开,关上,打开。

手机遽然响起。

我看了一眼,按下接听键。

女儿隔空传来的哭声,仿若一道道温柔的刀光,砍落在我跳动的心房。近两年来,她对我已越来越陌生。我相信,某日我也会成为她生命里的一个幻影,就像舒娜之于我。不同的是,死去的人穿着新衣在别处生活,来去自由,再无俗世的烦忧。

"爸爸,爸爸,我想你……"

我猜到她一定是挨了训斥。

"爸爸,我把妈妈的镜子打碎了。"

"是不小心的对吗?"我试图为她找个借口。

"嗯,我不小心打碎的。"她哽咽着,"爸爸,你帮我买一个新镜子好吗,这样妈妈就不生气了。"

我一阵心疼。

电话挂断,女儿的哭声犹在耳畔。

夜色如谜。

我把灯再次关掉,继续深陷其中。

我不知道还能写出几个故事,但决定把舒娜写入其中一个。我会把它锁进抽屉,永不示人,将来每次出门,都随行李一同携带。如若某日它不幸遗失,我就彻底将舒娜忘记。她亦无须再认出我。即便她是涅槃的凤凰,在灰烬中得以重生,往生也已无迹可循。那时,我也可以从她的故事里挣脱,回到时光开始的地方,在时间的枝杈上找出游离的分身,附归本体,使自己获得完整。那时我就可以全身心去爱,再不会重蹈年轻时的覆辙。

十一岁那年,我和舒娜每月都结伴前往后山,去祭拜她的祖父。那个时近花甲之年的长者,一日在河边垂钓,意外溺死。尸体此后被一个在对岸浣洗床单的姑娘发现。他下葬那天,舒娜还躺在医院病床上。持续多日的高烧,已夺去她一半生命。值班的医生每小时前去探看一次,嘱咐护士要特别关注。我和母亲提着水果和舒娜喜欢的零食出现在病房的那个下午,她尚在昏睡,看上去又小又瘦。注入药物的葡萄糖滴瓶,悬吊在墙面的铁钩上,透明输液管和细细的针头连通着舒娜的身体。我盯着缓慢滴下的药液,想到的是从吊脚楼屋顶漏下的雨珠。我和舒娜把瓷盆和瓦罐放在漏雨处,水滴敲出的声响清脆悦耳。母亲坐在床沿,不顾护工的劝阻,轻抚着舒娜的额头和浓密柔顺的黑发,泪流满面。舒娜是她的得意门生,母亲早已将她视如己出。

我爬上河岸,穿好鞋子,舒娜已从楼上的那间练琴房下来。

夏日热浪滚滚。

我们在河街下坡的寿衣店买了香烛和纸钱,拐入一条通往后山的窄巷,拾阶而上。

敲门声响起时,我已吃了药,准备上床睡觉。开了门,房东大姐拿着一沓水电单,站在走廊声控灯下。

"两百七十三块三。"

我向她问好。她报以微笑,随之说出一个数字。

其实她比我仅年长一轮,外孙却已有两岁。小渔村五年前被政府纳入开发计划,她和丈夫才有幸告别以打鱼为生的生涯,在村里经营起一爿杂货铺。闲来无事,我会去店里坐坐,时而请她丈夫去附近的小餐馆喝酒,听他讲苦熬年月里的往事。生意好坏,他们并不在意,如今他们衣食无忧,已甚是满足。我回屋取了钱,交给她,告诉她不用找零,余下的算在下个季度。

大姐欣然应下,转身上了楼。

我从家中搬来那天,大雪满城。出门时,保姆在厨房烧饭;女儿盘坐在阳台置放玩具的木架前,专注于她用积木建造的城堡。《冰雪奇缘》是她时下最爱的动画片,艾莎和安娜是她理想中的玩伴。我把衣物装进行李箱,准备出门,她忽然跑了过来。我弯身,单膝跪地,将她紧紧抱在怀里。

"爸爸,你要早点回来。"

"嗯,你要乖……"

"爸爸,你回来的时候给我带个新玩具好吗?"

"嗯,爸爸一定给你买。"

"爸爸,你相信我会魔法吗?就像艾莎公主一样。"

"爸爸相信。"

"爸爸,"她一下挣开我,"爸爸,你想听我唱歌吗?"

我看着她,眼泪夺眶而出。

> 你想不想堆个雪人?
> 快跟我一起来,
> 我很久没有见过你……

女儿模仿起动画片里的安娜,在地毯上边唱边跳。我想着何时再回来看她,妻子开了卧室门,从房间走出。从我生病的那个春日夜晚开始,我们便再未同床共眠。此刻想来,那个草长风暖的春天犹如一场噩梦。那晚我正在淋浴,胃部突然疼痛起来。妻子闻声推门进来,我已面色苍白,满头大汗。医生和护士进门将我抬走时,女儿号啕大哭,哭声明亮:"爸爸,你不要死!我不要爸爸死……"

六年的婚姻生活,那是我和妻子唯一和平相处的一段时光。从医院回来,为了静养,我搬到了复式楼下书房隔壁的客房。然而,胃病夺去的不仅是我的食欲,我开始焦躁烦闷,整夜整夜无法入睡,无法继续那部尚未完成的小说。幻景出现时,舒娜就会出现,穿着那件鲜亮炫目的黄裙子,时而在后山上的那片坟地里疯跑,时而安静地坐在钢琴前,弹奏着一支无名的哀曲。

"你看见了吗?"一晚妻子端来熬好的中药,我对她说道。

"看见什么?"妻子莫名不已。

"你看见了吗,她从火里跑出来了……"

"谁从火里跑出来了?!"

妻子惊恐起来,舒娜就抱着那只我们一起埋在河边枫杨树下的兔子,微笑着退身,穿墙而去。

眼下,母亲寡居在小镇河街那栋三层小楼里。她一生生活节俭,不爱新衣,丰厚的退休金和一楼的铺面租金,多半已存入银行。四十年的教书生涯,除了那笔为数不多的存款,她其实一无所有。父亲一生风流多情,伤她甚深;我离家多年,电话里的问候根本无法慰藉她早已寒凉的心。时至今日,我依然记得那个登门前来跟母亲示威的姑娘。她年轻白净,口齿伶俐,有着一双魅惑人心的桃花眼。父亲带着她离开后,母亲坐在门前的台阶上,看着围观的人群散去,目光深邃而悲伤。我和舒娜在她两侧默默坐下,母亲看看舒娜,又转过脸看看我,忽然大笑起来。

女儿出生不久,妻子建议我将母亲接来,帮忙照看。我果断拒绝。

她追问究竟,我沉默不语。

似乎就是从那日开始,我们的婚姻出现了更大的裂缝。保姆到来后,妻子才得以从我们漫长的冷战中脱身,重新在工作之余找回自由。

深夜归来,她时常一身酒气。我设想某日她若酒后失德,一定会将全部过错归结于我对她的漠不关心。"你知不知道,我还在家里呢。"更早以前,她对我常年沉浸书里和自己书写的故事中,便抱以微词。女儿出生后,她质问中的"我"就成了复数。有一段时间,她清晨出门上班时,会偷偷从我书房书架上随意抽出一本小说,塞进随身的挎包,之后扔到楼下的垃圾桶。等她走远,我下楼把书捡回,擦拭干净,重新放回原处。我承认她并非我理想的人生伴侣。七年前那个与我彻夜长谈、性情温婉的女人,如若没有突然云霓一般消失不见,我想我也不会从 F 城逃离,来 G 城结婚生子。

放纵的生活告一段落,是半年以后。一日妻子早早回来,将保姆和孩子支开,下楼而来。我在奋笔疾书即将完成的故事,没有听到她的脚步声。故事里,一夜豪赌的男人推开房门,口渴难耐。妻子已在书房门外脱下那身质地光滑的丝绸睡裙。她一步步走近,双手落在我肩颈处,我回身看到的是她胸前微垂的那对丰乳。我起身将她抱住,我们唇齿贴合一处。雨歇云散,她径直走进淋浴间,仿佛先前的肉身欢愉从未发生。

但此后数周,她都没再参加任何聚餐活动。

自始至终,我都没有对妻子说出拒绝母亲前来的缘由。G 城是母亲的悲伤之地,她一生仅有的一次爱情,便是在此终结。她曾在日记里发誓,此生再不会涉足此地。十五岁那个冬日午后,母亲提着菜篮出门去街上采购食材,我潜入她的卧室,在她放钱的衣柜中翻找,无意间翻出了那本日记。躲在杂物间翻看时,我不禁被母亲的才情深深折服。此刻想来,如若母亲当年没有在那场刻骨铭心的爱情中遭到背叛,他们或许早已喜结良缘。即便真如她在日记中所言,母亲愿为他放弃音乐的追求,做一个贤妻良母,我坚信她也会在文学中重获新生和荣光。然而,美好一去不返。背叛者另觅新欢,母亲肝肠寸断。日记最后一页,她绝望而悲愤地写道:"我为你饱含深情,你随手弃投火中……我必须像对待胎死腹中的婴儿一样,把你葬在记忆深处的那片焦土之下。"

　　我在这个深秋的夜晚从梦中醒来,眼前首先浮现的是母亲怒目圆睁的画面。我把日记读完,走出杂物间,准备放回衣柜,迎面撞见了母亲。怔愣间,我忙把日记藏在身后。但她已看见,走上前,抬手给了我一记耳光。

　　"你竟然跟他一样!"我把日记交还,母亲已怒不可遏。

　　"我和他不一样。我才不会像他。"

　　"你们有什么不一样?!他偷人,你是偷人的秘密。"

　　"我没有……"

　　"你们都是浑蛋!浑蛋!……"

　　母亲一下把日记撕成两半。

　　最后,日记在煤炉炉膛中一页页化为了灰烬。

然而,等那炉膛的火光一点点变大、变大,最终就在梦里成了一道吞噬生命的巨焰。

那个夏日傍晚,我和舒娜从后山下来,一路吃着在灌木丛中采摘的野山莓。到了山下,舒娜突然提出要去制衣厂找她妈妈。为祖父购买香烛和纸钱,花光了她用来买练习册的费用。我选择与她一同前往。

舒娜进去,我在工厂门外等候。

厂院白墙上张贴的招工启事,枯燥乏味;从对面茶厂开出的一辆黑色桑塔纳,绝尘而去;我从口袋里掏出从河滩上捡回的小石头,蹲身玩起"抓子"游戏。喧嚷声从制衣厂房传来时,我正玩得痛快。等我把地上的石块抓在手中,迎着喊叫声跑去时,那间四层钢结构厂房已火光冲天。

我迅疾丢掉手里的石头,冲着从火中仓皇逃出的人影,一遍遍喊叫起舒娜的名字。

舒娜死后,我们家再没了欢笑声。很长一段时间,我都会梦到她在大火中惊怕哭喊的样子。我叫舒娜、舒娜,她回答我的是救我、救我。母亲把那间用来教授舒娜乐理知识的房间锁上,退还了培训学校预支的授课费,再不曾私下教授任何一个学生,变得寡言而冰冷。仿佛舒娜一死,她便在解脱中断了俗世的全部念想。对我,她亦不再严苛管教和细心呵护,任由我野蛮生长。甚至时隔多年,我在电话里告诉她结婚、女儿出生和离婚之事,她亦不悲不喜。仿佛多年前我也随舒娜一起葬身在了火海。

我穿好衣服,从出租屋走出,已是凌晨两点。小渔村的街巷,此时空空荡荡。人们紧闭房门,窗户半开,安然入眠。我在巷口树下的朦胧光影中点了一支烟,盯着墙上的一面蛛网。花蜘蛛躲在暗处,静待着猎物。我把烟灰弹落蛛网,它迅疾地爬了过去。片刻,我怀着愧疚的心绪,想要把网上的烟灰吹下,如同吹去落在记忆表层的那些不快,不料却造成了更严重的破坏。从肺部生发的有力气息将蛛网吹得七零八落。花蜘蛛仓皇而逃。

那条流浪狗就是那时从垃圾箱后闪出的。看到我,它怔了一下,但并不害怕。我跟着它走了一阵,它才有所惊觉,叼着那根骨头,不时停下回头看我。它停下,我也停下。我们走走停停,不觉来到了村口鱼塘边的那间小木屋。它用头抵开半掩的木门,走了进去,我想起那个住在小木屋的鱼塘看护人。他总是坐在小木屋门前的一把铁椅上,身若弓形(他是个罗锅),一声不响地紧盯着岸上垂钓的顾客。倘若有人混入偷钓,他便走过去拍拍偷钓者的肩膀,伸出一只手。偷钓人若拒绝交费,他便啊啊嚷叫起来(他天生不能说话)。

鱼塘原本与湖一体,如今三面被人工设置的障碍隔开。我呆立了片刻,继续向前,走到那块先前隐没在雾色中的收费牌前。水中荷叶半枯,丛中虫鸣声亮。我忽然心生顽童之趣,将手机上的手电筒打开,拨开不知是谁种下的菜薹,想要捉出一只。从前我和舒娜在河边的草丛中捉了蟋蟀,就将它们放进一只玻璃罐,藏在我房间的床下。我们喂它们土豆片、玉米粒、碎菜叶,直到它们一日莫名死掉。我们不敢让大人发现。瞒着他们,我和舒娜所做的每一件事情,都能得到双倍的快乐。把捕到的蝴蝶放进我房间的那次,我们最为开心。看着它们在房间飞来飞去,落在绣有花朵的窗帘上,书桌上,蚊帐上,我和舒娜仿佛身在蝴蝶王国,她是王后,我是国王。

然而,光亮照出的却是一根脐带,一侧连着血淋淋的肉块,另一端是个刚刚成形的婴孩。我惊恐不已,退身欲走,一下撞在了不知何时出现在身后的黑影上。

那黑影遽然冲我哇哇大叫。

"不是我!不是我丢的……"我叫喊着,快步逃开。

小木屋的灯亮了。

我向着灯光跑去,企望得到鱼塘看护人的救助,那光亮却背向游移,越来越远。我感觉自己就要被抓住,脚下猛然一滑,从梦中跌醒。

不知何时,我竟又昏昏睡去。

我把桌上忘记吃下的安定片服水吞下,有鱼儿戏耍的响动传来。它们不时跃水而出,在夜晚尽情狂欢。仿佛七年前那个同样迷恋夜色不告而别的女人。那间没有酒单的小酒吧此时正是热闹时候。调酒师身材微胖,一杯杯调制着口味不同的甜酒。她演出结束,半程从车上下来,背着吉他推门而入,我已在朋友的恭维声中忘乎所以。她把吉他放在角落,目光落在我们所在之处,我们的话题已从古典建筑转移到音乐。她和调酒师相识。简单互致问候,她在我们之中的一个空位落座。我们的目光一下聚焦在她身上。

她是否还像从前一样,会和陌生人长谈阔论,跟其中喜欢的一个男人回家,共度良宵?依然会夜晚在街边唱歌,或沿着无人的街巷游走,每一个亮灯的窗户,都会勾起她内心的柔情……连续三个月,我前去同一家酒吧。等待漫长而痛苦。我期待有一晚她再次推门而入,像往时一样,我们喝完第二杯,就起身离开,不负良夜。人有未竟之事,孤独会无限深重。那些日子,我只能自问自答,凭着记忆,去她提及的每一个留下足迹的地方寻觅,假装那只是一场游戏,她藏身是为检验我是否爱得足够忠诚。阳台上的灯整夜整夜亮着。我怕她夜晚回来,误以为我已不在。我想告诉她,我梦见了大雪弥漫——我们分享放纵的秘密,难道不是为一日大雪覆盖?——我们走在雪中,逆风而行,肉身已得到净化和救赎。

事实上,我们彼此俘获,互为猎物。而爱是上膛的猎枪,我走在密林深处,却忘了随身携带。

也许她像我一样,早已有了家庭,再不会挥霍稍纵即逝的青春,此刻犹如我的妻子和女儿,已酣然入梦。她们并排躺在主卧那张宽大舒适的席梦思上,睡态甜蜜迷人,呼吸柔软而私密。女儿翻身侧卧,嘴唇贴着枕面,梦中流出的口水会弄湿枕头。像舒娜一样。

我在无眠的夜晚想念她们,她们越发变得虚空。仿佛我生病时出现的幻境。

看到舒娜从火中跑出那晚,我还在服用治疗失眠的中药:汤药疗效甚微,味苦难咽。妻子看着我一气喝干,反复逼问我究竟是谁从火中跑出。我谎骗不过,只得如实相告。

"是舒娜。"

"舒娜是谁?"

"邻家的一个小姑娘。"

"她出了什么事?"

"她被火烧死了。"

"什么时候?"

"好多年前了。"

"你当时在场?"

"我在。"

"你怎么会又看见她?"

"她一直都在啊。"

"在哪儿?"

我环视了一遍房间,确信舒娜已经走了。

妻子惶恐地看着我,认定我已病情加剧,劝说我就医疗治。我把抽屉打开,取出白天从小区花园捡回的小石块,放在她手中。

"你知道吗,那时候我和舒娜最喜欢玩'抓子'。"

"明天我们就去医院好吗?"

"舒娜输的多了,就会哭。每次我都让着她。"我跟妻子诉说起与舒娜一起的儿时时光,"那时候一到周末,我们就跟着水流一直走,一直走。你记得那条河吧?上次我们一起回去,正是涨水期。我们每次从河边回去,鞋子都又湿又脏,回家就会挨骂。但是每次我们都会在河边捡到很多漂亮的小石头,红的,白的,蓝的……有的石头特别像小动物,小猫呀,小猪呀,小乌龟等。舒娜喜欢那些有花纹的小石头。她用画笔在上面勾勾连连,就成了一幅画。后来我们就把那些小石头带到学校,卖给同学。一旦我们把那些漂亮的小石头从书包里掏出来,他们就马上围过来挑选。每块小石头两毛钱。我和舒娜用卖小石头的钱,买了好多好多我们喜欢吃的零食和画笔。"

"我不想听这些!你听到没?你明天必须去看医生。"

"后来发生了一件事,我们就再也不敢去河边找石头了。那天我们走了很久,也没发现一块漂亮的小石头。舒娜不小心摔了一跤,裙子都弄脏了。舒娜那时候最喜欢穿裙子,那些裙子都是她妈妈给她做的。她妈妈在制衣厂上班,做的衣服又合身又好看。每年过生日,我妈都会带着我去布店选布料,然后去舒娜家,让她妈妈给我量裁。有时候我和舒娜没事干,就围在缝纫机前,看她妈妈做衣服。"想到那些新衣服,我心里一阵欢喜。妻子双眉紧蹙。我继续讲起:"那天我们发现那个山洞时,天都快黑了。舒娜有些害怕,一直催着我回家。我觉得山洞里一定藏有许多漂亮小石头,就让舒娜在外面等着,扒开山洞口处的灌木丛,走了进去。山洞里太黑,我大着胆子往里面走了几步,等看清了地上的东西,我反身哇哇大叫着跑了出来。"

"你猜我看到了啥?"

"嗯,你看到啥了?"

"原来里面堆满了被人丢弃的动物尸体。血淋淋的,真的好吓人。"

妻子疑惑不安地看着我。

"你不信?"我说,"我真不是在编故事。"

"那时候你们多大?"过了一会,妻子问。

"不记得了。"我想了想说。

"她死的时候多大?"妻子又问。

"十一岁。"我说,"我们都是十一岁。"

"现在她在'那边'是什么样子?"

"和以前一样啊。"

"你确定你真能看见她?"

"是呀。"

我告诉她,舒娜从未离开。

二

我在他们之间坐下。

他们的目光齐聚而来,我便在他那双明眸中看到了无以名状的柔情。

他们继续说起话,我已决定晚上跟他回家。

那间私人酒吧,我常去光顾。我驻唱的酒吧太过喧嚣,他们大声说笑,饮酒过量,无人用心聆听我的歌声。演出结束,我抱着不知是谁一次次送到后台的鲜花,背着吉他,推门离开,步入迷人的夜色。我把鲜花送给在街上第一个遇到的单身女孩,告诉她,那不是示爱,是她值得鲜花相伴。

妹妹告诉我,我们不论身在何处,都会在巧合中与不同的男人相遇,他们任何一个都可能是终结者,把我们置之死地,却不会后生。在F城的四年,我把这句话告诉每一个我突然爱上的男人,但更多时候,他们看着我,期待的是身体被再次唤醒。我并非不爱他们,只是太过短暂。他们把我紧紧抱住,仿佛我是他们偶得的珍宝,却从不将我收入匣中,一生守护。

调酒师的妻子送来酒水,他谈起了舒曼。

他说:"完成《莱茵河交响曲》的那一年,舒曼就开始出现了幻听,经常夜不能眠。"

他说:"舒曼在给友人的信中写道:天越来越黑,我即将结束。"

他说:"舒曼在一个严寒的冬日跳入莱茵河,企望一死。"

他绘声绘色,仿佛舒曼被人从河中救出时,他就在岸上。

"看来他真是疯了。"

"幸运的是,最后他死在了妻子的怀里。"

那个半生饱受病痛折磨的钢琴家,我知之甚少,却钟爱他的那首不计反复、ABA 三段式结构的《梦幻曲》。A 段为 4+4 方整型两句式平行乐段,第一句 F 大调,开头旋律部分上行纯四度跳进,为全曲核心动机,以属和弦结束。相较第一句,第二句以相同旋律引入,对动机的音程扩大后发展,情绪更富感情,结尾转至属调 C 大调,随即通过低音的运动回归 F 大调,听觉甚是梦幻……深夜我把门窗关上,音乐声起,我会无端哭泣,像我父亲一样。每次他让我坐在身旁,弹奏完毕,他眼中总是满含泪水。他为我一遍遍讲授其中的奥妙和知识,希望我终有一日学有所成,但十六岁那年,我和妹妹从那场民谣音乐演出回来,我就用所有的积蓄买了一把吉他,偷偷练习,背弃了父亲所愿。

我把写下的句子一点点增添,谱曲唱出,它们就有了动人的力量。妹妹偷偷把录制的 demo(录音样带)发给唱片公司,却从无电话打来。她是我最为忠实的听众,相信我终有一日会浮水而出。

"浮水而出?"我说,"我可不是水妖。"

"想想你还真是像。"

"胡说八道。你才像。"

"我可不会唱歌哦。塞壬可是会的。"

"塞壬是谁?"

她大笑起来。

妹妹酷爱阅读。在被爱情的闪电击中前,书是她从不言语的小伙伴。清晨或傍晚,她捧着一本小说,在父亲书房桌前静坐,或半倚书架,夏日折扇轻摇,冬天抱着暖手袋,模样让人不觉会心生爱慕。她内敛敏感,得益于母亲的遗传;我更像谦和而健谈的父亲。我们从翠园餐厅出来,在江岸的公园散步,母亲挽着父亲在前,我和妹妹在后。那时每个月末,我们一家四口都会去翠园吃饭,点一桌丰盛的菜肴。父亲:葵花豆腐和黄陂三合;母亲:糖醋小排和金丝鳝鱼;我和妹妹最爱剁椒鱼头和红烧肉。妹妹卖弄学识,告诉我塞壬是被缪斯拔去双翅的鸟面人身妖,由于不能飞翔,她就在海岸线附近游弋,时常变幻成美人鱼,用美妙歌声招徕过往的水手,使他们遭遇灭顶之灾。

几年后,我在F城的酒吧驻唱,上台时总是把T恤衫前端束进牛仔裤裤腰。在话筒前的高凳上落座,低头拨动琴弦,音乐声起,我就会想起妹妹。她把我衣柜中散乱的衣裤摆在床上,帮我一一整齐叠好,以免我再次被母亲训教;她将水盆里的水温调至适中,双手在我的头发间揉搓,为我按摩、吹干,梳好、扎起;她在我们同样颜色的牙刷和书包上贴上写着名字的纸条,以防我们混淆、互用;她一次次为家中的那只花狸猫洗澡,清理粪便,更换猫砂……我把她写在歌里,唱给陌生人,假装她一如从前,是我记忆里最美的画面。

我最后一次上台,是在 L 书店。朗读会开始前,我登台,为台下的听众唱了两首歌。妹妹是读书会成员,我无法拒绝她的盛情邀约。唱完,我起身鞠躬致谢,掌声一片。我下台,将怀中的吉他交给书店工作人员保管,从后门走出,来到后院的那株石楠树下抽烟。那个教我抽烟的男人,早已不见。就像后来那些会主动帮我点烟的男人一样。他们是断线的风筝,去向不明,落处由风掌控。

在 F 城时,我把睡眠置放白昼,夜下出门活动,隐秘的欲望也随之苏醒。时而我从酒吧出来,在门外抽烟,有人会上前搭讪,将我误认作是招揽客人的猎物。或许我确有放荡的一面,但绝不会用肉体换取生存所需。自爱是一种品质,我必须一生坚守。何况如妹妹所言,我是一只水妖,一定有着塞壬一般的智慧,可自我救度,只是不必遵循固定的法则。

火车抵达那天,G 城大雪。妹妹撑着一把红雨伞,穿着我送她的那件白色束腰大衣,烫发齐肩,围着一条水绿色白边针织围巾,站在出口的人群之中。我一眼就将她认出。几年不见,她变得越发淑雅端庄。

我们默默拥抱,牵手走向出租车等候处。

我知道事情已无可挽回。在出租车后座对视一刻,我已从她坚定平和的眼神中看出。我询问具体剃度的日子,她把身子依偎过来。我将她冰寒的双手紧握,准备放入怀中,她突然开口,向我提出两日后那场朗读会的邀请。我点头默应。

我们回到家,母亲已重新热好饭菜。进了门,父亲一下将我们抱住。

我此刻归来,如倦鸟归林,妹妹却即将一去不回。

我把行李放回房间,在餐桌前坐定,妹妹已换上了那身咖啡色僧袍和白布鞋。

眼下,她已是普度寺最年轻的比丘尼。

那场被死亡终结的爱情,究竟给妹妹带来怎样的痛悟,我起初难以体会,只有早餐时妹妹红肿的双眼和深夜房间断续传出的低沉哀哭声,使我隐约意识到她一定爱得刻骨而绝望。作为见证者和保护人,我其实也是悲剧的"帮凶"之一。在母亲严苛的管控下,是我尽可能为他们制造了单独相处的机会。

他们具体开始的日子,我已忘记。彼时四月的 G 城烟雨迷蒙,仿若一座迷宫。

那段日子,妹妹总是会在夜晚敲开我的房门,带着那些浓情蜜意的书信,在我床上盘膝而坐,一句句念给我听。那种充满无限柔情的互诉衷肠,我半生未遇,笔墨中日常细节混杂的甜腻情话,更令我心生轻鄙与厌恶。但我不想辜负妹妹的信任,竭力掩饰。

两只陌生的手掌紧扣怎会生发出如此浓烈的情愫？一次额头的亲吻,竟会让彼此彻夜无眠……想到他们躲在楼下窄巷拥抱的一幕,我竟一时有了妒意:细雨纷纷的路灯下,两个唇齿交接的身体倏然融为一体,在湿漉漉的青石地面投下一道再无迹可寻的暗影。

事实上,此前在 G 城生活了二十多年,我从不知晓普度寺的存在。寺院皆是了却俗尘女子的事实,更是令我难以置信。倘若不是妹妹深夜来电,告知我她决定落发出家,我此刻或许还在那个男人的怀里安睡——新的一天到来,他会继续为我讲述童年时光的趣事或恶作剧——根本想象不出爱之伤害不是在时间中消逝,而是永恒静止。

七年后的这个秋日,我再次踏进了这座深藏寻常街巷颇具异国风情的阿难陀式佛庙。如今我每年都会前来探望妹妹两次,但对古寺的历史和建筑,依然一无所知,分辨不出回形走廊与方形立柱、狮头和金翅鸟雕刻,哪个是希腊神庙风格,哪个属于小乘佛教建筑。半圆形拱券门框与多叶拱门框在我眼中实为一体,其实分别鲜明,一个是古罗马风格,一个为伊斯兰建筑独有。

"现在放下了吗？"回廊尽头,我和妹妹面对面坐着,仿佛两尊泥塑的菩萨。

大殿前绣着大悲咒、弥陀经与眼明咒的幢幡宝盖,悬在风中,不时摆动。

"师父说,情爱是云雾,自随风去。"

"若是没风呢?"我忽生恶意。

"风是心,心不动,云雾随它生。"

我诧异地盯着妹妹那张白净消瘦的小脸,仿佛在端详镜中的自己。无数次,有人将我们认错,以为我们是一卵同生的双胞胎。

风有些凉。疼从心生,我迅疾地将视线从妹妹拨动珠串的双手移向了墙上的那扇玫瑰花窗。

"等有时间,我想来住几日。"

尽管我知道,如今做了比丘尼,妹妹早已有了固定的生活作息——每日四点起床早课,诵经、礼佛、学习戒律,晚九点敲钟休息,除了每月初一、十五和周末与大众共修念佛的日子,即使我住进来,也实难见上一面。

"姐——"

泪水一下从我眼中滚落。

"爸的祭日,我会替他诵经一百遍。"

我把脸颊的眼泪揩去。与她目光再次交汇,我竟一时有些恍然,脑海闪过的是大殿供奉的三尊佛像:释迦牟尼佛居中而坐,药师佛与阿弥陀佛左右护座。然而,每次前来,迈入大殿,我都径直从两侧供奉的圆通菩萨面前从容走过,去跪拜背面的普贤菩萨。我只求妹妹现世身心安稳,不再受烦恼与魔障侵扰。

从普度寺走出,雨水落了下来。

我在雨中行走,檐下躲雨人投来的目光,让我无端心生暖意。他们每一个我仿佛都似曾相识,每一张面孔都如此善良可亲。

"姑娘,进来躲躲雨吧。"

那个抱着孩子喂奶的女人邀我进门,我头发已淋湿。

甫一进门,她怀中的孩子便放开吸吮的奶头,向我看来。他眼瞳黑亮,眼神清澈如镜。我上前,想要逗弄他一番,他哇的一声哭了起来。我歉意退身,女人笑着站起,轻声哄着孩子,在店里来回踱步。

等到孩子终于安静下来,我已从盛放银饰的玻璃长柜里选中了那只莲花手镯。

我手腕上曾带有一只同款的银手镯。那场维持了一年零四十八天的婚姻,它是凭证之一。他母亲把它放在一个红漆木盒里交给我,我接过,放在包里,在他们家中我就有了新的身份。但我们期待的婚礼,只在梦中反复举行。我父亲拒绝参加,我们只得更改计划,选择旅行结婚。他说他懂得我父亲心里的苦,亲手将女儿交给一个完全陌生的男人,无异于将之放入丛林,吉凶未知。

海边的那间民宿,是他提前预订的。晚饭后我们去海边散步,我想着他会忽然停身跪地,将那枚放在裤袋里的戒指戴在我手上,缔造另一场浪漫,像我生日那天,他忽然带着蛋糕和红酒出现,敲开我的房门——那时我已去了南城区的一家培训机构工作,教孩子弹奏钢琴,附近的那套一室一厅的房子,是父母帮我出资购买的。事实上,除了父母和妹妹,不会有人记得我的生日,甚至我确信我从不曾见过他。他报出姓名,告诉我他就是 F 城那个坚持每天为我送花的匿名人,我才放松警惕,让他进门。然而,我并未得偿所愿。在海滩上走了一会,我们就回了房间。

翌日醒来,看到无名指上的戒指,我才意识到他又一次以出其不意的方式无声攻占了我内心的最后一座城池。

我们在酒店房间共浴,尽情欢爱;我们在海水中追逐嬉闹,躺在沙滩上晒太阳;我们在山顶喊叫、远眺;从一个城市飞往另一个城市途中,我们说笑、亲吻……浪漫只是一种假象罢了。他的手机一直在响。旅行回来当晚,他就借口外出,奔向了另一个女人的怀抱。我看着他出门,走进电梯,心如刀绞,却抱着臂膀,面带微笑,叮嘱他早点回来。

电梯门关上刹那,我蹲身捂面而泣。

我们都有不可言说的秘密,但他的太过明显。我假装不知,相信他会自行处理,毕竟我已是他的合法妻子。

女人将手镯从柜台里取出,我即刻戴上。

过往已不重要,如半程而退的潮汐。

我在岸上,目力所及,一片汪洋。

父亲去世后,我辞掉工作,搬来与母亲同住。那栋红色外墙的老楼里,住户多半我儿时便已相识。他们像从前一样,乐观亲和。在楼道相遇,我们问候寒暄,仿佛一切从未改变。母亲清晨去对面的公园晨练,时而开门会看到放在门前的袋装喜糖——楼里人家婚嫁或添丁,他们都会以此分享自家的喜悦。母亲怕我难过,每次都把喜糖偷偷藏起。尽管她知晓我的果决和善忘。

孩子半岁时在医院病逝那天,我抱着他,仿佛他只是哭累了,睡着了。医生和护士告诉我孩子已经死了。我无法相信,摸着儿子胖嘟嘟的小手,给他唱歌,讲故事。父亲和母亲是之后赶来的。母亲抱着我哭,我把食指放在嘴上,示意她安静点。父亲后来哄骗我,说他想抱抱孩子,从我怀里接过,走出门外。我的丈夫还在机场候机厅等待。

我再也没见到我的孩子,就像我物归原主的手镯和戒指。

从地铁站回来,我在常去的那间理发店洗吹了头发。新来的小姑娘甜美可人,为我按摩时,我睡了一会。到家进门时,母亲正将阳台上的晒太阳的盆栽植物搬去它们先前的位置。鹅掌柴和红山茶,是在客厅电视柜两端,绿萝放在钢琴一侧;万年青和吊兰属于书房,碗莲放在茶桌上;凤仙花和富贵椰子为妹妹房间所有。我不爱花草,是与母亲唯一的共性。父亲在梦中死去,她曾悲伤过一段日子,和我没了孩子时候一样。她不吃不喝,就那么呆坐着,时而哭一阵或笑一阵,变得健忘又憔悴。一日我陪她坐着,她忽然让我出门买花。

"买花做什么?"我问。

"不要问,你去买吧。"她一下有了精神,说,"买两束。"

"两束?"我甚是匪夷,"买什么花?"

"一束玫瑰,一束茉莉。"

等我去街上买了花回来,母亲已在烧饭。看上去,她又像从前一样快乐起来。我知道,母亲一定和我一样,明白了每一个我们有幸与之同行的行经尘世的灵魂,某日都会像爱一样突然消亡。

我把花放在桌上,去厨房帮忙。母亲告诉我那天是她的生日,也是她和父亲的结婚纪念日。

孩子们分时段到来前,我和母亲已吃了晚饭。她在客厅看电视,我洗好碗筷,回房看书。那些妹妹和父亲再不会翻阅的书籍,如今为我所有。那本我在重读的《达洛维夫人》,是妹妹从 L 书店购得(盖有 L 书店印章)的,小说扉页写有具体时间:2004 年 3 月 27 日,下附一句:风从南来,情随所愿。以此推断,那应该是妹妹和图萨在读书会初识之日。那时我和妹妹在同一所大学,我学习音乐,父亲是学院授业老师之一;她学习舞蹈,有母亲指导做伴。父亲和母亲无课的时候,我们时常结伴回家。他们结对出入,我就成了孤雁。时而我们三人在操场散步,图萨会讲起北方草原上的亲人:他未满十岁的妹妹会一整天给羊群唱歌,他的阿布(爸爸)高兴时候会喝得大醉,错把妻子认成他从前的情人萨尔娜。一旦阿布和额吉(妈妈)吵嘴,他妹妹就抱住阿布的腿,一直哭个不停。阿布若是问她哭啥,她就告诉阿布,他们的羊又少了几只。阿布知道那是他和女儿的暗号,是自己喝醉犯了错,会赶紧带上猎枪走出帐篷,假装去寻羊。

图萨说,他想带我和妹妹去草原上看看他的妹妹,她一定会很喜欢我们。我们可以一起唱歌跳舞。

图萨说,他们的羊群白如雪,它们在草地上散开,像云阵。

图萨说,我妹妹笑起来跟他妹妹一样甜,他要把我们的合影寄回去,让妹妹看看和她一样有酒窝的女孩长大了是多么好看。

图萨从图书馆楼顶纵身一跃,以苍鹰之姿前去追寻他消失的羊群,我妹妹剃发出家,成了比丘尼。

我想象倘若图萨没死,妹妹跟他去了草原,会不会像小说里的克拉丽莎一样,嫁为人妇后,自由虽在,实则活在镜中,两手空空?达洛维夫人不断参加和举办宴会,以彰显个人魅力,尽可能让宴会客人感到愉快,而我的妹妹图萨夫人,只能在草原上与羊群朝夕为伍,躺在草地上,看云随风游。她在夕晖下跳舞,牛羊是观众,她跳啊跳啊跳啊,蝴蝶一样灵动……我猜想那时她会在电话里对我说,姐姐,我好苦。

我会告诉她,情爱是迷雾,风吹不散,让她回家。

敲门声响起。母亲关掉电视,起身去开门。我把书扣在桌上,"克拉丽莎将手插入柔软的衣服里,温柔地取下绿色礼服,把它拿到窗边"。下一幕,小舒娜向我跑来,我俯身,她在我脸颊留下了一个湿漉漉的吻。如今她和姐姐安娜是我和母亲的学生。母亲教安娜跳舞;小舒娜跟我学弹钢琴。办培训班是我的主意,母亲无条件接受。我们把房子重新设计装修,将饭厅和妹妹的房间改成了教室。我在网上发布了招生消息,安娜和小舒娜姐妹就成为我们第一批学生。

每天上课结束,我会坐到钢琴前,随意弹一曲,看着她们在客厅唱歌跳舞。那是她们的狂欢时刻。她们被爸爸或妈妈接走后,我和母亲的世界瞬间又安静下来。有时母亲和我也会自娱自乐。我扮演父亲的角色弹奏,她就跳上一段。年过六十,她风姿犹存,舞艺不减。

这晚,母亲睡前照常来我房间待了一会。

"她还好吗?"她知道我去看了妹妹。

"嗯,还是老样子。"

"又瘦了没?"

"还好。"我把叠上的被子展开,抚平上面的褶纹,又说,"她现在真的放下了。"

"你们真是太像了。有时候看到你,我都以为是她回来了……"

此刻,夜已深了。我把灯关上,在黑暗中躺下。

秋风微凉,从半开的窗吹入。

我把双手叠放在肚腹处,仿佛在深远的记忆里再次感受到了那个男人的体温。他的胸膛厚实温暖,我枕着他的臂弯,听他说话。他说他出生的那个小镇叫艾茅镇,一条河流穿镇而过,河里有条大鱼,黑脊、人面、口大如盆。镇上的一个老疯子,每天傍晚坐在桥头,向每一个从他面前走过的人傻笑。十一岁那年,他和邻家的小女孩舒娜在河边捡石头,老疯子从桥上跳了下去。他在水里挣扎、喊叫,不一会就沉入了水底。我想问为什么没人下水去救,他又讲起了和舒娜把石头卖给同学的故事。

已经很久,我不再想起他。他像一根针,每次在我脑海浮现,那双贴着我肌体移动的双手都让我感到疼痛与战栗。尽管一开始我就知道,他不可能是我的终身伴侣,彼此不过是以爱之名各寻所需,别后永不再见。然而,这一刻我渴望再次被他紧抱,仿佛我早已将他永久锁进了身体。

更晚一些的时候,我会起身,在黑暗中穿上鞋子,下楼。珞狮巷那间灯光昏暗的酒吧,是孤独人慢熬时光的好去处。喝完一杯 Grasshopper(绿色蚱蜢),我就出门,置身夜色,孤身在街巷云游。

我不再有鲜花可以送给第一个遇到的单身女孩,不再跟酒吧里前来搭讪的男人暧昧不明。我把吉他弦扯断,以低价出售,以防看到它会想起 F 城的日夜……我给每一条走过的小巷命名,在巷口驻足,回望。它们从不言语,像那些从窗口泻出的灯光。

最后,我会从侧门走进空寂的公园,沿着公园湖边的鹅卵石小径,走走停停,或躺在湖边凉凉的草地上,看着夜空,谛听风声。风将思绪吹起,我就能听到死去的孩子的哭声。他哭啊哭啊,像是要把所有熟睡的人叫醒。他们一旦从梦中醒来,哭声立止。他又蹬着小腿笑了起来。

雨又落了下来。

雨声滴滴答答。

妹妹再不会在夜晚跑进我的房间,与我并肩躺下听雨。此刻她在梦中默念经文,以使心安,以净其魂。

我深夜回来前,阳台上的那盏灯会一直亮着。我甫一出门,母亲就会起来将它打开。

记得多年前的一个冬日,我们一家人从姑妈所在的那个小渔村回来,地白风寒,雪花如掌。进城时,我和妹妹手脚已僵。父亲将我们从自行车后座上抱下来,决定徒步,母亲忽然指着一栋楼房对我们说:"孩子们,你们看见那些亮灯的窗户了吗?"

"嗯,看到了。"我和妹妹异口同声道。

"孩子们,你们记住,以后不管你们多晚回来,妈妈都会在家里给你们留一盏灯。"

"为什么呢?妈妈。"妹妹说,"多浪费电呀。"

母亲看看父亲,不言一笑。

"等你们长大了就懂了。"父亲说,"将来如果有人愿意在家里给你们留一盏灯,你们就跟他回家……"

生事弥漫

一

在陷入更深的梦境前，清亮的音乐声忽然传至耳边，将他惊醒。他把垂悬在鼻梁上的眼镜摘下，揉了揉干涩发痒的双眼，回身看着沙发上兀自转动的雪花水晶球。视线移到贝尔身上，他一下就从它惊慌未定的眼神里猜到是它不小心触碰了开关。如今，他像那只陪伴了他们近八年的老狸猫一样，早已步入暮年，时常会突然打起盹，游荡在梦境与现实之间。折好镜腿，连同膝上的《神农百草经》一同放到桌上，他起身，老贝尔绕过闪着彩光的水晶球，从沙发上纵身跃下，钻到了书柜后的间隙。

水晶球是外孙女三天前落下的。如若不是突然生病，咳嗽难以控制，她会再多住几日，让他多些时间陪她做折纸游戏，听她复述幼儿园里学来的睡前故事。那样的时刻，他比以往任何时候都更为平和与专注,内心充满了无尽的欢喜,仿佛时光回到了三十四年前:那时女儿像眼下的外孙女一样,机灵又调皮,无时不对世界充满着好奇,小嘴整日不停,会向他抛来一个个奇妙的问题,即使在梦里,他也会为她认真的求知模样、天真的想象笑出声。在女儿纯稚的认知里,鸟儿以天空为家,云朵是它们过冬的棉被,夜晚它们会衔来月光,为新孵出的幼鸟照亮黑暗……回忆像一支射出的利箭,落在靶心的那一刻,他感到一阵心疼。他想,爱就是一种运气,难以捉摸,必须一生忠守,才可能不像大街上那些被人遗弃的狗儿猫儿,某日孤独地死在街边或巷口。

俯身捧起那只冰凉的树脂水晶球,矜持优雅的艾莎公主继续随着音乐转起,他像外孙女一样轻轻摇动,里面的雪花四散飘开,她呼风唤雪的魔力便得到了见证。《冰雪奇缘》是外孙女时下最为钟爱的动画片,想到她挥着镶有紫色宝石的魔法棒,幻想自己是艾莎公主的样子,他的嘴角不觉露出了笑意。

窗外冷雨淅沥。一个小时前,他刚把乡下的堂弟送走。堂弟前来,是邀请他去赴侄子一周后的婚宴。堂弟登门时,他已将烧好的饭菜端上桌,准备去卧室将老伴抱下床。夏末的一日清晨,她突然中风倒地,整个人就再也没能站起来,如今全靠他一人照看。

围着烤火炉甫一坐下,堂弟就抱怨起儿子对象的严苛要求和婚礼各项高额的开销。他默默听着,一边脑海闪过往时有关侄子嗜赌的传闻,一边把饭菜盛在一个碗里,送至轮椅上的老伴手中。她接过,端详着碗里的丰盛菜肴,仿佛仔细衡量了营养的搭配合理性,才放心地挥动筷子。饭菜足够丰盛,鲈鱼是清蒸,腊肠用了香油调拌,青菜香菇以上好的蚝油清炒,天麻乌鸡汤色泽金黄、透亮,但似乎不合堂弟的胃口。想到酒,饭菜已吃了大半。他上楼从堆放杂物的房间里拿出女婿最后一次登门带来的五粮液,堂弟眼中遽然露出了欣喜的光亮。

"哥唉,这可是好酒呢。"

他笑笑,拧开瓶盖,递给对方。

"哥,这么好的酒,不陪我喝点?"他找来酒杯,堂弟对他说道。

他侧脸看看埋首吃饭的老伴,拒绝了。

酒一口一口喝下,堂弟的脸膛红润起来,话也更多了。如今,他堂弟和妻子在乡下经营着一家小旅馆,生意虽算不上红火,一年三季房客寥寥,但夏日从陆续前来避暑的城里人身上,他们还是赚足了整年的开支。

"哥,晓得我今年赚了多少?"

半斤酒下肚,堂弟已有些飘忽。

"好多?"他随口问道。

"说出来你都不信。"堂弟再次端起酒杯,一饮而尽,"十二万三千七。"

"那是不少。"他有些吃惊。

"哥唉,我想好了,下个月我就把房子重新装修一遍,房间呢,再布置得漂亮点、温馨点。我啊,还准备从县城请个厨子,厨艺得顶好的。哥唉,你说客人来了,吃得好,住得舒服,是不是就有了家的感觉?哥唉,我跟你说哈,他们来山里玩,就是为了花钱,你让他们吃香了,睡甜了,他们才不在乎多花几个钱,你说对吧……还有,我准备在顶楼弄个小花园,设个烧烤点……"

看着滔滔不绝的堂弟,他一时有些失神,甚至没留意到老伴是何时离开的。事实上,他有些为眼前的堂弟担心,一旦藏在家中某隐秘处的存折被那个不成器的侄子寻到,他的计划怕是又要落空了。他盯着堂弟,想要提醒他把钱看好,几年前那个入室盗窃者在黑暗中冲他挥刀的一幕遽然令他心生怯意。尽管他并未看清对方的面目,但跳窗而逃时,他在清凉的月光下还是隐约辨识出了那个熟悉的身影。

"哥唉,你说二娃成了家,是不是会乖些?"

"会的吧……"他惶然道。

为老伴放好洗澡水,关上水龙头,他横膈之下一阵剧烈疼痛。双手撑住墙,他紧闭双眼,咬紧牙关,竭力忍着。半年来,这种痛感来得越发频繁,时间亦越发持久。凭着年轻时掌握的中医知识(他曾跟着乡下的一个赤脚医生学习过一年医术),他断定是肝脏出了问题。然而,他并未将之放在心上,只私下从药店抓了几服中药煎服。约莫一刻,疼痛感消失了。

"你在做什么?!"

他睁开眼,回身看到轮椅上面带怒意的老伴。

"没事。"他笑说。

"你给了他多少钱?"

"嗯?"意识到老伴的意思前,他恍惚了一下,"哦,两千。"

"给这么多做什么?你倒是手大!给他再多不也是糟蹋,老子不成器,整天喝得烂醉,小的又败家……"

"给都给了嘛。"他打断她,说,"快洗洗睡吧。"

老伴脱了衣服,他弯身将她抱进水温适宜的浴缸,像往日一样为她擦洗起身子。九个月来——一开始,她还练习慢慢走路,但坚持一段时间后,她竟决然放弃了——尽管这已是每日必做之事,但手掌隔着浸水的毛巾在妻子枯瘦的肌体上滑搓之际,他心里还是会不时充盈着不可名状的悲意。特别是当他面对她胸前那对悬垂的干瘪乳房时。共床而眠的漫长岁月里,它们曾一次次为他带来肉体的欢愉,为他们哺育了一双儿女(儿子十二岁那年,不幸在河里溺水身亡),然而,等到它们失去了往时的饱满和柔软,变得了无生机,像他们一样害怕成为孩子的负累,存在便似乎再无意义可言。

"明天去河边走走吧。"他提议道。

"这么冷的天,去河边做什么?你是想冻死我吗?"

"那我们去超市转转,说是石牌街又开了家新超市。"

"超市有啥好转的,又不买东西。"老伴顿了下,又说,"一会你别忘了帮我把袜子和内裤洗了。"

"晓得了。"

伺候老伴在床上躺下,他还为老伴那早已失去任何知觉的双腿按摩了十五分钟。去厨房将水池里的碗筷清洗好,整齐摆放进橱柜,时间已是十点一刻。等到自己洗漱完毕,他推开卧室门,发现老伴已有了鼾声,便放心地关了灯,轻掩上房门,缓步上了楼。

楼顶的玻璃花房,是他两年来最为得意的杰作。那里视野开阔,可以俯瞰横穿县城的唯一河流和对岸夜下的灯火。原本那片被空置的空间,除了墙壁上钉子与钉子间斜拉着的几根用以晾晒衣物和棉被的细绳,以及靠墙处的几盆盆栽植被,终年为灰尘占有,又被雨水一遍遍冲洗,只偶有觅食的鸟雀光临。甚至墙角处他用青砖砌成、填满了从河边挑来的泥土的人造小菜园,也从没体现出它应有的价值。上面种的一垄垄韭菜和小香葱,尽管是他精心培育且可用以烹饪,却从不曾作为佐料进入菜肴。每次他将之洗好拿进厨房,便会迎来老伴的一阵数落,之后被决绝地扔到垃圾桶里。对于老伴这一蛮横无理的举动,他深感恼怒,但从不敢据理力争。结婚四十七年,他早已熟知言辞抗拒会招来怎样的后果:她一定会先是一通没来由的指责,将近些日子窝藏在心里的不快转化为一颗颗尖利的小石块,向他恶狠狠掷来。待他想要逃开,躲进卧室或客厅,她又会不依不饶,直到他承认错误,当面向她道歉。

如今,老伴的脾性一如往常,甚至有过之而无不及,却再没了当初的旺盛精力。他也早已丢掉了从前的固执,宽容里是无底线的爱。时而他坐在黑暗中,听着老伴粗重的呼吸声,会难过落泪,希望自己是那个不再能行走的人。于是他决定余生活成她的影子,在这栋四层小楼里与她朝夕相伴。眼下,只有清晨、午后或夜下老伴尚在梦中时分,他才能获得片刻的自由,去楼顶的玻璃花房为那些盆栽浇水、捉虫、修剪枝叶,或敞着门,什么也不做,躺在那把自制的躺椅上,与它们静静待上片刻。一旦老伴尖利的呼叫从楼下传来,他会即刻应声起身,像个得令的年轻士兵,迅疾来到门前,踩着陡峭的台阶缓缓而下。

二

落在玻璃上的雨丝,声音微弱。雨珠向着低处滑行,落下。他在灯光下看了一阵雨,视线重新聚到挨着墙脚摆放的盆栽:花红掌若是室温得当,四季皆可开花,色彩鲜艳欲滴,花形如佛焰苞;龟背竹喜半阴,性耐寒,株形优美,叶状奇特,叶色浓绿,不像香草薄荷,喜光乐水又娇弱,香味虽清淡悦人,但稍有不慎,叶片便会发黑;散尾葵、万年青和吊兰,夏日他会将其搬进客厅或卧室,用以净化室内空气;至于那两株他偏爱的双色茉莉,早春一来,枝叶间就会缀满白色和紫色的小花……事实上,他对任何一种亲手培植的花草习性,都了若指掌,就像他对自己的身体状况一样,他相信,他和它们必须坚强地熬过漫长的寒冬,才会再一次迎来春天。

  一周前那个阴风习习的午后,他带着外孙女来花房,为她讲解那些平日积累的学识。外孙女瞪着明亮的大眼睛看着他,讶异的语气中总是带着无从揣测的疑问。不管他讲到什么,她都回应说"真的吗",而且趁他不备,她就会揪下花草的叶片,放到手中的塑料小盘子里。等他出手制止,外孙女便一下躲闪开,嘟起小嘴生气。这点外孙女倒不像女儿儿时。在遥远的记忆里,女儿虽也淘气,却有着鲜为人知的另一面,安静而古怪,会将枯落的花瓣葬在屋后的树下,一边为死去的兔子和小鱼(他从河里为她捉来的)唱歌,一边泪流不止。

  "你摘它们做什么?"

  "我是在准备做饭呀。"

  "叶子可不能吃。"他严肃告诫道。

  "可是我是在假装做饭呀。"外孙女解释说。

  "哦,假装啊——"他只得附和。

  "是呀,我才不会吃叶子呢。妈妈说,只有小羊和兔子才会吃叶子呢。"

  他笑而不语。

  "我可得听妈妈的话。"外孙女又继续道,"妈妈说,不听话的孩子会被风魔王抓走的。"

"哦——"

"爷爷爷爷,你见过风魔王吗?"

"风魔王啊,我没见过呢。"

"爸爸说风魔王可厉害啦,它一口就能把小孩子吞下去呢。"

想到外孙女童真而夸张的口吻,他顿觉温馨。尽管他珍爱那些花草,但倘若舍弃它们可以换取外孙女一时的欢心,他相信自己还是乐意之至。

事实上,这是他四年来第二次与外孙女短时相聚。自从百日宴上他和老伴逗着外孙女喊爷爷奶奶,女婿和家人就对他们有了些许不快,仿佛这一称谓带有某种既定事实。宴会甫一结束,女婿和女儿便为此大吵了一场,两家人也不再往来。之后每年节假日,女儿虽都在电话里提出独自带着外孙女回来,但皆被他极力劝下,他担心女儿的这一举动会毁掉她的婚姻。这并非他一时的草率判断,作为父亲,他必须为女儿一生的幸福着想,不可再像自己年轻时一样,贪图一时之欢和一己尊严,彻底毁了他和妻子的感情。

那时女儿尚未出生,他还在县郊的 W 精制茶厂上班,负责西南一带的市场销售。由于天生好学,稳重又健谈,他很快掌握了红茶的历史、品种、地理分布及不同的加工工艺,业绩得以迅速攀升。升任部门主管后,他的应酬越发多了起来。妻子倒是理解他的苦衷,但连续醉饮不免会招来她的些许不满。若他稍觉不快,与之争辩几句,口角就会立即升级为一场不可幸免的"战争"。等到妻子变得怒不可遏,开始向他掷来鞋子、瓶子、相框等物件,他才会拖着醉步躲避着逃开。

事发的那个冬日夜晚,先是落了一场大雪。新年聚餐,他在厂长的赞赏和同事的怂恿下,连连举杯,思维渐渐失去了控制。觉察到脚下失重,一切为时已晚。回家途中吐了几次,他后来实难记起,只记得最后倒在巷口雪地上进入了一场荒诞的梦里。他梦到老家院子里的那株野橘树挂满了青果,风一吹,落下时就变成了黄灿灿的金果子。他俯身去捡,它们一下隐没在地下。他惊叫着拼命用手刨土,想要找回,身边突然围满了人。他轰赶着他们,继续用力刨土,发现手指已破开,流出了鲜血。下一幕,他看到了故去多年的双亲。他告诉他们自己的发现,他们便与他一起刨起土来。凉凉的雪花再度飘下,落在他脸上,醒来时他看到的是挺着小腹的妻子与七岁的儿子。

"你是想喝死吗?!"他挣扎着坐起,妻子叫骂起来。

"我刚才梦到我发财了。"他嗤笑道。

"发你的大头菜吧!你要是喝死了,我们娘仨以后可咋活呀?"妻子哭了起来。

"你哭啥?老子不是活得好好的!"儿子扶他起来,他冲着妻子嚷道。

"爸爸,你们别吵了,咱们回家吧。"儿子劝说。

"回家做什么,听你娘回去继续哭丧啊?"

"你个没良心的东西!你醉死在这里好了!"

"妈,你别骂爸爸了……"

"我不骂他谁骂他,哪天你没了爹,谁管你!谁管你,啊?你以为你老子爹真有本事?有本事还上老子的门……"

他心中的怒火一下蹿起。抬脚踹向妻子腹部的刹那,他口中喊着:"老子让你咒!老子让你骂!"

想来,他觉得女儿真是命大。妻子在县人民医院保胎两个月,才提前一个月顺利将她诞下。

从回忆里抽离,雨已停歇。或是出于负罪的心理,他决定过些日子带老伴去乡下住上几天。不管堂弟揣着礼金离开时的邀请是否诚心,但山里的春天的确景色宜人,空气新鲜,有益身心。

老贝尔轻叫着从半掩的门外探出头,他已从躺椅上坐起身。他叫着贝尔、贝尔,亲切声犹如多年前站在河边呼唤儿子和女儿回家吃饭。老贝尔抬起前脚掌,挠了挠耳朵,看了他一眼,在门框上优哉地摩擦起身子。

"贝尔、贝尔,过来,来……"

老贝尔向他缓步走去。

他把老贝尔抱在怀里,抚摸着它柔软的毛发。

"你也老了唉。"他感慨地说,"老了你可得乖乖的。你再跑出去,可就真回不来了。"

老贝尔喵喵叫了两声。

"是不是又饿了?你这个贪吃的家伙,我们可没亏待过你。你看你,现在都胖成什么样子了。"他捏了捏老贝尔肥硕的皮肉,将它举到面前,兀自笑道。

老贝尔舌头舔着嘴鼻,又叫了一声。

"你现在的年纪跟我可是差不多咯。不过你呀,可比我强多了,牙口还这么好。你还能啃啃骨头吃些肉,我吃肉都费劲嘞。"

重新把老贝尔抱在怀里,它往他羽绒服里钻。

"哎呀,你还想像小猫崽子一样啊,晓得我怀里暖和?"

夜色深深,此刻他们仿佛两个夜话的老友:一个敞开心扉,轻声诉说;一个默默不语,静静倾听。就像他和老盲子独处时。不同的是,那时他更多时候是个听众。

这晚他睡得格外踏实,没有做梦。老伴叫醒他,说要去小便,他才意识到天已大亮。

在卫生间刷牙时,他盯着墙上那面镜面模糊不清的镜子,发现不久前新染的头发又变白了。抬手将垂在额前的几根发丝拨到一侧,他想起昨晚做饭时盐用光了。女儿这次回来,每顿饭都提到菜太咸太辣,吃上几口,就喝一口水。他看着女儿,只是歉意地笑,一遍遍说着下次会少放些盐和辣椒。外孙女犹似女儿的小影子,在一旁插话,义正词严地批评他:"妈妈说得对呀。爷爷,你为什么要放那么多盐呢?真是太咸了!爷爷,你放这么多辣椒,我可不敢吃!"他们笑出声,饭桌上就有了久违的温馨与快乐。

已经多年,他没有再感受到这样的氛围,似乎自从儿子溺水身亡,家里就蒙上了一层无以名状的悲伤。尽管饭桌上依然会摆上四副碗筷,但空下的位置像一处伤口,永生不可愈合。女儿考上大学,去了省城,犹如一只羽翼丰满的野天鹅,终于获得了飞翔的自由,尽管深知故乡的方位,但飞回时甚少。他懂得女儿内心逃离的强烈渴望,毕竟老伴从前对她的管教太过严苛。作业没做完,或是做迟了,罚跪是轻的,时而她的手掌还会受到鞭笞,湿软的柳条每一次扬起落下,她都会疼得哭叫;夹菜时若不小心滑落,老伴会逼着她捡起来吃掉……女儿看着他哭,他时常会为之辩护几句。

"我管教孩子,你少多嘴!"

"都掉在地上了,怎么吃啊?"

"你快点吃了,听到没?!"老伴不看他,对着女儿吼。

他继续阻拦,一场争吵即刻拉开序幕。

如今女儿长大成人,他多年来的不断妥协与示弱终于得到了回馈,不管任何时候,她都会站在他的立场上与母亲抗争。对于这一现状,他心里既高兴又担心。女儿偏袒他倒是好事,但无疑使得她们母女的关系更为糟糕。

早饭他热了前一晚的剩菜,熬了米粥,煎了鸡蛋。吃完,他收拾了餐桌,洗好碗筷,准备出门上街买菜和盐,老伴已坐在电视机前。

三

他把后门的铁闩拨开,回身轻掩,步入小巷,首先映入眼帘的是服装店的英文招牌。玻璃窗里模特身上的时尚女装,款式大胆,让他不敢多看一眼。正在拖地的店主人他认得,是清安前一年中秋节娶进门的媳妇。按辈分,她要喊他伯伯,但平日照面时,他们最多彼此一笑,问候一声"早"。隔壁的牙科诊所,尚未开门,老牙医近来身体不适,诊所暂时由她的小女儿负责;卷帘门前蜷卧着一只皮毛脏兮兮的狗子。再往前,是春盛的烟酒铺和朱方的理发店。老街上的人,他认得七七八八,陌生的大多是到此租房做生意的他乡客。时过境迁,县城现今已不像从前,清晨可以看到烟囱冒出的炊烟,从早点店敞开的门窗传出的油炸香味,在风中隐约可闻,人们也不似先前一样亲热。除了老一辈偶尔还会登门,但更多时候是带着索求或请束。他在巷口立住,思忖着是去河街的老菜市场,还是多走上一段,去相反方向的新菜市场转转,老盲子的身影邃然跃现脑海。于是他转身,朝着小巷另一端走去。

老伴没中风前,他闲来无事,就会去看老盲子,陪他说说话。五年来,这几乎成了他的一个习惯。逢年过节,他还会去给老盲子送饭,偶尔也带酒,与他喝上两杯,或为他买双便宜的鞋和袜。有时他们一言不发地坐着,他看着偶尔从门前走过的人、飞落的觅食鸟雀,心里也满满当当,仿佛老盲子是他失散多年的兄弟。老伴斥责他脑子有问题,没事跟一瞎子混在一起,他也从不驳斥或辩解。他知道,他对老盲子并非随意施善,更不是出于怜悯——活了六十九年,他早已明白,所有的善行都可能毁于一旦,所有的怜悯都带着居高临下的姿态,而是老盲子为他分享的漫长流浪生涯的经历,以及那些带着神秘色彩的故事,不仅开阔了他的眼界,还为他带来了乐趣,值得他真诚相待。

和老盲子成为朋友,源于一场大雨。那个秋风瑟瑟的夜晚,他去城西送远房的表叔最后一程,甫一从多年未见的跳丧现场离开,豆大的雨滴倏然落下。在街上慢跑了一阵,拐上河边那条小径,通身湿透前,他躲在了房门紧闭的一栋破旧的吊脚楼屋檐下。脱下灰色条纹衬衣,拧干雨水,他重新穿好,雨中荒凉的木板墙上叶色红黄相间的爬山虎,在闪电中忽隐忽现。

房门吱呀一声开了。他惊了一下,以为这处破旧的老宅早已无人居住。

"是哪个?"老盲子拄着一截弯曲的木棍,从半开的门内探出头。

他报出姓名,老盲子仿佛真的认得他,拉开门,让他进屋。

"不进屋了,雨一会就停了。"

"进屋进屋,雨凉呢。"

他难拒盛情,进屋搬了一把矮木凳,挨着敞开的木门坐下。

屋内气味骚闷。靠墙的小方桌,断了一条腿;梁上布满尘灰的白炽灯,悬在半空,光线微弱。

"我记得你的脚步声嘞。"老盲子说,"最近你是不是从这里走过几趟?"

他甚为惊愕。尽管他知道瞎子的耳朵强过常人,但对其准确的判断力和记忆力还是心生疑惑。

"去看跳丧了?"未及询问,老盲子半依着木板床,又高声问道。

"是呢,我表叔走了。"

"好多年没听到这么热闹了。"老盲子说,"人活一场,能走这么风光,值嘞。"

"可不是!"

"掌鼓歌师傅是哪个?"

"是苏老大。"

"我娘说他比他老子强嘞。我爹走的时候就是他来做的师傅。"

"哦。"

大雨尚无停歇的预兆。他盯着门前向着低坡流淌的雨水,脑海里全部是此前的欢闹场景。

在老土家族人的眼里,跳丧是民俗,也意味着葬礼的隆重。那晚他一进门,就看到了灵柩前四方桌上像往时一样,供奉着的红色灵牌,灵柩上铺着的红色绣花绒毯。跳丧所用的牛皮大鼓,置于灵柩前的桌子旁,前面的那片空地,就是人们用来跳丧的地方。

吊丧人吃了晚饭,苏老大一身素衣从里屋走出,来到灵柩旁,拿起了鼓槌。毫无逻辑可言,那一刻他竟想到了早逝的儿子。尽管一切无可挽回,无法更改,悲伤也已变得轻淡,但他还是难以接受自己尚在人世,儿子已提前离开的事实。当然,此刻令他伤怀的是,自己再没了孝子为之筹办丧事。

牛皮大鼓被擂响,苏老大即刻踩着鼓点,唱出了开场的第一支曲目:

我打鼓来你出台,黄花引动白花开……

伴随着鼓点与歌声,吊丧人中的两个男人相邀上前,自然舞起,观看的乡邻不时附唱着应和:跳撒尔嗬哎——他也跟着唱了起来。欢闹一阵,苏老大的徒弟便登场亮相。只见一个将手帕丢在地上,另一人上前,叉开双腿,缓缓下腰,待苏老大加快鼓点,他双手后翘扇动双翅,嘴贴地面衔起帕子,人群一片喝彩。

他就是在那时离开的。并非再无观看的心情,而是"燕儿衔泥"的绝活意味着跳丧的即将结束。

"客人多吧? 办得这么风光,一定是大户人家嘞。"老盲子自问自答道。

他没有接话,暗自揣想着老盲子的身份。

"我没瞎那会,看过不少人家跳丧的。那时候啊,我年轻,嗓门大,可是音不全,一帮腔,掌鼓歌师傅就让人把我赶出去,说我只会坏事……"

他确信以前从没见过老盲子。

"谁给你送饭吃啊?"他终于忍不住问道。

"没人给我送饭吃。"老盲子像是赌气,说,"我没有家。"

"眼睛是咋回事?"他又问。

"眼睛啊,突然有一天就看不见了。"说完,老盲子忽然笑了,"说来你都不信嘞,我没瞎的时候,眼睛又大又亮,可招村里的姑娘喜欢了。她们在河边洗衣服,我一走过去,她们就喊住我,让我唱歌给她们听。我知道她们的心思,就开了嗓。唱一句,她们就笑一场,唱一段,她们就笑出了泪,一首歌没唱完,她们已笑得东倒西歪。我娘说,她们是在拿我取乐,说我傻。我觉得她们可不是,她们呀,是想我多陪她们一会。你说是不是?"

他一下笑出了声。

"那时候春天一来,村里的姑娘就上山去采茶。我想着她们采茶累,就站在山坡上给她们唱歌听,想让她们笑一笑,乐一乐。可是我一唱,茶园的主家就带着人来,要把我赶回村里。唱歌是我的自由啊,我觉得他们太霸道,就跟他们打起来。他们人多,我也只有挨打的份。我带着伤回到家,告诉我娘为啥挨了打,她就会出门去,挨家挨户把打我的人骂一遍。那时候啊,我觉得我娘是村里最厉害的人哩。"

他心里沉甸甸的,想到的是饥荒年月总是把挖到的红薯和土豆,抑或在山里寻到的野果藏起来,偷偷拿给他吃的母亲。

"要不是我娘告诉我,我还不知道村里最喜欢我的姑娘是春枝嘞。你说奇不奇怪?我那时候唱歌啊,别人笑,她总是偷偷抹泪。我以为是我唱歌实在太难听,后来有她在,我就不再唱了。那天在染坊,姑娘媳妇们又嚷着我唱,我看春枝不在,就唱了一首。谁知道刚唱完,屋里就传出了哭声。她们纷纷跑进屋,问她为啥哭。春枝嘞,啥也不说,出了门冲我走过来,抬手给了我一大嘴巴,转身跑了。我觉得委屈,回家告诉我娘,这一回,我娘不但没帮我去出气,还将我狠狠骂了一通,说我再这么愣,一辈子也别想讨到婆娘……"

他认真听着,脑海里一片空白。

"我晓得春枝喜欢我,就整天跟着她。她在哪里,我就跟到哪里。她嫌我烦,赶我骂我,我也不走开。我娘觉得这样下去不是办法,就找了媒婆去提亲。订了婚,我就更黏着春枝了。那年冬天,我爹来县城催要茶厂的欠款,准备给我接亲,谁想有来无回,钱没要到,人却死在了回去的路上。"

"咋回事?"他猜想一定是得了急症。

"没人晓得嘞。警察来了,说他是自己摔死的。"

"哦。"他将信将疑。

"我爹一死,我娘就到县城来找茶厂的人要钱。来了几趟,人就没再回去。"

"出了啥事?"

"还能有啥事,有了相好呗。"

"哦——"他有些感慨。

"我爹没了,娘也没了,春枝家就不愿意,和我退了婚。我舍不得春枝,再跟着她,她爹她哥见了我就打。那天我上山帮我奶奶砍柴,看到春枝一个人蹲在河边洗衣服,就躲在她身后斜坡上的一棵漆树下看她。看着看着,我心就疼起来。后来春枝洗好衣服,端着木盆走了,我继续盯着她,看着看着,眼睛就模糊了。后来我就瞎了。"

"没看医生?"

"医生可没少看,药也没少吃。他们说我这是间歇性失明,说不好哪天就好了。"

"哦——"

"我一瞎,我奶奶就病倒了,没几天就咽了气。我没了亲人,又成了瞎子,村里人就让我来县城找我娘。我想想也是,就让他们把我送到了县城来。"

"找到你娘没?"

"我可没找她。"

"为啥不找啊?"

"找她做什么?我爹一死,她就找了相好的,我恨她。"

"那你后来咋活下来的?"

"我有手有脚,还能活不下?"

老盲子就讲起了他沿街乞讨的流浪生涯。

那晚,他很晚才到家。老伴问他原因,他只说雨大,和人聊着聊着就忘了时间。睡觉时,他问起老伴河边那栋尚未拆除的吊脚楼,才从她提及的线索中推断出,老盲子的娘可能是陈瘸子的媳妇。

四

他们的那栋四层楼房是后来建造的。岳父和岳母尚在时,那块长而窄的不规则土地上是一处低矮的平房。房间逼仄,冬冷夏湿。幸运的是,房子挨着老街,茶厂倒闭后,为了维持家里的日常开支,他和老伴曾做过几年小餐馆生意,早上卖油炸食品和包子,中午主营面条和炒菜。虽然二人都没学过厨艺,但足够用心和诚实,米饭随便添,菜量实实在在。钱没挣到多少,倒赢得了良好的口碑。一旦家里遇到困难,他们只要开口,四邻都会出手相助。

他小心地踩着湿淋淋的陡峭石阶,下到河边的小路,老盲子身居的那处老宅,让他不禁忆起从前的光景。近水处的那片芦苇丛,尚有一些笔直傲挺、顶部灰白无毛的小穗,遇风轻摇;低矮的蒲公英,仅余空荡的枯身,柔软的种子早已被流水和飞鸟带去远方,落地便会生根萌芽。在一只水鸟的尸体前,他停下,俯身察看了一番,目光越过涨了水的浑浊河面,望向对岸,想到的是老盲子两年前说起的那个能用手和气治疗病痛的老人。

那是在云贵交界的一个小村子里。老盲子说,那天傍晚,他沿着一条山路往前走,一辆车子突然在他前面停了下来。之后车上下来几个年轻人,问他要去哪里。老盲子问他们:这是哪里啊?一个女孩清亮的声音响起:这里是会泽。老盲子点点头,说姑娘,这里是不是有条大河?姑娘告诉他,是金沙江。

"我就是要去看金沙江嘞。"

"老瞎子,你是要去跳江吗?"一个粗哑的男声嬉笑道。

"我是瞎,可我不想死嘞。"老盲子一点不生气。

"你又看不见,去了也是白搭。"另一个又说。

"我想听听它嘞。"老盲子说,"每条河流声都是不一样的嘞。"

他们本要戏逗一下老盲子,忽然被他的话感动,就把老盲子扶上车,非要送他一程。

在那个月明星稀的中秋之夜,他吃了饭,去给老盲子送月饼、酒和菜,老盲子正坐在门前发呆。听到他的脚步声,老盲子起身将他迎进门。他把青菜和腊肠扒到饭碗里,放到老盲子面前,倒了两杯酒,一杯递给老盲子。喝了一口,老盲子就开始讲了起来。

"我以为他们要把我扔到江里去呢。"老盲子笑说。

"那可不敢,要坐牢的。"

"可不是?我死了倒是不打紧,他们去坐牢,可就亏了。"

"他们带你去江边没?"

"没。半路上他们问我饿不饿,说是带我先去吃饭。我说我不饿,他们不听,车子就拐上了另一条道。下了车,我闻到附近有饭菜的香味,以为他们真是要带我去吃饭。跟着他们走了一段,他们忽然折身跑了。一个还冲我喊:'对不起,瞎子,我们还得赶路,就送你到这儿吧。'"老盲子双手握着手里的塑料酒杯,说,"他们没嫌弃我身上臭,拉了我一段,还算是不错嘞。"

更早一些时候,老盲子告诉他,那些年他就是凭着一根根木棍,在黑暗中摸索前行,胡子拉碴,衣衫褴褛,走遍了大江南北。每次路过村镇,孩子们见了,会一边追赶,一边扯着嗓子欢呼:瞎子!瞎子!……老盲子看不见他们,却能够根据他们的声音判析出他们的年龄和表情。"你们叫什么名字呀?"老盲子一出口,他们会即刻安静下来,之后是一阵童真的笑声。顽皮的还会使坏,捡起土块向他掷去。雨雪天,跟随他的只有狗吠和风声……

"原来他们把我送到了一个村子里,村里人正在烧火做饭。那时候啊,我闻着香味就知道谁家的饭菜好,就一个个去敲他们的门。有时候他们可怜我,就给我弄点吃的,心不好的,就吼我,把我轰走。后来我学聪明了,再也不去敲那些饭菜做得好的人家的门,为啥嘞?只有穷人才会同情穷人嘞。"

他觉得老盲子说得有道理。

"我去敲门的那户人家,只有一个老婆婆。她开门看见我,就让我进屋。我说我脏,不进屋,就想要口吃的。老婆婆就进屋给我端来了满满一碗米饭。"

"还是好人多。"他插话说。

"可不是?我蹲在墙脚吃饭,老婆婆就问我晚上睡哪儿。我说困了哪里都能睡,地就是我的床,天就是我的被。老婆婆说夜里风凉,让我睡到柴房去。那天晚上,我挨着墙根睡了没多久,浑身就发烫,头也疼得厉害。疼得狠了,我就叫起来。老婆婆以为我冷,起来给我送毯子,进屋才晓得我病了。'哪里疼啊?'她问我,蹲在我面前。我说是头。她摸摸我的额头,说我是发烧了。之后啊,她让我别动,手在我头顶放了一会,冲我吹了几口气。"老盲子说,"你说奇怪不奇怪,我头就真的一点不疼了。"

他没有说话,和老盲子碰了杯。

"那时候啊,我以为我这辈子都再看不见任何东西了。"老盲子这次没喝酒,继续道,"她对我吹了几口气,就治好了我的头疼,我就想着她也能治好我的眼睛。我想求她,又觉得不好,就没说话。谁知道她看了我一会,又问我:'瞎了几年啦?'我说我记不得了。她就把手放在了我眼睛上。我觉得眼睛一阵热、一阵凉,热的时候像火烤,凉的时候像放了冰一样。她在我眼睛上吹了几口气,把手拿开,让我睁开眼,我就看到了披着黑袄子的老婆婆。

"我一下就从柴堆上爬起来,冲出了门。我是真高兴啊。你说我瞎了好多年,又能看见了,能不高兴?我就在老婆婆的小院子里又跑又跳,又喊又叫。我觉得这样还不行,就抽掉院门上的木闩,拉开门跑了出去。那晚的月亮啊,真是好看,天上的云啊,真是白。我跑出村子,沿着一条土路一直跑啊跑啊,实在跑不动了,我就一屁股坐下来,躺在路边的一片杂草上哭。我一哭,就想起我爹和我奶奶,可是我知道我再也见不到他们了。我哭够了,擦了眼泪,想再看看天上的月亮,看看白云,眼前一黑,又啥也看不见了。"

他心里一阵难过。

"老盲子,不说了,来,我们喝酒。"

他们再次碰了杯,老盲子将杯中酒一饮而尽。

这天去看老盲子的路上,他反复想着那件医学上难以解释的离奇之事。若是老盲子没说谎,他真希望能带着老伴去找那个有神力的老婆婆。只要她的手在老伴腿上摸一摸,吹上几口气,也许老伴就真的可以下床走路了。

天是灰色的,风有些凉,小路尽头连着一条柏油大道。人们三三两两,说说笑笑;麻木车不守规则,横冲直行。他沿着大道一侧,穿过河上的石桥,左拐,沿着下坡路走了一段,拐进一条窄巷,巷尾就是老盲子的住所。

在巷子里,他遇到一个用扁担挑着竹篮兜售儿童玩物的货郎,系在扁担上的彩色卡通动物头铝箔氢气球,飘在他头顶的上空。看上去,他们年纪相仿。竹篮里的手工物件,他大都在超市见过。一对忽然跑出院门的兄妹喊住货郎,问他有没有乌龟和跑车,他随即驻足,回身高声应着,把扁担从肩上取下,挨着墙脚放到地上。兄妹俩赶过来,货郎开始向他们推销起彩色风车和电动机器狗。

从他们身旁经过,他又一次想到了女儿和外孙女。她们一样聪明,打小就会察言观色,何况比起女儿,外孙女天生就有着一副讨人喜欢的漂亮面孔。唯一让他遗憾的是,他没有获得前去照看外孙女的权利,不能在余生的岁月陪她们继续走上一程。

尚未到门前,他就听到了老盲子屋里传出的说话声。他在门外问了声:老盲头在不在?应声的却是个女人:哪个啊?他进了门,看到了为老盲子擦脸的向秀玉。老盲子躺在床上,像是病倒了。

"你可来了,老盲头啊,这几天老是念叨你。"向秀玉对他说道。

"病啦?严不严重?"他走上前,看到老盲子脸色黯淡无光。

"你来啦,我就说……"老盲子咳起来。

"你就躺着吧,舒坦些。"向秀玉佝偻着身子,在床沿上坐下。

"啥时候病的?"他问。

"好几天喽。"向秀玉说。

"哦,抓药吃没?"

"吃了。还是不见好。"向秀玉叹气道。

"是哪里不舒服啊?老盲头。"

"说是头疼。我给他量了体温,没见发烧啊。"向秀玉又接话道。

他看着老盲子,一时不知道该再说什么。

过了一会,老盲头说口渴,向秀玉忙起身去给他端水。

"要不要去医院看看?"他俯身问老盲子。

"老毛病啦。"老盲子喘着粗气,说,"这回怕是扛不过了。"

"别想那些,吃了药,过几天就好了。"他安慰说。

"还有好些话想跟你说,老杨头,我晓得你对我好嘞……"老盲子又咳起来。

向秀玉端来水,他帮手把老盲子扶起。老盲子大口大口喝水时,他想到岳父临死前吞食肉丸子的样子,心里不觉咯噔了一下。

向秀玉为何会来看护老盲子,他无从知晓。这个身上一直带着荣光的女人,在县城几乎无人不知:丈夫是人民警察,为人和善,心细如发,因破获一起凶杀案,在县城备受人们敬重,却不慎在追捕盗猎者时,被猎枪击中;儿子长大成人,退伍回来当了消防员,年纪轻轻又葬身在了火海。谁也没想到的是,这个烈士家属晚年时竟迷上了上访。十多年来,不管风霜雨雪,她每个月都会去市信访局一趟。每次她挎着那个碎花小包袱出门,都是一副春风满面的模样。只是自始至终,无人知道她上访的理由。

"又去市里了?"老盲子喝了水,不一会就睡着了,他只得和向秀玉搭话。

"上周去了的。"向秀玉双手半握着,看了他一眼。

"哦。你身子骨还是好噢。"他奉承说。

"车子坐不得,腰子不行了。"

"见了领导了?"

"见了。我每回去,都提前跟他定好日子呢。"

"有好些年了吧?"

"十一年零三个月了。"向秀玉舔舔干涩的嘴巴,嘴角露出笑意,"以后啊,我不去了,局长说他来看我。"

他见到那个信访局局长,是一个月后。那个明媚的春日,他和老盲子在门口晒暖,向秀玉带着局长来了,尾随的还有围观的街坊。等局长走近,他终于看清,局长真是像极了向秀玉牺牲的儿子。恍惚间,局长已热情地向他伸出手。

"你咋知道局长像你儿子的?"局长离开,众人散去,老盲子问。

"我哪里晓得。是以前去市里上访的人告诉我的,说他们在信访局院子里等着见局长,他一出来,他们还以为我儿子又活了呢。起初啊,我还不信,他们又跟我说,说信访局啥问题都会帮着解决。我那时候一个人,心里整天闷得慌,就想找个人说说话。我想着局长像我儿子,不会嫌弃我,就去找他了。"

"那么大的领导,你说见就见得?"老盲子质疑道。

"他可没有官架子。"向秀玉说,"我跟接访的姑娘说,我想见见局长。她问我有啥事,我说我不上访,就想见见局长。她问我想见哪个局长,我哪里晓得是哪个,就说见官最大的那个。她就笑,把我带进了郑局长的办公室。"

"他那么忙,有时间和你唠?"

"我呀,就是想看他一眼,跟他说两句。谁知道见了他,我就真觉得我儿子又活了过来。他太像我儿子了。他跟我握手,我攥着他的手,心里又喜欢又难受。一难受……"向秀玉又落了泪。

他看着老泪纵横的向秀玉,又想起自己的儿子。

"郑局长是好人嘞。"老盲子说。

"我儿子要是活着,年纪也跟他差不了几岁……等郑局长把你的情况核实了,帮你安置好,你就能有自己的家了……"

五

在菜市场,他买了羊肉、白萝卜、西兰花、豆芽。家中冰箱里的猪排骨,还可煲两次汤。葱、姜和盐,他是在楼下的一家佐料小店买的。尽管钱花在谁家都一样,但他更愿意照顾近邻的生意。

准备午饭时,老伴的责骂声又从客厅传出。他停下手里的菜刀,看着切了一半的萝卜,老伴此前在卧室更换内裤的画面让他险些笑出声来。倘若他早十分钟回来,她就不会在马桶前尿湿内裤和睡裤。毫无逻辑可言,这次他竟丝毫没有感到愧疚,心里甚至涌起一丝莫名的笑意。他捡起一片萝卜塞进嘴巴,微凉的萝卜随着牙齿的咬合碎开,心满意足地吞下。

事实上,老伴往日突生的怒火和谩骂,曾让他有过逃离的想法。那年他五十四岁,头发已灰白。但这种冲动的激情仅持续了两个小时,他便在老伴端来一碗姜茶时忘记了前嫌,毅然放弃。那场风波始于一次再平常不过的感冒,他拒绝服用西药,病情越发变得严重,染上了肺炎。女儿在电话里苦苦哀求,他去医院检查,结果一出来,老伴就开始了训教。

女儿的电话是他们吃饭时打来的。外孙女的病情已得到控制。他把手机递给老伴,她们在电话里说了没几句,女儿就挂了。

"这个混账东西!以后再别回来了。"

"你也是,跟她说这些干啥。"

"她不回来帮我们看墓地谁看?等我们两个老不死的咽了气再看啊?又不是要她花钱……白养她这么大!"

"她又不是不回来了,等下次回来了再说也不晚啊。"

老伴推着轮椅气汹汹地去了卧室,留下他和桌下端视着他的老贝尔。

午后,他上了楼,在躺椅上小睡了片刻。敞开的房门,时有凉风吹入。这个二月将尽的日子,他心静如水,平和地进入了梦中。梦里,他蹲在河边垂钓,一旁站着女儿和外孙女。女儿凝视着河面,想着心事;外孙女忽然挣脱她的手,去追赶一只蝴蝶。他把钓钩从水中抬起,再一次抛向更远处的水面,她们已不见了。已经多年,他不再来河边钓鱼,也不再吃鱼。他心有余悸,相信儿子那日下河摸鱼,就是被一条大鱼咬住,才无法脱身,同时认定它还吸食了儿子的六魄七魂。

老盲子出现时,他已不知身在何处。向秀玉牵着他,二人衣着整洁庄重,像是去赶赴一场隆重的聚会。他喊他们,他们像是没听见。他跟着他们,迎着风尘走了一段,穿过一片空旷的野地,眼前是水流湍急的黄河。下一刻,黄河岸上便聚满了人。老盲子仿佛一下嗅到了同类的气息,甩掉向秀玉和手里的拐棍,喊叫着向他们奔去。那是何等神圣的欢聚!他难以形容。他们怀着一颗颗纯净澄明的心,彼此拥抱,一起仰天呼叫,声音直冲云霄,脸上的光亮犹如一道道锐利的刀光,向着山河砍去。他远远看着,像是受到了莫大的震动,心跳加速,不由得哭出了声。

"那是我这辈子最幸福的时刻嘞。"老盲子告诉他,说他走了好多年,才有幸与他们在西北的黄河边上相遇。

"你们为什么要喊啊?"他不解道。

"我们是在向天发问嘞。"老盲子说,"河在流,风在走,我们为啥就看不见光明嘞?"

他点点头。

"我是在跟黄河对话嘞。"老盲子又说,"黄河十八弯,弯弯都有人家,活了这些年,我咋就成了没家的人嘞?"

"老盲头,你是个可怜人。"

"老杨头,我现在不觉得可怜嘞。你和秀玉妹子都是好人……"

说不上为什么,他心里酸酸的。

醒来时,他有些恍然,眼角竟真挂着泪。

他把眼角的泪水擦去,缓缓起身,更为奇妙的事情发生了。

他看到玻璃花房里的盆栽,枝叶间开出了花朵,上面落满了蝴蝶。它们扑扇着翅膀,静静采吸着花蜜,丝毫没有被他所惊。他揉了揉眼睛,以为是错觉,但手臂落下时候,虚幻越发变得真实:落在不同颜色花朵上的蝴蝶,突然有了变色龙的功能;白色花朵上的黄蝴蝶变成了白蝴蝶,紫色花上的黑蝴蝶变成了紫色……他盯着一朵黄花上黑蓝相间的一只,等待着它变幻,它们忽然像听到了呼哨的鸽群,一下飞起,陆续穿过玻璃,聚集在花房上空。等到它们依次排开,变成一只体形庞大的彩蝶,倏然消失不见,他再次从梦中醒来。

老伴的呼声从卧室传来,他还在回味先前的梦境。他想,若是能活在梦里,也是一种乐事。就像老盲子那样,可以永远活在真假难辨的经历和想象里,何况现在还有向秀玉照顾。但是他不能。他知道,尽管爱的能力会随着岁月的流逝一天天变淡,但在死亡抵临前,他必须竭力保持着足够的气力和耐力。就像他对玻璃花房里的那些花草一样,一旦他不在了,它们就会在某日失去生机,因缺水少肥而枯萎。

■ 云落凡尘

■ 066

■ **云落凡尘**

"……在经过那么多的思考和有时是该受谴责的试验之后，我仍然不清楚在这幅黑帷幔后面发生的事情……"

——玛格丽特·尤瑟纳尔 《哈德良回忆录》

第一章　原罪

1.

间歇的雨水使季节染上了清寂的色调。

整个四月，度琼都为空气中弥漫的恐惧气息所扰。这一刻，当远处的山野隐入迷蒙的雨雾时，此前梦中的惊魂一幕瞬即掠过她的脑海。

这已不是度琼第一次梦到那只丑陋的黑色甲虫。凭着清醒的意识，她感到那只黑色甲虫是顺着她发间的金银花清淡的香味寻来的。那些由祖母采集不同花瓣研磨配制而成的洗发水，曾一度使度琼迷恋。很长一段日子,她总是每天尝试不同花香的洗发水,一遍遍清洗自己黑柔的长发,直到某日突然爱上金银花的香味。

终于,黑色甲虫攀附着黑发爬上了她的额角。它伸长的触角在碰及度琼眼睑之际,一种奇痒无比的错觉不由得遍及了她的周身。她本能地绷紧身子,想要打个喷嚏,抑或弄出一些响动,将甲虫驱开,可竟又动弹不得,僵死的身躯在此后相当长的一段时间只能被它占有。

就在黑色甲虫挥动细爪极力想要扒开度琼两瓣紧闭的薄唇时,她惊惧地醒来。

那显然是一种不祥征兆。度琼无数次听祖母替人解梦时说到,一个梦到自己死去的女人,会带来厄运。度琼不知道她连续数晚梦到的那只想要进入自己身体的甲虫,是否亦是一种死亡征象,但她隐约感到,它一定是恶魔的化身,绝非是想在她温暖如春的体内筑巢繁衍,而是要带走她腹内的胎儿。

更晚一些时候,度琼感到饥肠辘辘,尽管她毫无胃口可言。她知道即使逼迫自己吃下那些营养丰盛的食物,难以遏制的强烈呕吐感亦会随之而来。"受孕也许会要了一个女人的命。"祖母的话语倏然在耳畔响起。那几近低语的声音穿过雨幕,尚未开始在空荡的房间回旋,度琼就已感到它像是一把闪现寒光的利刃,一次次划向了自己脆弱的灵魂。

出于母性,度琼急忙用手护住了小腹。

风迅疾地穿过门廊,窗檐下悬吊的铜铃发出清脆的响声。自从通灵的祖母去世后,如今再没人登门前来。那只锈迹斑斑的铜铃,早已成为风乍起的警示物。

　　"雨总是要停的。"那个冬夜,她们坐在炉火前,祖母对她说道,"就像风一样。"

　　铜铃响了一声。

　　"是风先停,还是雨先停呢?"

　　铜铃响了两声。

　　"谁知道呢。它们有时是一同来又一同走。"

　　这次铜铃没有响动。

　　"你能跟风婆说说,让她来我们家做客吗?"

　　铜铃一阵摇动。

　　度琼知道,那一定是风婆听到了她的话语。

　　度琼深知祖母在族内的地位异于常人。每每那些女人带着丢了魂的孩子登门,请她召回他们的魂魄,祖母神秘的一面便遽然表露无遗。那时,她总是带着审视的目光盯着眼前惊慌的母亲们,表情肃穆凝重,仿佛主持葬礼的土老司。待弄清了孩子丢魂的大致时间和方位,她方起身摸摸孩子苍白的小脸,之后抓起他们冰冷的小手,一起走进那间飘着檀香的房间——那里供放着度氏家族历代通灵者的灵位。

祖母是怎样施法召回了那些走失的魂魄,度琼一无所知。似乎每次只要屋檐下悬坠的铜铃猛然一阵晃动,就可确信孩子们迷途的魂魄已御风归来。每次将"完好"的孩子带出房间,交到那些母亲的手中,祖母都身疲力竭,唇齿微颤,犹如大病了一般。待母亲们道完谢准备出门,祖母又如常告诫:孩子三日内不可在风口玩耍,以免刚刚归来的魂魄再次走失。

2.

那个明媚的夏日早已一去不返。度琼是在给祖母上坟回程途中,遇到了那群打猎归来的男人。他们个个身强体壮,步履轻快,像风一样。度琼喜欢风一样的男人。在不可确信的记忆里,这一不可替代的形象来自她的父亲。只是那个悲伤的男人在妻子死去翌年,就毅然决然地卷起铺盖,取下挂在门后的猎枪,进山做了护林员。

疾步走过时,他们之中一个年轻男子吹了一声口哨。这轻佻的举动顿使度琼恼羞不已。她举目望去,欲要看清那男子的面容,他却深情一笑,回转了身子,留下一道健硕的身影和挂在他背后枪膛上两只血迹斑斑的雉鸡。

倘若不是看到一旁矮坟上的那对反舌鸟,祭奠了祖母,度琼会去看望鳏居在山洞里的父亲。他们已许久不见。眼下,那个奔疾如风的男人因伤病已行动不便,面憔体衰。

对反舌鸟的认知,度琼最初源于祖母说起的一个古老故事。那只被蛇咬伤的反舌鸟是被巡山老人救下的,伤愈,再次回到天空,作为回报,它衔回了一片带有剧毒的断肠草,将之丢在了老人正在烧煮饭食的陶罐里。毫无逻辑可言,这一刻度琼无端想到自己就像那只以毒报恩的反舌鸟,而去看望父亲的举动,正是要向他日常饮用的餐食里投下一粒足以致命的毒药。

"爱就像一服毒药。"祖母曾不止一次对她说道。

一年一度的"女儿会"在七月如期而至。

梅带着从山里采集的蓝莓推门进来时,度琼正在水井旁清洗洒有野猫尿溺的床单。看到她,度琼欣然一笑,起身回屋取出了那只绿蓝相间的琉璃杯。祖母在世时,总是用它盛放山楂和树莓果。

"它们可好吃啦。"梅小心翼翼,将蓝莓一颗颗放进度琼手中的琉璃杯。

度琼盯着她,胸口涌出一股暖流。她知道,这个与自己相像的女孩,就像一颗令人垂涎的蓝莓果,迟早有一天会变得酸甜可口,高挂在七月上翘的枝头。

梅离开后,度琼将清洗干净的床单晾到了院里的细绳上。那紫色床单似乎甫一在阳光下铺开,上面印染的花鸟就变得鲜活起来。度琼出神地看了一会,转身进了屋。再出现时,她已换上了一件滚有多道花边、衣袖短大的左襟大褂,下身配着一条八幅长裙,七朵"如意云钩"

镶拼其上,浅色花边与多色嵌条盘绕在"如意"四周。那是祖母生前唯一为度琼缝制的一套新衣,寓意不言而明。只是直到祖母去世,度琼都未能让她得偿所愿,将那藏在箱底的新衣试穿一番。

"那是我吗?"度琼忽觉镜中的自己陌生起来。

"镜子是有灵性的。"

"像婆一样?"

祖母在她的遥想中舔舔干瘪的嘴唇,默然一笑。

是刮来的热风首先唤醒了河街。青石板铺成的街面一如往日,脏乱潮湿。两旁林立的木制小楼紧密相连,对应形成的窄巷向内深延,唯檐下挂晒的颜色混杂的衣物,形如活物,随风轻荡。端坐在门前的老人,三两相聚,闲叙着里短家长。

待那盛装前来赶场的年轻男女陆续涌现,河街一下变得热闹起来。

"幺妹,篓里的梨子几多钱?"

"好多钱。"

"开个价呗?"

"一万块。"

"哎哟,妹子,你这梨子是金坨坨还是银蛋蛋?"

"金坨坨银蛋蛋你也买不来。"

……

"幺妹,你这蓝莓甜不甜?"

是一阵类如薄荷的清凉芳香首先引起了度琼的注意。她贪婪地轻嗅鼻息,想要弄清香味的来源,一个清秀男子猛然立在了她面前。然而他微微颤动的嘴角尚未再次发出声音,度琼已透过那香味洞察到了他迷乱的心智。

"妹子,蓝莓几多钱?"他再次开口问道。紧握着拳头,手面干净白皙。

等他真切的眉目如火一般在度琼的瞳仁中燃烧起来时,她却再度陷入了此前那沁人心脾的醉人芳香。

"你知道吗?爱就像一服毒药。"显然,那并非度琼真实的想法。

"啥?"

"爱就像一服毒药。"她竟又重复了一遍。

男子狐疑地盯着她,之后犹如受了惊吓,仓皇逃开。

3.

用蜥蜴肝和蛇蜕等分,以苦酒调均擦拭妊发脐的去胎方法,是度琼从祖母那里知晓的。那个在街口开店杀蛇绰号"鬼手"的男人带着妻子敲响院门的一个春夜,度琼已躺进被窝睡下。窗外风吹树叶的清响与淅沥的夜雨混弹着一首柔和无序的安眠曲。在此之前,他们已先后生下十一个儿女。每次在街上看到那活下来的七个孩子跟在鬼手身后,一边哭泣一边饥饿地叫嚷着索要食物的情景,祖母便会心生怜悯,到街边的小摊前给他们买羊肉包吃。

此刻,那瘦小温良的女人垂着头,不时低声啜泣;鬼手提着一条剥皮后肉色赤白的长蛇焦急地等在门外。他是来寻祖母为妻子打胎的。那也是度琼第一次偷窥到祖母从一个密封的紫褐色陶罐中取出她独自研制的致命药剂。

"你可想好了,这药可是会要人命的。"

"想好了,孩子是不能再要了。"鬼手坚决道。

"我不要喝这药!"作为妻子,女人似乎已不止一次体验到喝下那药剂后的致命疼痛。

"狗日的!你想让老子跟你穷一辈子?"鬼手呵斥道。

"我疼……"说着,女人痛哭起来。

或是出于慈悲,祖母后来将那坛带有毒性的药剂全部倒进河里,又配制了一种只要涂抹在皮肤上就可去胎的新型药剂。

出门去寻鬼手的那个傍晚,西天霞光尚存一缕暖意。或是冷风所致,街上空空荡荡,唯鬼手半开的店门前围着几个贪恋热闹的大胆顽童。他们紧靠在一起,脸上却分明带着一丝惧意。当度琼走近时,鬼手已把剥下的一条青色的蛇皮丢到脚边的木桶里。柱子上那颗被钉子牢牢钉住的蛇头,溢出了一股淡色的血迹。而那尚有生命征象的嫩白蛇身,不时抖动一下,宛如一条勾人魂魄的绳索。顽童们瞪大眼瞳,怔怔地盯着柱上赤白的蛇身,仿佛为某种魔力所控,一动不动。鬼手漠然地看了他们一眼,顺手从桌上拿起了一支早已卷好的烟草点上。过了一会,他口衔烟卷,腾出手来,拉起蛇身,右手用力一抠,温热的蛇胆便从蛇腹内滑出,轻落在鬼手手中。

"你们谁想吃?"鬼手将蛇胆伸向围观的顽童。

顽童们纷纷摇头,退后。

"有毒。"一个孩子随口说了一句。

"有啥毒?"鬼手诡异一笑,说,"这可是好东西。"随之将蛇胆放进口中,直吞入腹。

或是被鬼手身上散发的浓烈血腥气味所惊,度琼不由得心头一颤,一股不可名状的寒意顿时溢满周身。

"我想要一张蛇蜕皮。"片刻,度琼上前对鬼手说道。

若不是为了采集头顶珠和八厘麻,度琼那日也不会遇到那场突如其来的大雨,亦不会在深山迷了路迟归。那些祖母时常用来熬制解毒止痛的药草,如今已变得越发稀少。度琼意外闯进那个山洞,枯藤攀附的阴湿洞口,节奏有致的水珠滴答滴落,隐隐作响。一进入山洞,度琼便放下装满草药的背篓,脱去湿漉漉的外套搭在洞口,希望吹来的山风将它吹干。

天色渐暗,此时正是街上的孩子们追逐戏耍的时间。想到那些孩子,度琼竟莫名雀跃起来,仿佛他们是那群冒雨飞越丛林的鸟群,成了一道闪亮的景色。它们会不会找不到家呢?遐想间,度琼恍惚记起,多年前祖母总是在雨水之日将她揽进怀里,望着掷地有声的粗大雨滴,给她讲那些诡异的故事。

"婆,我怕。"

"有啥好怕的,有婆在呢。"

"那婆再讲一个吧。"过了一会,她又说道。

"你还要听啊?"

"嗯。"

"那婆再给你讲个赶尸的故事吧。"

雨中不觉弥漫起幽谧的气息。

"婆,你说为啥会下雨呢?"

"因为雨是野草和树木的奶汁,一下雨,它们就有了奶吃啊。"

她和祖母就会笑上一阵。

"可雨啥时候会停呢?"

"雨总是要停的……"

"等雨停了我就可以去街上玩了。"

"雨一停,一些人就不见喽。"

"像我娘一样吗?"

睡意不期而至。

4.

素已很久没来了。作为度琼最亲密的好友,自她上次送来自家新酿的一坛甜酒,告诉度琼她要离开,就没了踪影。

清幽的炊烟此时从金寡妇家磨坊的烟囱冒出。在素离去后,除了早逝的丈夫留下的那间豆腐坊,金寡妇如今已一无所有。事实上,金寡妇原可以再招一个男人上门,一起过活,只是那时每每一有男人在门前转悠,素便跑进厨房,拎着一把用来剁骨的钢刀威风凛凛地坐到门前的台阶上,直到他们心生怯意,知趣地走开。或是为了彻底让那些前来寻情的男人断了念头,一个秋日夜晚,在金寡妇熟睡后,素将金寡妇那一头乌黑的长发一剪剪去。

"这下好了,以后再也不用担心那些闻到腥味就发情的蠢驴了。"素一贯这样称呼那些对她母亲心存欲念的男人。

"你真厉害!"度琼说。

"看她以后还敢不敢再想男人!"素显得无比得意。

然而,那个令素钟情独爱的男人究竟是谁,她对度琼却一直守口如瓶。

"他就像一个谜。"素说自他第一次爬进她的房间,他们就约好只在夜晚相见。

"有时他身上带着药草的味道。"

"那他一定是药铺的伙计。"

"不可能。我已去过镇上所有的药铺,没一个像他的身影。"

"你不怕他哪天再不去找你?"

"怕什么呢。"素说,"反正每次他都给了钱。"

度琼就突然明白了素的言外之意。

"他们是没有灵魂的。"对那群时常在黑夜游荡的男人,这是度琼从祖母那里得到的唯一讯息。后来那个没有灵魂的男人向度琼窗口投掷石子的夜晚,小镇已迎来了最残酷的冬天。再晚一些日子,雪花便覆盖了山林和大地。

可自始至终,度琼只躲在窗下,根本不去理睬那扔完石子的男人是否会高唱起淫秽的山歌。她知道,若是听了那歌动了心,他就会敏捷地翻过院墙,从窗口潜入她的房间,爬进她温暖的被窝。

"那歌可是会醉人的,"素告诉她,"它让你心里痒痒。"

"你就不能堵上耳朵?"

"那歌声能从身上的毛孔钻进身体哩。"

"咋可能呢?"

"你知道吗,那歌声就像一把金色的大锁……"

在素离开后不久,度琼就听到了那令人心痒难耐的歌声。可是,当她一次次用尖利的细针刺入自己鲜嫩的肌肤时,疼痛就遮蔽了那撩人心弦的诱人歌声。

从屋檐坠下的水珠,次第落入门前装有石子的瓦罐。

那些度琼在房间捡到的石子,在清澈的水纹里闪现一簇清冷的寒光。

无须质疑,度琼一开始就已决定,等那男人掷来的石子填满了瓦罐,她便会打开木窗和房门,迎进那个在黑夜丢了灵魂的男人,与她一起同眠共枕。只是自她从山里采药回来的那个夜晚,那个男人就再也没有出现。就像此刻飞落屋檐的大鸟,天一黑,他就在她试图敞开的光亮里不见了踪迹。

然而,爱一消遁,恨遽然就填满了空隙。

那双粗大有力的手掌就是在那时伸向了度琼温热的脖颈。未及喊叫,她已感到那根开裂的木棍敲向了她密发下坚硬的脑壳。

顷刻间,那双粗糙的大手开始剥除她单薄的衣物,在她冷战的肉身上游走。伏地吹过的凉风中,她保持着微弱的气息,直到躺在泥水中的身体在疼痛袭来时,使她发出了几不可闻的惊呼。可不知为何,她竟隐约感到那呼叫声中有了一丝快意,犹如有人在她耳畔轻哼起了送葬的歌谣。尽管那歌声一旦响亮起来,迷雾便从四方簇拥而来,将她淹没在了无人能够分辨的黑暗。

再次深陷那迷人的幻觉,度琼看到了黑夜中蹲在树上偷窥的那只野猫。它幽亮的眼瞳里,分明有着一团炽燃的火焰。就在那一刻,一股温热腥浓的气息扑面而来。那正从度琼大腿内侧流出的鲜血里,一只黑色的甲虫露出了它狰狞的面目。

第二章　夜鱼的叫声

1.

她以为抓住了夜之冰凉,就抓住了河里的那条游鱼——它光滑的鳞片如同梅清洗过的身子,在月光下闪烁着撩人的光芒。可她不可能将梅抓住,就像她无法抓住的那些梅在梦中听到的夜鱼的叫声——你听,它们绸缎般柔软而悲伤的低音,多像失眠人痛苦的呻吟。

梅把盛放野果的背篓放下,将兜里的钱币掏出递过去,她数了数,抬手给了梅一个巴掌。

梅从林中采回鲜艳的野花分插在空酒瓶中,摆到门廊下,她走过去将之一一踢倒,抬手给了梅一个巴掌。

梅把父亲喝干的酒罐偷偷藏到干草堆,坐到门前假装挑拣核桃,她找到后将梅唤到面前,抬手给了梅一个巴掌。

作为她的女儿,梅像是她身上滚下的一颗毒瘤。

十四岁那年,整日烂醉如泥的父亲告诉梅,那个叫梅允的女人曾想把她当作礼物送给一个贩卖骡马的男人。若不是他将梅悄悄藏进地窖,她一时无法找到,如今梅已不知身在何处。"狗日的,跟你那该死的老子一样,你也是个没用的畜生。"她总是这样咒骂梅,梅早已习以为常。那些年,倘若一段日子没听到她的叫骂,梅会感到心慌,仿佛自己真是她口中的贱货,长了一副贱骨头。

事实上,自从那个叫度琼的女人突然疯掉后,梅就变得富有起来。每隔一段时间,她就溜进度琼家中,拿走她房内那些值钱的衣物和首饰,去镇上的当铺换了钱,再到街上的酒铺给父亲买一瓶上好的烧酒。每一次,梅只从度琼那里带走一件衣物或首饰,这样不仅可以细水长流,更是为了避免被度琼的父亲捉到,将她扭送到惩戒有罪之人的宗族祠堂。时而,梅也会陪她在院子里坐上一阵,并将背篓里剩下的几颗烂熟的野果分给她吃。

"甜吗?"梅将一颗树莓果放进她嘴里,问道。

她歪着脑袋看看梅。

"那再给你吃一颗吧。"梅说。

度琼立即张大了嘴巴,像一条浮出水面的饥鱼,等待着入口的食物。

可这次任梅怎么翻箱倒柜,一件值钱的物品也没能找到。她猜想一定是度琼做护林员的父亲发现了什么,将剩余的贵重物品一并藏了起来。

失意在所难免。一想到父亲没了酒,会在房里大喊大叫,梅就心疼起来。出于感恩,抑或是出于拯救,梅总是把卖掉野果的零钱用一块布片包好,趁母亲不在时埋到后院院墙一角,用来给父亲买酒喝。

一日贪看送葬的法事,回家迟了,梅父一时难忍,企图挖出梅的存钱去街上买酒,被出门归来的梅允恰好撞见。

"狗日的,你是想拆掉老娘的院墙吗?"他怎么也不会想到,当他正兴奋地挥动铁锹沿着院墙开掘时,梅允竟意外出现在了身后。

"没……没有……"他一时怔愣,支吾道。

"没有?那你狗日的没事挖院墙干啥?"

"找……找东西。"他傻笑道。

"找东西?"梅允将信将疑,"难道这院墙下还埋了啥金银财宝?"

"嗯嗯,"他像是突然抽了风,说,"我听我爷爷说,你们家祖上有人做过土司哩。"

"狗日的,你以为老娘好骗是吧!"说着,她扬手甩给了他一个响亮的耳光。

他虚弱的身子一晃,用手去捂疼涨的脸颊,倒地的铁锹钩出了那块蓝纹的布块。

可以想见,那个秋雨微凉的夜晚该是何等的凄凉。作为惩罚,梅被母亲扒光衣服关进了放置杂物的柴房,在虫鸣与夜鼠窸窣的斗叫声中度过了漫长一夜。

穿过那条临河的窄巷快步走到街上,向家的羊肉铺面立即映入眼帘。店铺门前的案板上,整齐排列的大小不一的刀具,在阳光下晃动着阴森的寒光。向仁坐在门前,嘴里叼着一根烟卷,不时驱赶着前来叮肉的蝇群。猛然想到那从粪便中爬出的蛆虫蜕变而成的蝇群可能会在肉上留下虫卵,梅顿觉一阵恶心。

然而她还是不由自主地走了过去。

"我想要一块羊肉。"梅对向仁说道。

"好嘞。"向仁起身冲梅一笑,露出两排焦黄脏兮兮的牙齿。"看看吧,要哪块?"他翻动着被切分均衡悬吊半空的肉块,问梅道。

"哪块都行。"

"好嘞。"向仁随即取下一块,又问,"要不要剁碎?"随手抄起了一把桌上摆放的剁骨刀。

"我没钱。"梅说。

"嗯?"

"我没钱。"梅只得重复了一遍。

"没带钱啊?那就先记账吧。"

"我没钱还。"梅又说道。

"不急,啥时候有了啥时候给呗。"

"我没钱……"

向仁一愣,将快要燃尽的烟卷扔到地上,狠狠踩了一脚。

2.

那是梅第一次不费吹灰之力就得到了一块新鲜的羊肉,并用它给父亲换回了两瓶最好的烧酒。也是从那天起,梅知道了她的身体竟有着神奇的魔力,可以用来换取任何自己想要得到的东西。

一开始跟着向仁走进他屠宰牲畜的作坊时,梅害怕极了。她以为在那弥漫着腥臊味的小木屋,向仁会像屠宰一只活羊一样将自己杀掉,邃然感到窗口射入的阳光有了令人窒息的味道。可等梅进了门,向仁却让她坐到了那张他用来摆放羊肉的木板床上。

"你真想要那块羊肉?"向仁问。

梅点了点头。

"你真的没钱?"他又问。

"嗯,我一分钱也没有。"梅说。

"那你把衣服脱了吧。"

梅害怕地紧紧抱着臂膀,想象着向仁即将饿狼一般向她扑来,将她生吞活剥。可他并没有行动。过了一会,向仁才上前一步,告诉梅,他只想看看她的身子。

如今梅已不再需要去山里采集野果。似乎只要她一早梳洗好,想到家里缺些什么,就可以直接走进街上开设的铺面,对那些还停留在甜梦中的男人露出一点媚意,他们便心领神会,将梅带进店里的隔间或储物室。时间一长,有关梅的流言就遍及了街巷,梅就成了人们茶余饭后的谈资。

"看啊,这还没成人的东西今儿不知道又要去谁那儿浪呢。"

"哎哟,你们瞧瞧她那双媚眼,勾死个人哩。"

"可不是?一看就是个小骚货,跟她娘当年一个样。"

不管他们怎么议论,梅一点也不生气。因为她根本没跟任何一个男人睡过觉。每次与他们独处一室,梅只允许他们观赏自己迷人的身体。

可梅讨厌他们将她跟那个她必须唤其母亲的女人扯到一起。

有关那段广为人知的情史,梅一直深以为耻。因它一旦为人提及,梅就成了名副其实的杂种,一出生就烙上了难以洗去的卑劣印记。

"你狗日的又去街上'卖肉'了?"这日梅一进门,她母亲便质问道。

"卖肉?"梅一身酒气的父亲醉言道,"卖肉好……"

"你狗日的迟早得害死你自己。"

"死?不能死……活着好哩。"

"狗日的,拿来我瞧瞧,今儿都得了些啥好东西。"

梅便回到房间,将从铁匠铺得来的钱与前一日从布店得来的布料一并交到了她手上。

不知从何时开始,她已不再动手打梅。像是梅从那些男人身上得到了某种隐秘的力量,足以致使任何想要伤害她的事物感到畏惧。正如预想,梅知道条件已经成熟,她必须带着爱一萌芽就孕育的仇恨,带着忍受多年的耻辱,以她夜鱼般光鲜的肉体作为复仇工具,去让那对双胞胎兄弟得到应有的惩罚。

梅是在一个蝉声聒噪的午后决定去引诱他们的,在此之前,落了一场酣畅淋漓的大雨。如若记忆属实,那时他们还在午睡。梅推开房门,他们从睡梦中恍惚醒来,惶惑地盯着盛装出现的梅,犹如两只受了惊吓的小兽。

"你是梅允……"他们之中一个问道。

"她不是梅允。"另一个似乎已清醒。

"真是太像了。"

"难道我们又在做梦了?"

他们用手背揉了揉眼睛。

"你是梅允吗?"

"狗日的,她不是……"

"那她是谁?"

"她一定是梅允的闺女。"

"你咋知道?"

"你没闻到她身上和梅允一样的香味吗?"

"噢,还真是哩。"

"听说她现在开始在街上'卖肉'了?"

"狗日的,可不敢胡说,说不好她还是咱们的种哩。"

在他们梦语般的对话中,梅转身走进了门外灼人的烈日下。

3.

已经很久,梅没再去看望度琼了。不久前的一天,她听说度琼不知从何处弄到一把用来劈柴的斧头,险些将那个跑进她院里的孩子剁成肉酱。为了避免类似的情况再次发生,闻讯赶来的众人将度琼擒住,把她关进了后山上那座早已断了香火被荒弃不顾的土地庙。如今,一到夜深,度琼便会冲着土地庙那唯一未被封死的木窗,发出一阵阵令人毛骨悚然的哀号。

梅懂得那无望的喊叫有着常人难以理解的悲凉,就像她对母亲的怨恨,一旦一切变得无关紧要,就成了一汪澄澈的溪水。可谁又听到了那水底夜鱼发出的悲鸣呢?或是那条总在梦中咬钩的大鱼激起了梅的兴致,这些日子,她开始在河边游荡。仿佛秋风一起,那条绕山远去的河流两岸就聚集了诸多垂钓者。一如往常,他们习惯摆出一副聚精会神的模样,盯着水面微微荡动的鱼漂,渴望在它沉下之后拉出的是一条雀跃的鲫鱼或草鱼。然而,每当梅从他们身旁走过时,他们内心的河面早已暗涛汹涌,钓钩般锐利的眼神将梅死死钩住。

除了那个叫芄的英俊青年,梅知道他们谁也不可能让她这条光鲜的大鱼上钩。仿佛他从水下钻出一刻,梅的心绪自此便再也无法平静。梅确信她肯定在哪里见到过他。他可能是药铺的学徒,也可能是油坊的帮工……那日,梅站在河岸的风中,看着他水鸭一般在河里灵动地潜进潜出,就不由得想要跟他一起戏水嬉闹。难道他就是梦里那只黑色钓钩?仿佛他一经出现,一下就钩住了梅命运的喉咙,使她无法出声。

梅已不能分辨真实与否,凉风吹起的水波让记忆徒然生出了些许褶皱。当那些多情的男女在傍晚的霞光里开始高声对歌时,眼前的山野就弥漫起了爱情的甜蜜。那歌声犹如梅在密林寻到的一株野藤,枝叶间缀满了诱人果实。她弯身想要摘下最纯洁的那颗,他忽然蹿出水面,将梅一把拉入水中。

挣扎必不可少,毕竟那微带腥味的河水实在难以下咽。大概是害怕梅喊叫的缘故,他用力拖拽着梅,坚持不肯让她露出水面。可梅根本就不想呼救。那一刻,她觉得自己就该是他的女人,成为他身体不可分割的一部分。然而,他不可能明白这些。就在梅几近在他的臂膀间恍惚睡去时,他一下将梅拉出了水面。一上岸,他便将梅拖进一处茂密的林丛,开始用力挤压她的肚腹。

那些梅一口口艰难吞下的河水又一口口艰难地从嘴巴流出。

"你就是那个在街上'卖肉'的女孩吧?"他开口道。

梅极力想要睁开眼睛,却一点力气也没有。

"你不会真他妈死了吧?"他拍了拍梅的脸颊。

梅感受到了他手掌的温度。

这时他又用手指试探了一阵梅的鼻息,开始剥除她的衣服。

梅想要在他开始抚摸前彻底醒来。那样的话,她就可以抱着他,对他灼热的欲念做出回应。当他之后抓住梅松软的乳房,将嘴巴凑近了乳头时,梅在半睡半醒之中不觉抖动了一下身子。此后,他冰凉的手指顺着梅光洁的脊背,沿着她的腰际滑向梅的腹部,在她那片温暖之地做了短暂的停留。

是那阵突如其来的疼痛使梅彻底醒来的。那时他双手撑地,半趴在梅裸露的身体上,已将她彻底制服。

于是山上的歌声忽然有了痒意和力量;

于是秋风的翅羽将梅包裹在了它宽大的怀抱;

于是梅终于看清了他俊朗清瘦的面目和额上的汗珠。

在那场带着耻辱的洗礼中,梅感到那股邪恶的暖流一下就击穿了她冰冷的肉身。

回到家,天已黑透。看到梅湿淋淋的狼狈模样,正在灯下穿针的梅允有些慌乱。她盯着梅,犹在确信某种她失而复得的物品,一动不动。

梅走到她面前,像从前一样,等待着她的咒骂和巴掌。

"我闺女没了。"过了一会,她才缓缓说道。

梅诧异不已。

"狗娘养的,这下完了,我闺女没了……"她遽然大哭起来。

梅知道,她身上鲜红血迹已足以说明一切。

"你告诉我,是哪个狗日的把你睡了?"梅允声嘶力竭道。

"不认识。"许久,梅对她说道。

4.

梅把油灯吹熄,又点亮;再吹灭,点亮。如果实在无聊,她就走到窗前,望着夜空数星星。

这些日子,梅再没上街去了。她甚至再也不敢照镜子。因为她知道镜子里的那个人已经没了灵魂。于是她只得待在上锁的房间里,自己跟自己说话,或裸着身子躺在木床上,等待着那个占了她身子的男人上门求亲,娶她进门。

犹如某种奇迹,梅那整日醉酒的父亲在梅被"毁掉"不久后的一日,竟神奇般地有了活力。那日一大早,他就隔着纱窗,对楼下正在喂鸡的梅允说道:"你上来,老子今儿想跟你快活一回。"

听到那粗野挑逗的情话,梅允一愣——那些隶属夜晚的生活她早已忘得一干二净。

"狗日的,你说啥?"梅允仰着脸,惊诧道。

"我叫你上来,老子今儿想跟你快活快活。"

梅允就扔掉手中的玉米棒子,随手捡起一根用于编筐的藤条上了楼。不一会,梅的父亲便哀叫着跑了出来。

"酒,酒,我要喝酒……"他喊道。

"狗日的,你不是要跟老娘快活吗?"

"我要酒……不要快活啦……"

自那日起,梅就发现她的父亲变得奇怪起来。一些时候喝了酒,他就在地上爬,追着咯咯直叫的母鸡,像是突然成了它们的同类,抑或模仿一条撒欢的老狗,抬起一条腿,对着墙脚撒尿。饭桌前,他还时常错把梅当成他的女人,搂住她,想要跟她亲嘴。那段日子,梅就觉得那个叫梅允的女人说得很对,他迟早要醉死在梦里。

梅允是从何处得知了那个青年占了梅身子的信息,梅一无所知。仿佛她手中的那张大网一旦撒下,就能网住不计其数的鱼虾。也就是在那日,梅知道了那个青年叫芃,是一个锁匠的儿子。

梅允扯拉着芃出现时,紧跟其后的围观人群迅疾占满了梅家的院子。之后她上楼打开铜锁,将梅放了出来。

"你仔细看看,是不是这狗日的将你拉下水的?"

人群中一阵骚动。

梅保持缄默。河面涌来的清凉使她顿时陷入迷乱。

"是她自己跳进了河里,"芃辩解道,"是我救了她。"

梅恍惚感到他那握紧的双手就要伸入自己单薄的衣内。

"不是你是谁?"梅允叫道,"分明就是你这狗日的干的。"

"不可能是我,你一定是搞错了……"

"有证据吗?"人群中有人突然问道。

"是啊,可别冤枉了好人……"另一个附和道。

他再次想要用力剥去梅身上的衣物,记忆之门瞬间变得敞亮。

"就是他!"梅肯定道,"是他把我拉进水里的。"

众人一片哑然。

"我就说嘛,"梅允高声说道,"你以为你这狗日的干了什么没人知道?"

那个叫芄的青年一惊,一屁股跌坐在地。

"看来这回是真的啦。"

"你说他干吗去睡这样的姑娘?"

"说不好是她去勾引人家的哩。"

人们低声议论起来。

"不可能是他!"喧嚷间,一个中年女人蓦然从人群闪现出来,来到芄身旁,将他一把拉起,"那天他一直跟我闺女在一起。"

芄呆呆地看着她,叫了中年女人一声"姑妈"……

一切终将化为尘土散去。

那个薄雨如织的清晨,梅挺着微隆的小腹站在街角,看着那顶穿街而过的红轿子,恍然感到雨中游移的众物变得模糊迷离。至于投向她的众多狐疑的目光,则像是一支支青色的钓竿,在她梦中微波荡漾的河面翘立,黑色钓钩上挂着的,是一只只鲜活的虫子或一条条蠕动的蚯蚓。

那个欢笑着跑来的孩子喊梅妈妈时,她不觉一惊。记忆中那片野草丛生的林地,仿佛一下成了孕育生命胚芽的最佳之处。此前漫长的一段时日,她都与他朝着同样的方位睡眠,保持着呼吸同步,允许他在自己窄小的子宫里翻动他日益膨胀的身躯,允许他在自己的身体里打嗝、进食、放屁。直到冰破之时,刺穿她臃肿的肉身。

"妈妈,我怎么没有爸爸呢?"

哦,你听,他稚嫩的声音忽然就有了暖意,像那条很久不再于梅梦中悲鸣的夜鱼,又活了过来。

"来,孩子。"梅说,"来妈妈怀里。"

那一刻,她多么想告诉他,那个叫父亲的男人一直都住在那里。

第三章 桃色的云

1.

多么好笑,他们竟以为给门上了锁,就是安全的。事实上,他只要借着微弱的亮光观察一下锁口,就可以配制出一把将其打开的钥匙。

"你眼里有邪气。"作为父亲,相左曾多次告诫芄,说像他这样的人即使做了锁匠,一辈子也做不出一把好锁。芄相信这是父亲感到挫败后的妒言,多年来,父亲一直想要做出的一把坚不可摧的铜锁,都被芄一一打开。

芄把手中的那把鱼形锁举到煤油灯下,它顿时鲜活起来。那昏黄的光线如同一湾清泉,它一入水,就摆动起它灵动的扇尾,游向了水底。芄就是在这时想起了不久前那场盛大的法事。主持丧礼脸涂油彩的土老司摆好道场,挥动桃木剑念动咒语将倒地的死尸一个个唤醒,赶着他们与提着灯笼在前方带路的徒弟向山上走去时,芄在寒意弥漫的夜色里看见了那个叫梅的姑娘。

她就像一团火。每当芄这样想来,想要在黑暗里捕捉到她圣洁的面孔时,记忆就化作一缕蓝色烟雾,混杂着哭丧人悲喜难辨的泣声。"她真漂亮!"那日芄之所以告诉代珊这一不为人知的秘密,其实是想让她去帮忙打探梅的讯息。然而,那个小芄两岁的表妹早已洞悉了他不轨的想法,不齿道:"我才不要去跟那个'卖肉'的女孩说话。"

"她不可能是那样的女孩。"芄道,猜想一定是代珊嫉妒他夸赞了除她以外的姑娘。

"街上的人谁不晓得?"说着,代珊起了身。

"你去哪儿?"

"回家呢。"

"不是说好一起吃了早饭去河边捕鱼吗?"

"才不要跟你一起去。"

代珊下了楼,芄就躺到床上继续想念梅。只是这一次,当梅摄人心魄的眉目尚未完全浮现时,他却无端想到了她扑向一个陌生男人怀中的一幕。

闲来无事,芄时而会去顾阿嫂的茶馆里坐坐。那个其貌不扬的女人,丈夫赶着驮着茶叶的骡马一出门,她就想要赶紧找个男人去填补那刚刚空下的铺窝。

"听说你能打开世上任何一把锁?"这日芄一进门,顾阿嫂就迫不及待地问他道。

"没有的事。"芄说,他朝着茶馆靠窗的那张桌子走去。

"你以为我不知道你的本事?"顾阿嫂说,"都说你比你老子厉害哩。"

"没影的事。"芄说,"来壶茶。"

"还以为你真有那本事,看来也是讹传呢。"

芄知道她分明是在有意激将,但还是没能忍住好强的心绪。

"是又如何?"芄抬眼看了她一眼,冷冷说道。

"你要真有那本事啊,"顾阿嫂媚笑道,"老娘今儿晚上就白伺候你一回。"

"我才不要你伺候。"芄说,"你还是先给我上壶好茶吧!"

顾阿嫂去了隔间泡茶,芄就无所事事地盯着窗外空荡荡的街面。对面铁匠铺门前铁架上挂满的农用物件,使他想起父亲制作的造型迥异的铜锁——那些以各种动物为模型的铜锁,竟挂满了一面墙。遐想间,梅提着一个猪头从胡三的肉铺走了出来。

芃清楚记得,梅那天提着猪头,还眨着她那双黑莓一样的眼睛朝他所在的方向警觉地看了一眼。在金寡妇推着木板车沿街叫卖豆腐的悠长声中,他远远地盯着她丰满且充满野性的胸脯,不禁感到嘴巴干渴,舌根发胀。芃知道,或许梅就是他永生无法打开的那把铜锁。因为它一直开着。

"发什么呆呢?"顾阿嫂提着茶壶走过来,将茶碗放到桌上,满满地倒了一碗。

"没啥。"芃说。

顾阿嫂就在他对面的长凳上坐了下来。

"刚才你说的可是真的?"顾阿嫂又问。

"你是想让我帮你开锁?"

"是呢。"

"那你把锁拿来给我吧。"

"这个……还真没办法拿给你。"顾阿嫂扑哧一笑。

"这倒是稀罕事。"芃说,"难不成是别人家的锁?"

"那倒不是。只是这锁它……它在'那儿'。"

芃恍然就明白了她的意思。

毋庸置疑,顾阿嫂此后关了门窗,在房内解开腰带,褪下长裤时,芃就看到了那件做工精美的贞节带。蓝色的花边旁绣着云朵般圣洁的白色花瓣,需要解封的部位坠着一把拇指大小堪称精妙绝伦的龟形锁。当她叉开双腿,敦促芃再靠近一些察看时,先前熄灭的欲念在他体内重燃。

"你看,这就是那狗日的从城里带回来的'宝贝'。"

芃呆立地盯视着那片从未涉及的隐秘之地,猛然感到她的声音犹含蜜意,让人情难自禁。之后他立起身子,准备逃开,顾阿嫂忽然大笑起来。

2.

芃之所以突然想要修补那张破旧的捕鸟网,与开茶馆的顾阿嫂多少有着关联。大概是锁眼太小的缘故,那天他花费了许久时间,才将那把龟形锁彻底弄明白,并与她约定三天后就把开锁的钥匙配好送去。

"三天?你是想急死老娘啊。"

"我得去山里逮鸟呢。"芃撒谎道。

"狗日的,就知道去逮鸟。"说着,她猝不及防地朝芃撑高的裆部摸了一把,"去逮你的鸟吧,到时候别忘了给老娘也带两只尝尝。"

这个闷热的午后,芃把那张被鸟雀挣破的捕鸟网从柴房找出,撒在院里干净的空地上准备修补,代珊推门走了进来。

"今天不做工?"看到她,芃搭话道。

一年前,代珊便开始跟着母亲学习刺绣,眼下尽管手艺未精,但已能够做到针脚齐整,穿针走线之间已经有了几分风情。

"娘病了,我去药铺给她抓药了。"

"老毛病又犯了?"看到代珊手中拎着的药草,芃不由得想到姑妈一直患有咳嗽,脑海中迅疾闪现出一个淑静端庄、手巧心灵的女人。芃的姑妈是河街最为有名的绣娘,她绣的饰品,配色清雅,线条流畅,波状之云纹、翱翔之凤鸟、奔驰之神兽,可谓样样鲜活灵动、栩栩如生。眼下,族里不论谁家的姑娘出嫁,都会提前数日去寻她定做两套大红的枕面与被罩,作为新婚必备的物件,仿佛只有出自她之手,才更显得庄重美满。

"嗯。"代珊说,"这回咳得厉害,痰里有血呢。"

"那你来做啥?不赶紧回去给她熬药?"

"我有事问你才来的。"

"啥事啊?"

"你是不是去找那'卖肉'的女孩了?"

"没啊,"芃支吾道,"我忙着呢,哪有时间去找她?"

"没有就好。你要敢去找她,我就把你的那东西割下来。"又补充道,"就像骟猪一样。"

代珊话音一落,芃恍惚真就听到了刀子匠手握磨光的尖刀将仔猪那两颗椭圆的蛋蛋骟去时仔猪的哀号声。

芄把捕鸟网补好,在后山一处茂密的林丛布置完毕,已近傍晚时分。这一刻,他解开腰带,对着一片叶片肥大的蒲公英撒尿,抬头就看到一队背着背篓晚归的采茶妹。她们步履轻缓,一身白蓝相间的统一服饰,宛如在风中游移一般,正走在不远处下山的小路上。于是芄抖了抖身子,系好裤带,冲着她们欢快地唱起了歌:

云山深处一树茶,采茶云端雾茫茫。
须臾盛得青满筐,归家从来不自尝。
去年采的是斤四两,今年收了八两八。
斤四两哟,八两八,愿送幺妹做陪嫁……

更多时候,芄就坐在店铺里的那把矮凳上,用砂布打磨父亲新制的铜锁,一遍又一遍,并遵从祖辈传下的惯例,为之打造两把匹配的钥匙。时而感到不快,他也会偷偷多配出一把,将它们放进房间的木箱,想着终有用到的一日。随着日月交替,木箱早已装得满满当当。

一晚闲得心慌,芄把那箱钥匙倒在地上,找来一根细绳,将它们穿在一起,挂到了房间里。那一刻,他甚至爱上了它们碰撞时发出的叮当清响。只是那用以打发时光的无趣游戏,仅仅持续了片刻,芄就厌恶起自己的无聊,吹灭了灯,重新爬到床上睡觉去了。

大概是松软的被褥唤醒了记忆,这晚芄一闭上眼,就想起了顾阿嫂那白净的肉体。此后,他在她引诱的笑意中将手伸向下体,渴望以短暂的安抚将她扼杀在茫茫黑夜,然记忆却无端戴上了多情的面具,幻化为一副惊异而羞赧的面孔——那个迷蒙的清晨注定是一次难以磨灭的启示,她是否看到了全部的过程,芃不得而知。那时,他正沉溺在无边的幻想里,根本不曾察觉她进了门。当他收紧了身子,在快意即将翻出一团腾空的水浪,抵达最后的终点时,她突然发出的声音无疑扼杀了一切。

"你在干啥呢?!"代珊叫道。

他忙停下动作,惊慌地翻身坐起。

"你!"芃嗔怪道,拉过床单遮住身体,"你啥时候进来的?"

"你真不要脸!"代珊用手捂住脸,转身跑了出去。

3.

倘若没有将父亲新打造的那把铜锁打开,芃确信这辈子他都可能不会走进姚钱的棺材铺。那个雨水横行的夜晚如同一只大鸟,倏然飞过山野。

"看看这把锁。"这晚上好最后一块门板,相左从墙角放置工具的木柜抽屉里拿出了那把如意形铜锁。

"放桌上吧,我一会就打磨。"芃随口答道,头也没抬,继续琢磨着如何才能做出那把通向顾阿嫂隐秘之地的钥匙。

"狗日的!老子是要你打开这把锁。"

芃抬起脸,看到了父亲手中紧握着一把金灿灿的如意锁。

"你新做的?"芃问,然后从他手中接过来,拿到灯下看。

相左没搭话,背着手回屋去了。

两日后,当芃得意地将那把打开的那把如意形锁拿给父亲时,他只看了一眼,就斩钉截铁地对芃说道:"你现在就去一趟姚钱的棺材铺。"

"棺材铺? 去棺材铺干啥?"芃费解道。

"你去告诉姚钱那狗日的,让他给老子做副好棺材。"

芃顿觉惊愕不已,仿佛那把如意形铜锁在被打开的一刻,他就彻底葬送了父亲想要成为一名出色锁匠的梦想。

这日早饭一过,芃就立即出门去了姚钱的棺材铺。时过境迁,那个从前长年翻山走村寻活的木匠,如今已靠着棺材发了财,在街上有了一间铺面。

芃进门时,姚钱正眯着眼睛一边抽着烟袋,一边打量着面前的一根粗大的松木。

"可惜了! 这可是根好梁哩。"他兀自摇头道。

"是根好梁呢。"芃附和道。

看到芃,姚钱有些意外。

"你狗日的来干啥?"姚钱问。

"不干啥。"芃说,"来订副棺材。"

"给谁的?"

"我爹。"

"那狗日的不是好好的?"

"嗯,他好着呢。"

"那做棺材做啥?"

"谁知道呢,"芄说,"他让我来传个话,说让你给他做副好棺材。"

"看来狗日的大概是活够了……"

从棺材铺出来,芄决定前去看望姑妈。前一天代珊来家里要土豆,告诉他姑妈咳得越来越厉害。

因为心虚,芄这日刻意绕开了顾阿嫂茶馆门前的那条路,拐进了一条长年地面水淋淋的小巷。三天期限早已过去,然他对如何打开她身上的那把龟形锁,依然毫无头绪。一周前,顾阿嫂曾到店里一次,只是那个细雨迷蒙的日子,芄和代珊一起上山采草药去了。

"她来找你做啥?"傍晚时分,芄与代珊浑身湿漉漉地进了门,相左便质问他道。

"谁?"芄放下背篓,不解地看了一眼父亲。

"还能有谁?街上开茶馆的那女人……"相左欲言又止。

"她啊,"芄猜到她的来意,脸颊顿时滚烫起来,说,"上次……上次喝茶好像忘给钱了。"

"不要脸,竟然还跟那样的女人往来。"回屋换了衣服,送代珊回家的路上,她突然嘀咕道。

"她是啥样的女人?"芃故意问。

"和那'卖肉'的女孩一样呗,都是不要脸的女人!"代珊恶狠狠地说道。

芃猛然想起,从上次跟踪梅以后,他已许久没再见到她了。

回想间,一个身影猛然挡在了芃的面前。

"哎哟喂,这是在故意躲着我呢。"顾阿嫂抱着臂膀,不冷不热道。

"我才没躲着你呢。"芃怎么也没想到她会突然出现,一时支吾道,"其实吧,那钥匙……"

"说吧,要钱还是要啥?"顾阿嫂说,"只要你把老娘身上的锁打开,你要啥老娘都随你。"

"我啥也不要。"芃说。

"啥也不要?这么说你是不打算给我钥匙了?"

"钥匙还没做出来呢。"

"狗日的,你不是说三天就能做出来?"

"做是能做出来,只是做出来的钥匙能不能打开你那把锁,我可不敢保证。"

"狗日的,这还不简单?从今儿起,你配好一把就来找我试不就行了?"

"这倒是个好办法。"芃想了想,又说,"不过我还有个要求。"

"啥要求？"

"我得再看看你身上的那把锁。"

顾阿嫂笑了起来。

4.

这天,芃刚把一无所获的捕鸟网收好,放进背篓,远处山林就传来了一阵撩人的歌声。他立身侧耳倾听,那隐秘的歌声就有了放荡的魔力,使他想要开口,却又感到无力。

芃就是在那时又一次想起了梅。她娇媚的面容宛若一道暗光,瞬间照亮了他内心那片荒凉之地。她真漂亮！芃在心里默念了几遍,就心烦意乱起来。仿佛她是水中那条拼命咬钩的鱼儿,他一次次竭力想要拉出的,只是空空如也的钓钩。于是他就偷偷跟踪起她来。

如今想来,芃觉得是梅身上散发出的那道诗意的灵光,使他产生了与之媾和的邪念。那个酷热明朗的夏日,她沿着河岸晃荡了半日,终又回到街上,走向了那家收购皮草的铺面,与那秃顶的店主走进了里间的门。代珊每每提及梅时愤恨的话语不由得在芃耳畔响起:"别跟我提那个'卖肉'的小骚货！"代珊还告诉他,说像梅那样的女孩,是根本没有灵魂的。

芃知道那依然是代珊的妒意所致。对他而言,那种空无的事物,更像是一片挡住日光的黑云,他躺在黑云下,唯有在顾阿嫂那油菜花香般的迷人气息里,才感到自由、舒适。

"你真看上她啦?"

"嗯。"

"你要知道她可是个'卖肉'的。"

"知道呢。"

"那你就不怕?"

"怕啥?"

"你就不怕你娶了她,她去偷汉子?"

"和你一个样?"

顾阿嫂就生气地背过身去,不再理他。

不久后的一晚,芄从顾阿嫂的茶馆出来,就再没去和她睡觉了。那日他们完事后,她气喘吁吁地趴在芄身上,告诉他她丈夫就要回来了。

姚钱将棺材送去那日,先是下了一阵细雨。芄去邀请大病初愈的姑妈和代珊来家中吃饭,回来时就看到一群孩子围在家门前。遵照相左的意愿,姚钱为他打造了一副上好的松木棺材。

"是副好棺材哩。"相左绕着棺材看了一遍,拍着棺材盖对姚钱说道。

姚钱得意地笑笑,继续抽着烟卷。

"他们家死人啦?"门外看热闹的孩子中,不知谁突然冒出一句。

"狗日的!谁也没死!都滚回家去吧!"相左大声斥道,随即将他们驱散。

那个女人是何时出现在锁匠铺门外的,无人知晓。大概那群跟着拉棺材的驴车看热闹的孩子尚未散去时,她已站在了那里。之后她看准了一个机会,直接进门将芃一把拉住。

"你干啥?"芃一下甩开她。

"你狗日的干了啥,你会不知道!"

芃疑惑地看着她,一时无措。岂料那女人这时竟一屁股坐到地上,放声哭喊起来,说芃毁了她女儿。

待芃终于弄清了她是梅的母亲,记忆一下张开了它的翅羽,将他带回到了数日前那个秋日傍晚。芃记得那日西天飘动着大片大片的桃色云朵,他躺在一块青石上,回味着顾阿嫂的销魂滋味,不觉在暖人的夕光里笑出声来。就在那美妙的一刻,他听到了一阵拍打水面的响动和低沉的呼救声。惊坐起,他就看到了梅在河里挣扎的场景。

那是芃第一次紧紧地将她抓住。在水中,她犹如一头惊恐的小鹿,死死地抱住他的脖子。某一刻,芃在她有力的臂弯下感到了窒息。于是他只得潜入水下,拖着她向河岸游。

围观的人们陆续赶来时,芃已在记忆里将梅拉出水面。在那片杂草丛生的林地,她苍白的面孔使他不觉想到了死尸。之后他开始按压她的肚腹,反复拍打她的背部,并用拇指掐她鼻下的人中。他几乎用尽了所有方法和力气,只希望她将吞下的河水吐出,尽快醒来。

她终于有了意识,芃不禁长出了一口气。当他把浸水的上衣脱下,拧了水晾到一旁的树杈上时,她已睁开了眼睛。

"你是那个叫梅的女孩吧?"芃说,"我认得你。"说着,他走过来,在她身旁坐下。

秋风一阵阵拂面吹过,凉意入肌。

"你为啥要跳河啊?"过了一会,芃又问她。

梅就低声啜泣起来。

不知过了多久,芃起身准备离开,梅突然将他一把抱住。芃就紧紧地抱着她,像安抚一个新生的婴儿一般,抚摸着她冰凉的脊背。

可是,谁也不曾想到,就在那个荒凉的夜晚,相左一声不响地将那把如意形铜锁放进了棺材。一同放进去的,还有芃做出的那把能够将之打开的钥匙。

第四章　步虚

1.

纷扬的雪花将整个世界掩藏在了它宽大的素衣之下。代珊从寒风吹彻的睡梦中醒来,便听到那喜庆的唢呐正于冬日的清晨如醉似狂。

他们把所有的蜡烛点上,将院子和房间布置成一片红色世界,只为迎接她的到来。

他们把全部的酒水喝光,在大雪落尽前欢欢喜喜离开后,她把自己的盖头掀开,等待着他的到来。

他把房门虚掩上,歪斜着身子走过来,一声不响地在她身旁躺下,夜晚就空荡起来。

代珊知道他还在想着那个叫梅的女人。所以他一进入梦乡,她就起身摸出了枕下那把用来辟邪的剪刀,将母亲熬尽心血做出的那些绣着龙凤与鸳鸯的陪嫁物一一剪碎,抛撒在地。

"你是不是疯啦!"翌日,看到房内的狼藉之景,他冲代珊叫道。

然而,一开始,爱就占据了上风,一直以来,代珊对任何一个想要靠近他的女人都时刻保持着警惕。这个寒冷的冬日,她站在窗前看着那群不知从何处飞来觅食的鸽子——它们落在院里的雪地上,不时警觉地打量着四周,唱起歌来。唱完一首,她又唱了一首,仿佛如今只有歌声能够抚慰她内心的孤独和迷乱。

母亲出现的时候,代珊已挨着炉火,坐到那张铺着棉垫的竹椅上开始忙碌。那件她原本打算新婚之日穿上的新衣,还剩下两只袖子没有缝制。母亲走过来,冰凉的手掌刚一触及代珊的身体,她就哭出了声。

"闺女,都是娘的错。"母亲说,俯身将她抱住。

"我没事。"哭够了,代珊挣脱母亲的怀抱,拭去泪水。

"孩子,咱们回家吧。"

"我哪儿也不去。"代珊说,"这里以后就是我的家。"说完,她继续做起活来。

风将代珊的话语吹散,母亲就下楼离开了。母亲是代珊唯一的亲人,她相信母亲此时的痛苦远胜于自己。仿佛她们都是风中的一颗雪粒,落进尘埃后,就永远失去了飞翔的能力。

"你真的愿意嫁给他?"出嫁前那晚,母亲如同一只待宰的羔羊,哀伤地看着她。

"愿意。"代珊说,"除了他我谁也不嫁。"

"那你要小心他才好……"

代珊看着母亲,确信她难以理解自己孤注一掷的坚定与决心:她从未想要得到他,只想一辈子守在他身边而已。

雪一停下,天就放晴了。他回来时,夜已深。窗前那轮圆月将大地照得如白昼一般明亮。代珊穿戴整齐地坐在床前,犹如守灵的寡妇沉陷在悲痛之中,直到他推门进来。

"回来了?"她讨好道。

他看了代珊一眼,径直走过去倒在床上。等代珊取了木盆,盛了热水端来为他洗脚,他已有了鼾声。她放下水盆,弯身准备为他脱去鞋子,他一下惊起。

"我去梅那儿了。"他对代珊说道。

"我知道。"

"我去看她肚子里的孩子了。"

"那是她的孩子,跟我没关系。"

"你知道的,那是我跟她的孩子。"

"嗯,是你们的孩子。"代珊不由得胸口一阵疼痛。

"你不生气?"

"不生气。"代珊吞了一口津液,咬着嘴唇低声说道。

"你他妈为啥不生气?!"突然,他变得怒不可遏,一把将代珊拉到床上,开始撕剥起她的衣物。

他清楚怎样才会伤害到她。代珊记得那年他们一起走在山中,他突然一把将她推进荆棘丛中,之后她白嫩的肌肤瞬间就布满了一根根细小的木刺。她哭叫,他却在一边大笑。对她而言,他仿佛毫无怜悯之心,就像有时她会忽然对他心生恨意,想要将他碾碎。

"你跟她干那事了?"终于,他褪去了代珊身上最后一件衣物。她一丝不挂地躺在他身下。就是在那时,代珊想起了梅那张勾人心魂的面孔。

他僵住,盯着她的眼睛,眸中闪过一丝无以名状的痛苦。此后那痛苦变成一口深井,水面漂荡着难以遏制的情欲。

"你觉得呢?"他说。

"我知道你们一定干了那事。"

"你不想跟我干那事吗?"

"不想。"

"那你他妈的为啥要嫁给我?"

代珊一时想不出答案,只得缄口不言。

他再次小兽一般扑向了她。在烛光摇曳的光亮里,他最终以邪恶的方式侵占了她的纯洁之身,将她一次次带进了他安放情欲的那片罪恶之地。也就是自那晚起,她的爱随着墙上他逐渐变大的影子,隐遁不见了。

2.

土地庙里的那个疯女人是在一个春日死掉的。代珊之所以记得她,是因为儿时一次丢了魂,母亲带她去找那个能叫魂的婆婆,她看见疯女人躲在纱窗后面偷看。她眉间的那颗黑痣是最好的凭证。

那天代珊和姐妹们一早背着背篓去山上的茶园采茶,疯女人没有如往常一样出现在庙门前,向她们讨要食物。一个好奇的幺妹跑进去想要探个究竟,却惊叫着跑出来,说那个疯女人抱着庙里一尊满身尘土没了脑袋的泥像死掉了。

"可怜的女人!"踏进薄雾弥漫的茶园时,她们还在无动于衷地议论着疯女人,仿佛那个早已被人忘却了姓名的女人与她们见到的死在路旁的鸟雀一般无二,不过是一具无足轻重的尸体。

一看到老鳏夫,她们如断了舌的反舌鸟,一下闭了口。这个从前骑着骡子贩卖私盐的男人,在此之前已娶过四房婆娘,可悲的是,每一个都没能为他生下一儿半女,就一命呜呼了。如今他买下山上的这片茶园,造了新房,却再也没人愿意下嫁于他。

"都说那老东西的'那东西'有毒哩。"每次他出现后又走开,姐妹们就又撒起欢,将话题跳转到老鳏夫身上。

"听说他跟那些女人干那事,晚上都不睡觉哩。"

"有这么邪乎?那不成了叫驴啦。"

大家一阵哄笑。

"你们说这老东西最近是不是看上咱们代珊啦?"一日,那个叫阿芸的姑娘玩笑道。

"可不是,"阿红接话道,"你们没瞧见他看代珊时眼里冒火吗?"

"哎哟,他呀,估计是看上代珊那滚圆的屁股啦……"另一个姐妹嬉笑道。

痛快地说笑一阵,她们就继续采茶。而一旦被她们的话语撩起,代珊便浑身滚烫起来。已经很久,芄没有再要她,那些躁动的夜晚,即使她故意一丝不挂地躺进被窝,他也只是从背后将她紧紧抱住,不一会就进入了睡梦。

这一刻,风吹动的云朵飘向了远方。飞落到山坡那棵胡桃树上的山雀不时发出几声低鸣。代珊兀自采摘着茶树上细嫩的叶芽,在清凉的风中想着梅和那个即将出生的孩子。老鳏夫那双肥大的手掌就是在这时落在了她的臀上。那从掌间传来的暖流,迅疾在代珊肌肤上蔓延开去。

她邃然感到了耻辱。

"你要干啥?"代珊回身喝道。

听到她的话语,众姐妹投来质疑的目光。

老鳏夫急忙缩回手,将目光聚向别处。

没用多久,代珊就采满了一背篓茶尖。于是她就坐下来,听那些怀春的姐妹对着空荡的山野唱情歌。她们唱:

妹儿住在花草坪,身穿花衣花绣裙,
脚穿花鞋花上走,手拿花扇扇花人,
花上有花爱死人……

她们一唱,代珊的喉咙就痒了起来,接着,她心里也痒了起来。等对面一早进山打猎的男子听到歌声动了情,开始对起歌,在他们的歌声里,她像是又回到了从前与芘一道去山里为母亲采药的时光。

三月花儿开满坡,我跟幺妹来对歌。

么子哟、来呀来一个(女声)。
山歌情歌都好听,我给幺妹唱一唱。

十里春风吹花香,妹子最俏是模样。
面如雪花唇如樱,鼻如山峰眸清灵……

背上背篓下了山,去老鳏夫的家里交了茶,收了工钱,她们就分开,各自回了家。

代珊回到家,芃已出了门。他像是算好了时辰,每次只要代珊回来,他就不见了。有时代珊去街上买菜,会看到他一个人在街上游荡,或是正坐在顾阿嫂的茶馆里喝茶,和那个狐媚的女人说说笑笑。起初,代珊以为他真的是去了梅那里,后来才知道他其实从来没去找过她。那个明媚的午后,她出现在梅的家门前,梅挺着大肚子,从门里走了出来。

"他没在你这儿?"她问梅。

"谁啊?"梅困惑不已。

代珊随即报出了芃的名字。

"他咋会来我这呢?"梅摇摇头,说,"他可从来没来过。"

她盯着梅隆起的小腹,就想起从前无数次在心里诅咒那个孩子胎死腹中的情景。一直以来,她对梅都充满了难以宽宥的怨与恨。

"要进屋坐坐吗?"梅招呼道。

是记忆出现了偏差?她根本不愿相信那是梅发出的温暖之声,转身离去。

等鸡鸭们吃了食,欢快地叫了一阵,各自归了圈,他还没回来。

掌灯时分,代珊烧好饭菜,端上桌,摆好了碗筷,他依然没回来。

代珊坐在窗前等待,恍惚睡去,又从梦中醒来,他还是不见影踪。

于是她只得独自吃了冷却的饭菜,洗了澡,上床睡觉去了。

3.

难以想象,他竟干起了偷窃的勾当。

那日代珊回去看望母亲,她正一针针绣着那对完成了一半的鸳鸯枕巾。那是母亲无意间接到的一件丧活。母亲告诉她,若不是那个女孩刚过了碧玉之年就没了命,她亦不会心软,答应了女孩父母的哀求。

"那女孩长得可秀气了。"洗了碗筷,清洗了灶台,看到代珊正帮她忙活,母亲走过来说道。

代珊抬头看看母亲,没有搭话。

"不知道你还记不记得她哩?"母亲继续说道。

"我见过她吗?"代珊问。

"就是一天晚上光着身子跑进咱家来的那个女孩呀。"

"是她?"代珊有些愕然,脑海瞬即闪现灯光下女孩那张悲喜难辨的诡异面孔,"不是说她只是得了怪病,咋就死了呢?"

"唉!说是药铺的学徒抓错了药……"母亲欲言又止。

透过母亲锐利的眼光,代珊一下就看出了那潜在的寓意:为何她喝下那些草药,肚子依旧空空荡荡?

傍晚回到家,代珊意外地看到他已回来了。推门进屋,他先是一惊,之后迅疾将正在藏匿的包袱用被褥盖住。那些他不想让她看到的事与物,代珊向来不去勉强。因为她知道等到终有一日他再也无法掩藏,便会向她吐露全部的真相。所以她只跟他打了声招呼,就下楼煮饭去了。

代珊把他前一天在山上捕到的两只斑鸠杀掉,放进开水里煺了毛,除去内脏,将葱、姜、蒜切好,一并放进锅里煮,之后又切了一盘腌制的腊肉,炒了一盘山竹笋和苦瓜。等饭菜上了桌,她将那壶喝了一半的米酒拿了出来。她相信这天是个好日子,他们该一起好好吃顿饭,说说话。然而,等她将一切准备完毕,上楼喊他吃饭,他却面露冷色,告诉她他马上就要出门去。代珊默默地看着他换了衣服和鞋子,最后从那木箱里取出一串钥匙从她身旁擦身而去,泪水奔涌而出。

狗日的!代珊在心里不由得叫骂道。狗日的狗日的!她想要大声告诉他:你狗日的出去了这辈子都别回来。可她始终没敢说出口。代珊知道,她唯一能做的就是将桌上的饭菜一口一口吃掉,喝光那半壶米酒,然后到窗前唱一支古老的歌谣。她刚一开口,仿佛空寂的夜晚就摇荡起来,温柔的月光亦变得多情起来。

代珊把那晚醉酒的事情告诉梅,梅恬然一笑。那个新生的婴儿此时安适地躺在梅散发着奶香的怀中,正努力吸吮着一只饱满的奶头。当他疲累地睡去,梅小心翼翼地将他抱起放在一旁时,代珊终于看清了他的面容。那分明就是一张与芃几乎相像的脸,睡梦中流露着甜蜜的笑容。

多么奇妙,眼前这个曾令代珊无比厌恶的女人,眼下竟成了她无话不说的朋友。

"他又没回家吗?"梅说,靠着枕头的那张脸苍白而虚弱。

"嗯。"代珊说,"他只有晚上才回来。"

"你没到别处去找找他?"

"我知道他在哪儿。"代珊说,猜到他一定又去找茶馆的那个女人了。

梅猛然咳了一阵,呼吸急促起来。从诞下孩子开始,她就变得有气无力起来。

"你没有吃药吗?"她关切地问梅。

"吃了,不管用。"过了一会,梅像是有了些力气,又和她说起话来。

再次回到醉酒那晚,代珊将梦到鱼群和洞穴之事对梅和盘托出。梅瞪大眼睛盯着她,问她有没有听到那洞中鱼群的叫声。

鱼怎么会叫呢?代珊觉得梅一定是病入了膏肓。那些黑色药膏,眼下已使她变得形销骨立。

从梅那里回来时,天空下起了小雨。这一刻,代珊躺在床上,在孩子尖细高亢的哭声和梅空洞的眼神中恍惚睡去,他回来了。只是这晚代珊将门上了闩,将他关在了门外。

"你这个疯子,"他在门外吼叫道,"赶紧给老子开门!"

代珊翻身向着墙的方向,假装没有听到。

他又叫骂了一阵,就没了声响。代珊竖起耳朵,想要起身看个究竟,他不知从哪里找来一把斧头,开始砍起门来。

过了一会,代珊就听到了她舅舅的叫骂声。那一刻,她抱紧身子,缩成一团,像吃足了奶水的婴儿一样,想要尽快进入梦乡。

4.

他把所有的钥匙倒在地上,想要分辨出能够打开通向另一扇门的那把,代珊想要找个安静的地方用来思考。那些他不知从谁家带回来的首饰和物件,沾满了陌生而邪恶的气味。

他把所有的东西逐一分类,藏匿在柴房稻草下那些新定做的木箱里。代珊想找个安静的地方用来思考,因为她必须为他保守这一不可示人的秘密,与他一样担负着盗贼的恶名。

他把那最为贵重的首饰悄悄放到枕下,希望她铺床叠被时看到。代珊想要找个安静的地方用来思考,她觉得那并非他爱的方式,更像是一种试探,将她彻底排除在了他的世界之外。

然而,代珊始终无法预料,在这年持续了五个月的大旱结束之际,他从骤降的大雨中归来,告诉她他要上山去了。

"我明天就上山了。"一进门,他便对代珊说道。

等他换掉淋湿的衣服和鞋子,代珊才明白他这话的意思。他要上山当土匪了。

那些在大旱时节背着猎枪上山的猎户,如今聚住在一个四通八达的隐蔽山洞里,干起了劫路抢富的勾当。时常进山采药的人回来说,时而会看到他们挎着猎枪,奔疾如风,追杀成群出没于山间的凶残豺狗,或正在捕杀一头在林中横冲直撞的野猪。

"他要去当土匪了。"翌日一早,代珊就将这一消息告诉了梅。

"当土匪好啊。"梅歪斜着身子,握着手里的那杆烟枪,用力地吸食了几口,说,"当土匪多自在快活。"

梅那已学会走路的孩子这时从门外跑进来,扑进了代珊的怀里。

"你也想他上山?"代珊说,"他说他要把那些金银首饰都带上山。"

"你就没偷偷留下点?"梅问。

"没有。"代珊说,"我才不要那些脏东西。"

代珊从兜里掏出两颗糖放到孩子手中,将他推出怀抱,起身离开了。出门时,她看到梅那终日沉溺酒水的父亲醉躺在院子里,身下是一摊污浊的尿液。

已经多日,代珊没去看望过母亲。在这个非同寻常的日子,她必须把他上山的消息传达给任何一个可能阻拦他的人。可事与愿违,仿佛她一开口,他们就明白了她的意思,纷纷赞同起他的决定。

"他上了山,你就饿不着啦,我也就放心了。"母亲对她说。

"他上了山,你们家就不用担心没粮吃啦,好着嘞。"那些与她一起采茶的姐妹羡慕道。

"那狗日的真要敢上山去……"唯独她的舅舅显得恼怒不已,垂头用力擦拭着手中的那把铜锁。过了一会,他又说:"狗日的!去就去吧,反正人家知道了他干的事,迟早也得弄死他。"

显然,她的舅舅早已知晓了他犯下的行窃之事。

那队举着火把气势汹汹的人马是晚上从山上下来的。一进门,他们就直奔柴房而去,将装着财物的木箱一一抬出,放到马背上。大概是他们弄出的响动惊醒了代珊的舅舅,他拎着菜刀裸露着瘦小的脊背从屋里出来,看到满院站满了土匪,又慌忙退回屋内。而那时,代珊早已穿好了出嫁那日的盛装来到窗前,像是一直等待着他们的到来。

夜色如蛊,开始在她空荡的身体里繁育。

等他们带上财物叫嚷着离去,代珊就对着阴沉的夜空唱起了歌谣。她一开口,他们就停下了脚步,回头愣怔地望着她。

"这就是小锁匠那个种不出苗的婆娘。"一个浑厚的声音传来。

"可惜了,这么漂亮的女人,竟然是块'盐碱地'。"

"狗日的,可不敢胡说,小锁匠现在可是咱当家的红人……"

那些灼人的火把在黑夜里缓缓移动,终于消失在了山中。代珊知道,所有的一切都是她用歌声唤来的,如今只是将它们送走。除了她必须为他保留的至纯之爱,和她体内那片他不肯在上面种出浆果的蛮荒之地。

第五章 万物之始

1.

傍晚的山风一起,羊儿们就有了兴致,在寂荡的山谷欢叫起来。蛮娃躺在一块青石上,望着天空缓缓飘移的云朵,就想起了骨瘦如柴的母亲和那个叫代珊的女人。她们就像秋日悬吊在枝头的两颗野果,一颗干瘪丑陋,一颗饱满金黄。很多时候,她们就坐在院子里说话,似乎只要代珊一来,他的母亲就不得不放下手中那杆鹿角烟枪,打着哈欠,起身去为她倒茶。那时,蛮娃喜欢赖在代珊怀里听她们说话,累了,就趴在她散发着芳香的胸前睡去。

那些斜挎着子弹夹套、背着猎枪昼伏夜出的男人从山洞鱼贯而出,夜色笼罩的山野顿时雀跃起来。等蛮娃将羊群赶进围栏,他们早已风一般消失在了山下的密林中。对那些出没黑夜、身手敏捷的男人,蛮娃充满了敬意。仿佛他们只要举枪对着天空放上几枪,那些筑起高墙拥有万贯家财的财主就会乖乖地打开院门,将他们迎进屋内,拱手献出一箱箱闪光的银圆和一袋袋新收的稻谷。

"蛮娃,饿了没?"一走进伙房,老毛就对他说,"今儿有好吃的哩。"

"啥好吃的?"蛮娃问。

"你狗日的肯定没吃过。"老毛神秘一笑,之后从锅里端出半碗晃动着油花的白肉。

"真香!"蛮娃忙接过来,伸手抓了一块塞进嘴巴。

"可不是,"老毛蹲在灶房门前,卷着烟笑道,"这可是鼠肉哩。"

"啥?"蛮娃惊道,"是鼠肉?"

"是啊。"

蛮娃就弯身将嘴里嚼烂后准备吞下的鼠肉吐了出来。

"狗日的!这可是好东西……"说着,老毛起身冲上去一把将碗夺去。

蛮娃没理他,出门径直下山去了河边。

蛮娃记得,他家的那头老黄牛,就是在河边被他们带走的。那天从河里裸着身子上了岸,他就发现牛不见了。上了山,他们正围坐在一起,一边喝酒,一边笑闹。蛮娃走到他们中间,说:"你们还我的牛。"他们先是一愣,之后一个红脸大汉就走向火堆前那口飘散着香味的铁锅,用一根铁钩捞出一大块牛肉递给他:"给,这就是你的牛。"

蛮娃接过那块有些烫手的牛肉,咬了一口,大哭起来。

他们大笑不止。

"好不好吃?"过了一会,端坐正堂的大哥走过来,摸了摸他的头。

"嗯。"蛮娃看看他,抹了一把眼泪。

"狗日的,来了就甭走了,以后留在山上给老子放羊吧。"

于是蛮娃就留下来跟着老毛,成了他们的羊倌。

那条绕山远行的河流在有月亮的夏日夜晚,河面总是飘动着一层隐约可见的迷蒙水雾。蛮娃在河边洗了脸,准备下水洗澡时,远处传来一阵苍凉的歌声。那歌声犹如水面此刻映出的那张晃动的模糊脸影,藏有一道锐利的寒光;又像是一条游蛇,光滑的凉意漫过他肌肤之际,一晃而逝。蛮娃记起从前代珊带他去山里采药,就喜欢对着空寂的山林唱歌,有时唱着唱着,她悲喜难辨的泪水就顺着脸颊落了下来。可一旦唱完了,那歌声又成了一服良药,使她倏然变得快乐起来。

"姨,你哭啥?"一次代珊唱完歌,蛮娃问她。

"姨在想一个人。"

"姨想他,为啥不去找他呀?"

"他啊,住在一个很远很远的地方,姨找不到他。"

"噢。"蛮娃似懂非懂,想了想又问,"那姨为啥还要想他呢?"

"姨也不知道哩。"

蛮娃就扑到她怀里,紧紧地抱住她。

在河里洗了澡,上岸穿了衣服准备回山洞睡觉,蛮娃看到那群夜晚下山的男人举着火把,满载而归了。通向山顶的那条小道上,明亮的火光在夜下形同一道移动的火舌,吞噬着黑夜的孤独与荒芜。一回到山上,他们就将得来的财物放进山洞一处隐秘之处,重又聚在一起喝酒庆祝。醉了,他们就一声不响地醉倒在地,到梦里继续他们甜蜜的放纵时光。一些时候,他们还会带回几个浓妆艳抹的女人,与她们一起纵酒取乐,酒至半酣,他们就将那些女人作为赌注,进行一场突发奇想的危险游戏。胜者可自选出一个带走,良宵共伴;输者亦从不嗔怒,继续饮酒吃肉,自得其乐。蛮娃初来那晚,两个身形相仿的男人为了一个女人,决定进行一场决斗,然在扣动扳机前,两人竟相视一笑,握手言和,将那女人拱手让给了他者。

晚些时候,蛮娃回到山上,他们已开始在迷人的月色里沉醉。他趁着火光,走进那口用来堆放柴草的山洞,刚在竹席上躺下,老毛就拎着一只肥硕的硝鼠回来了。

2.

他们把枪散乱地扔到洞外,进洞去捉硝鼠,蛮娃跑过去捡了一支火枪藏到不远处的草丛里。等他们从洞口出来,他已悄悄离去,和羊群待在了一起。

丢了枪,那个叫芃的男人就连夜下山去了。蛮娃知道在寻回武器之前,他唯一能做的就是下山找到另外一支替代。老毛告诉他,丢枪的男人从前是个锁匠,婆娘是个不会下崽的女人。蛮娃喜欢听老毛讲那些有关他们的趣事,对他们全部的往事,老毛都如数家珍。

"锁匠也能上山当土匪?"他问老毛。

"狗日的,你可别当面喊他们土匪,小心你的小命。"

蛮娃就不再说话,想起代珊那个老迈眼花的锁匠舅舅。据说他曾打造了一把无人能够打开的如意形铜锁,将之放进一口棺材,埋到了山上自家祖辈的坟地。一次蛮娃下学路过那间铺面,听到代珊在楼上的窗口唤他,他穿过铺门上楼时,老锁匠突然抬起脸看了他一眼,问他是谁家的娃。蛮娃停下,报出梅的名字,老人摇摇头,说他的儿子再也不会回来了。

"你为啥要上山来呢?"过了一会,蛮娃又问老毛。

"唉,说来话长喽……"老毛长叹道,感慨地说那是许久前的事了。

就在此前那个大雨忽至的夜晚,蛮娃在睡前告诉老毛,说他想要一支枪。

"我知道是你狗日的偷了那把枪。"不知过了多久,老毛突然说道。

"你胡说!"蛮娃一下坐起,说,"你凭什么说是我偷的?"

"狗日的,要不是我把你那块落在草丛里的长命锁藏起来,恐怕这会他们早把你关起来了。"老毛不急不慢道。

蛮娃伸手去摸脖子上的长命锁,发现它竟真的不见了。

蛮娃已经很久没见到他的母亲了。如今,那个烛影下面如死灰、一说话就露出一口乌黑牙齿的女人,只出现在那些被雨淋湿了的梦里。

"死了就解脱了,就能变成一朵云飘走了。"在梦里,她强撑着虚弱的身子,站在那片醉人魂魄的土地,"以后你就留在山上吧……"她说,声音变得缥缈轻薄。

"娘……"蛮娃大叫了一声。

然而,她早已没了踪影。

事实上,蛮娃像他的外祖母一样,厌恶她的懒惰、脏乱和沉默。有时半天时间,她都一动不动,他年迈的祖母害怕她会在睡梦中死去,隔上几个时辰,就会走进屋将她摇醒,或是骂骂咧咧地帮她装上一锅黑膏药,递到她手中。那时,蛮娃觉得代珊才更像是他的母亲,漂亮又干净,会跟他一起在院子里玩耍,给他买瓜果和羊肉包,甚至还为他缝制一身身色泽鲜亮的新衣——那些绣在衣服上的图案就像她对他的爱,真实又温暖。

"我娘会死吗?"一个明媚的日子,蛮娃坐在树下,看着代珊采摘树上的樱桃,问她道。

代珊回头看看他,没有回答。

"你说她真的是我娘吗?"蛮娃又问。

代珊就将手中的背篓放到地上,来到他身旁坐下。

"我给你唱支歌听吧。"代珊帮他摘去衣服上的草屑,轻轻将他揽进怀里。

"嗯。"

"你想听什么歌啊?"

"你唱的歌都好听哩。"

"那就唱我教你的那首吧。"

之后她就哼唱起了那首古老的歌谣。

究竟是哗啦啦的雨声,还是代珊的歌声将他唤醒的,蛮娃已无法清楚分辨。这晚他似乎刚一醒来,就看到了山洞外立着一个纤细的人影。她站在雨中,手里握着一把被风几近毁掉的雨伞……像梦中的母亲一样,她一声不响地向蛮娃招了招手。

"我要走了,孩子。"在梦里,母亲对他轻声说道。可蛮娃尚未看清母亲的面孔,另一个声音又立即说道:"孩子,梅让我来带你回家去。"

3.

起初,街上的孩子都喊他野孩子。每当他听到他们在街上嬉闹,走出家门想要加入他们的行列,他们远远地就冲他说道:野孩子,我们是不会跟你玩的。在学堂里,他们也将他排除在外,一些孩子还会当着众人问他,唉,野孩子,你爹到底是哪个?母亲告诉他,只有鼠腹蜗肠的人才会记恨,所以他不怨恨他们,一度忍受着他们的欺辱嘲弄,直到一个狂妄自大的孩子一日对他寻衅不成,当众给了他一拳。

蛮娃没有哭。但从那日开始,他就成了他们可以任意欺凌的对象。甚至那些平日温顺的女孩也开始对他指指点点,冲他吐口水。

每天下学回家,蛮娃都会穿过那条长年湿漉漉、长满青苔的青石板小巷,只是他怎么也不会想到,那个当众揍了他的孩子会在巷子里堵截他。这次他还带了两个帮手。一照面,他就冲蛮娃骂了一声小杂种,上前一拳将他险些打倒。蛮娃趔趄着身子想要站稳,他又一脚将蛮娃踹倒在地。

"野孩子,听说你不想跟我们说话了?"

蛮娃一动不动地趴在地上。

"野孩子不搭理你哩。"另一个孩子煽风道。

"狗日的⋯⋯"接着,他们就一起围了上来。

打了一阵,他们像是没有尽兴,这时不知是谁提出了向他身上撒尿的建议。当他们大笑着去解裤带时,蛮娃手里早已紧紧地握住了布包里的那把刀子。那个带头的孩子掏出小鸡鸡,准备向他行恶,蛮娃猛地爬起,挥刀向他的腿部刺去。等那孩子发出撕心裂肺的疼痛喊叫,另外两个孩子仓皇逃走了。

蛮娃就是在那时被学堂开除,没能继续上学的。因为此事,街上的孩子还为他起了几个没来由的绰号:"疯狗""小杂种""小土匪"。事实上,蛮娃喜欢他们喊他"小土匪"。他们一喊,他感到通身就有了力气,可以跟任何一个比自己高大凶狠的人过招了。可蛮娃没有枪。

他觉得只有等到手里有了一支枪,才会成为真正的土匪,像山上那些出没山林、胆色过人的男人一样,不再畏惧一切。

"你狗日的真拿刀子扎了人?"那天,代珊将蛮娃送回家,梅正躺在舒适的床上抽黑膏药,看见他进来,她睁开迷蒙的双眼盯住蛮娃看了很久,才开口说道。

"是他们先动手的……"蛮娃说。

"扎得好!"在祖父醉死在梦中之后,蛮娃记得那是精神萎靡的母亲第一次夸赞他,"你应该多扎那狗日的两刀……"她一激动,就气喘吁吁,气力全无,犹如一个行将就木的老人。

蛮娃怔愣地看着床上瘦骨伶仃的母亲,不觉打了一个冷战。

雨水断断续续,丝毫没有停歇的征象。一个星期以来,由于不能进山打猎,他们已杀掉了十只羊。这样的日子,蛮娃只能躲在山洞里,无所事事地盯着粗大的雨珠,听着夜鸟发出的一阵阵诡异的鸣叫。

这日一早吃了饭,蛮娃去羊圈查看了羊群,为它们添加了些许所剩无几的青草,就去灶房帮老毛择菜了。或许是穿过雨幕吹来的凉风勾起了他的记忆,蛮娃择菜时想起了不久前的梦事,于是跟老毛说他想回家了。

老毛抬头看看他,没有搭话,低头继续择菜。

"我梦见我娘死了。"蛮娃说。

"他们是不会让你回去的。"半晌,老毛轻叹道。

"为啥呀?"

"为啥? 要是那些当兵的抓住你,你不就把他们出卖了?"

"他们咋可能抓住我呢?"蛮娃说,"夜里他们都睡觉去了。"

"他们是不会放你回去的。"老毛又说。

蛮娃就不再说话,扔掉手里的青菜,来到了山崖前。隐约间,他听到了从山下小镇传来一阵悲凉的唢呐声。当他竖起耳朵想要听个清楚时,雨中遽然响起一阵凌乱的枪声。

4.

起初,蛮娃以为是错觉,想着那枪声一定是有人在雨中狩猎,或是又有打着剿匪旗号的部队故意放出了空枪。等到枪声越发变得密集、清晰,他们从睡梦中醒来,端着火枪冲进雨中。老毛立即跑出来,将他拉到了山洞那堆柴草后。

"怕不怕?"老毛问他。

山洞外不断传来子弹击中石块发出的沉闷响动。

"不怕。"蛮娃说。

"你小子还真是个当土匪的料哩。"

"你不是说不能叫他们土匪吗?"

老毛就不说话了。

"你说他们要是打上来,会不会抢走我的羊啊?"片刻,蛮娃问老毛。

"他们会杀了我们。"

"可我是放羊的,你是做饭的呀,"蛮娃说,"他们不会杀我们的。"

"蛮娃,你怕死吗?"

"不怕哩。我娘说怕死的人做不了大事。"

"你娘真是这么跟你说的?"

"嗯。"

"说得真好。"老毛顿了顿又说,"等他们打完仗,你就偷偷下山去看你娘吧。"

他们在雨中整整激战了一天。休战间,蛮娃和老毛就将做好的饭菜给他们送去。

天黑时,他们已几乎打完了全部的子弹。正当他们商议是否要向后山撤退时,山下的枪声突然停住了。

"你听,"老毛说,"那些怕死的家伙撤退了。"

蛮娃想,那支想要剿杀他们的部队一定是惧怕了黑夜,才主动撤退的。此前多次夜袭失败的经验,使他们变得越发聪明起来。他们知道,山上这些像夜猫一样能够在夜晚灵活奔跑的男人,是可以将敌人杀于无形之中的。早在上山前,蛮娃就听祖母说起过一件离奇之事。那个闷热的午后,她拎着两条死去的鲫鱼从街上回来,告诉蛮娃镇上的几个财主在同一晚被人不知不觉地抹去了头颅。

"你知道他们为啥要杀那些财主吗?"祖母神秘地说道,"是因为他们不肯向那些土匪交出看家的猎枪,还有钱粮。"

上了山,老毛一次带他去山洞做硝,蛮娃才得以得知真相。原来被杀掉的那些财主,不是霸占了人家的田地,就是奸污了别人妻女的坏人。然而,他们是如何翻越了那些财主家筑起的高墙,又躲过了那些被雇来日夜看守的巡夜人,来去了无踪迹,就成了一个谜。

他们说是那个丢枪的锁匠将那群兵匪引上山的。这个万籁俱寂的夜晚,他们点燃了火把,将漆黑的山洞照得通亮。被绳索紧紧捆绑的锁匠,此时低垂着脑袋跪在众人中间,形如一只待宰的可怜羔羊。

"说,你狗日的为啥要出卖我们?"

锁匠一声不响。

"狗日的,不说话就是默认啦。"

锁匠害怕地抖动着身子。

"拉出去枪毙这狗日的……"有人高声喊道。

等人上前将锁匠拉起,众人看到他已尿湿了裤子。

"这狗日的竟然吓尿啦……"

众人一阵哄笑。

蛮娃那时站在围观的人群间,看着锁匠狼狈软弱的样子,骂了声"狗日的软蛋",厌恶地朝他吐了一口口水。忽然,不知谁用力地推了他一把,将蛮娃推到了锁匠面前。

"杀了他!"有人再次高声喊道。

"杀了他,蛮娃。"更多人叫道。

"杀了狗日的叛徒……"众人一起大声喊道。

之后,那个被叫作"大哥"的男人就走过来,将那把整日挎在腰间的手枪塞到了蛮娃手中。

"杀了他。"他俯下身,盯着蛮娃,缓缓说道。

蛮娃胆怯地举起那把手枪,对准了锁匠垂下的脑袋。

你们听到那声清脆的枪声了吗?

多年后,蛮娃在这个荒草遍野的秋日回想起那个冷寂的夜晚,落霞的宁静使季节染上了悲凉的色彩。在那之前,蛮娃从未想到杀人会是如此简单,似乎只要用力扣动扳机,死亡就会变成一颗飞行的子弹,击穿了对方坚硬的脑袋。

也就是从那晚后,蛮娃被他们唤作了傻子。

"傻子,该吃饭了。"老毛说。

蛮娃看看他,嘿嘿一笑。

"傻子,他们今天又杀了一只羊哩。"老毛又说。

蛮娃趴在地上看着一只爬行的青虫,一声不响。

"傻子,你还记不记得你藏的那支枪在哪啊?"

蛮娃不知为何老毛总是不停地跟他说些奇怪的话语。

"傻子,你不是想知道我为啥会上山来吗?"老毛说,"你知道吗,他们的'大哥'是我的儿子哩……"

谁也没有想到,多年后这个鲜花盛开的四月,蛮娃突然又记起了一切。

"傻子,你又坐在这想啥呢?"

蛮娃看着眼前这个与他从前一样,总是把羊群赶进山谷的孩子,就听到了万物疯狂生长的声音。

第六章 云中人,或赋别曲

薄暮时分,街上阒无一人。

寒风此时竭力挥动它巨大的翅羽,将尘土扇出了环状的形体。

若不是一群野雀首先打破这荒凉的光景,飞落在一处巷口,那此后空气中突然弥散而来的一阵浓醇酒香,就无法勾起酒鬼们贪婪的欲望。于是顺着酒香飘来的方向,就可以看到一片迷蒙萧瑟的山野和一条绕山远行的河流,以及那眼下早已冰封的河面上一个个手握凿冰锤的捕鱼人。

是那群凿穿冰层的捕鱼者首先看到了那个翻过山梁从云中走出的女人。仿佛她光鲜的身影甫一出现,傍晚山林的神秘便荡然无存。女人穿过空荡的街道,拐进一条幽深窄巷,来到金寡妇磨坊门前时,夜色已笼盖四野。

"豆腐早卖光了。"她抬脚准备迈进门槛,忙着清洗磨盘四周残留豆汁的金寡妇就从灯下闪现的暗影里洞悉到了有客上门,"明儿一早再来吧。"金寡妇说道,头也没抬一下。

"我,不买豆腐……"女人说。

"噢?"金寡妇直起身,回头看了一眼,扬手向后拢了一把前额垂下的花发,"你是谁家的婆娘啊?"

"是我,"女人哽咽着,叫了一声,"娘。"泪水潸然滚下。

金寡妇怔愣地盯着眼前的陌生女人,许久,才恍惚从遥远的记忆中辨认出她是自己多年前突然消失不见的闺女。

"你是素……"金寡妇受惊一般,后退了一步。

翌日一早,素回来的消息便不胫而走。闻讯赶来的人们不断拥进磨坊,都想瞧瞧这个据说从省城回来的女人究竟是何模样。

"城里人都这么穿衣服?真奇怪哟。"

(她们像城里的女人一样,眼里藏着一把刀,会在有风的日子发出锐利的清响。)

"可不是,你看那下面还露着大腿呢,真不知羞。"

(如果她们踏进那条日渐变深的河流,舍弃内心的嫉妒与畏惧,或许就能够见到水下隐秘的风景。)

"一看就跟她娘年轻时一个样,勾人着哩,不知道在城里干的啥行当呢。"

(他们严苛审视的目光,像极了夜晚街头寻欢的男客,一开始就将那只招摇的欲望铜铃早早地挂在了脖上。)

"哎哟,你们可是不知道,听说她这次回来,带了不少银圆。"

(哦,她们多么肤浅,无法觉察到光亮背面是深不可测的深渊,里面爬满了恶蛇毒蝎。)

说着说着,他们议论的声音就大了起来,金寡妇就生气地将他们轰了出去,关上门,上了闩。

"别在意他们的话,"在火炉旁坐了一会,金寡妇对素说道,"他们见不得人好哩。"

素知道那是母亲在安慰自己。在外多年,她早已对此类轻描淡写的污言习以为常。甚至她觉得他们说得很对,自己在灯红酒绿的城市出卖灵魂屈居人下的过活方式,本就是一个不可示人的秘密。

倘若不是在那个噩梦缠绕的夜晚醒来,素也不会想起故乡夜空闪烁的星斗,山上碧绿的茶园,河岸上对歌的怀情男女,以及那个与自己共温良夜的男人。就是他,素想,他就是那个致使自己逃离不可饶恕的罪人,虽然她从不曾真正见到他的面容。最后,素又想起了那个叫度琼的女人。虽已多年不见,但她依然时常出现在素的梦中。

然而,回来当晚,素欲出门去寻度琼,母亲告诉她,度琼早已成了一堆白骨。

"这些年,你就没再找个人?"望着炉中蓝莹莹的暖人火光,素从有关度琼的悲伤记忆中跳出,想起那个秋日午后,自己手握剪刀走近母亲的一幕。

"还找啥,"金寡妇说,"你走了,娘的心也就死了。"

"要是那时候我没有剪你的头发……"

"娘知道你心思,娘认命。"

素起了身,去房里拿了包裹,取出一包银圆交到金寡妇手上。

"你给娘这些钱做啥?"金寡妇看了看袋里晃眼的银圆,显得有些不安,"娘这些年也攒了不少钱呢……"

"这钱不是给你的。"素打断母亲道,"晚上你就挨家挨户去问问,若是谁家姑娘想跟着我去省城挣钱,你就给谁家两枚银圆作定金。"

金寡妇心头一紧,狠狠地攥着手中的钱袋,不敢再看眼前那张早已变得模糊的脸。

而黑夜终将隐没,柔软的事物开始在梦中复活。

一切仿佛早已尘埃落定,犹如这大雾弥漫的清晨,和暖的春风飞越群山,唤醒了大地与山林。于是,梦中的松鸦发出第一声嘶哑的鸣叫,河中鲜活的鱼群跃上水面,在几不可闻的歌声里,划出一道道弧状的曲线。

就在这神圣的时刻,那十二个衣着盛装的姑娘,备好了干粮和衣物,决定跟那个叫素的女人一起去遍地黄金的省城。至于那支解救众生的"神兵"何时穿过了迷雾,将山上那座废弃已久的土地庙打扫得干干净净,并修缮了门和屋顶,在此暂居了下来,无人知晓。在相当漫长的一段日子,人们甚至忘记了土匪和战火,记忆只停留在这个苍凉的清晨。那日,她们穿过大街,走出小镇,身影刚一拥入雾中,有人就看到了山顶绝壁上银花竞放的璀璨靥景。

"花,大家快看哪,是银花……"一人惊呼道。

顺着他手指的方向,人们纷纷将目光聚向了远处隐约可见的绝壁。

多年后,当人们再次回想起那片被一只金盆托起的光彩四射的银花时,那群与素一起离开的姑娘就成了一个谜。仿佛她们不是去了何地,而是银花绽放时节在云中没了消息。

- 云落凡尘
- 138

半夏生

一

1947年祖父以令人难以置信的高价拍下一尊绿度母座像,迅疾关掉照相馆消失于G城的那个夏日,雨水犹如一头发疯的巨兽,一夜间淹没了长街短巷。对于那件多年后被人再度忆起的往事,父亲更多时候显得困惑不已,作为家中唯一的继承者,事实上他对此一无所知。那日他像往常一样从疲累的睡梦中醒来,伸手去摸睡在一侧的花街女,床上却空无一物。仿佛一种不祥预兆,他挣扎坐起,便听到了窗外振聋发聩的雷声和风雨吹打窗棂的响动。"妈的,又在下雨。"父亲咒骂了一句,继续倒头酣睡。毋庸置疑,父亲在世的六十七年里,从不曾对任何人谈起过那段沉迷烟街柳巷的历史,倘若不是为了避免母亲睹物思人,生发悲伤,由我前去G城图书馆那间宿舍清理父亲的生前遗物,或许也不会在他书柜内的一处暗格寻到那本起始于1951年3月,几乎记录着所有与父亲发生过性事的女人的日记。或是出于方便之故，钥匙就夹放在暗格左侧一本古经书里。尽管一向心思缜密的父亲将她们每一个都以鸟名或花草代替，但我还是从文中细节之处读出了那些花街女之间有着怎样的微妙迥异。比如"绿雉"。在我翻阅父亲早年间出版的有关鸟类的论著里，对于这种栖息低地的走禽，他如是写道："绿雉，环颈雉之亚种，体结实，喙短，形呈圆锥，喜食植物之根、茎、叶、花及昆虫；翼短圆，脚强健，爪锐，不善于飞……"毫无根据可言，在想象力的推动下，我猜想她一定热衷素食，内心向善（也许她还一心向佛，在床笫之欢后，还曾与我父亲就杀生之事展开过一番争论），是个面相姣好、胸大臀圆的女子，且行动之性感身姿中有着勾人魂魄的放荡与老练。然而，随着更深入的探究，我发现她仿佛也是难得的一个不会在性爱之时抵达高潮者。这不禁让我想到了妻子梅。似乎从一开始，房事便成了我们的禁忌。我不止一次想到，如果婚姻仅仅是一种不可或缺的人生需要，在她之前，我早已完成了仪式。

"做什么呢？"梅裹着浴巾，袒露着雪肩，一身清香走进来，我正沉浸在有关"鸢尾花"的遐想。那种可以在花茎上开出数朵美丽之花，花瓣形如蕾丝一般卷曲的植物，总是给人以威严、华丽之感。

"没什么。"我忙合上日记，回身看了一眼梅。

"你什么时候也开始写日记了？"梅这时双臂从我身后两侧绕过，自然将我紧紧抱住，视线却落在了书桌上父亲的那本日记上。

"没有。"我说,"是一本有关花、鸟的笔记。"

"是老头的?"

"嗯。"

"老头真可怜!"梅说,"不晓得那些花草和鸟有什么好研究的。"

我欲言又止。

不可否认,我如获珍宝一般将父亲那本记录个人私密之事的日记塞进手提包,离开图书馆宿舍的那个傍晚,突然就觉得父亲陌生起来。某种意义上,那本文采斐然令人难以释卷的日记,还使我对父亲产生了一丝无以名状的敬佩之意。这大概是他生前从未想到的事情。在朝夕相处的漫长时光里,对我而言,父亲不过一个沉迷鸟兽花草之物的学者,除了两本平淡无奇的著作,他的一生仿佛都耗在了图书馆难以数计的书籍中。更为可怕的是,在去世前不久,他竟然患上了眼疾,一周之后,他便陷入绝望,再也没能看到任何他想要看到的事物。

如今想来,那个春日的夜晚格外清冽,细密的雨水落落停停。母亲照常练习一个时辰瑜伽,打坐完毕,忽然有了雅兴,决定弹上一曲。随着她纤细的手指在琴键上灵动起落,钢琴发出的清雅之音在房中缓缓荡起。我无从得知母亲是否同样在内心藏有一段不可轻易示人的隐秘情感,但每每弹奏钢琴时,她总会不觉落下泪滴。至于那只蜷缩在沙发一角的俄罗斯蓝猫,慵懒地用爪轻挠了几下腹部的毛发,准备继续假寐,父亲突然在书房号叫起来。蓝猫惊恐地一跃而起,摆出防御的姿势,母亲停下弹奏,向书房跑去。

"我看不见了!"母亲推开房门,父亲空望着窗前的那盆滴水观音,痛苦叫道,"我什么也看不见了……"

"你说什么?"母亲惊恐无比,难以相信这突来的厄运。

"我什么都看不到了,我看不到了……"父亲抱头痛哭起来。

我是在想到"锦葵"时,忽然想起祖父的。据说那个我素未谋面的男人,曾是 G 城最为出色的照相师。依据父亲日记所载,锦葵与祖父应该算是相识,因她不止一次光顾照相馆,且每次都是月末时候前来。奇怪的是,在日记里父亲对祖父的称呼,仅以 A 君指代。我如今能够清晰记得的为数不多的几处,其中一处这样写道:"A 君出门去街上买鱼不久,她就穿着一袭深绿旗袍走了进来,黑发以丝带轻绾,亭亭玉立,素雅之中流露着一丝不可言说的风尘之相……晚些时候,A 君拎着一尾鲫鱼回来,之后开始为她拍照之际,我就站在一旁,看她在相机闪光灯闪烁下不停变换撩人的姿势……她走后,A 君斥责我眼神怎敢如此肆无忌惮……"由于时间久远,显然我难以据实构想出那段属于父亲的多情时光,该是何等的恣意多彩,但透过父亲对祖父讳莫如深的称谓,我似乎又可以推算出他们情感割裂的大致日期:1947 年春。在欲望驱使之下,父亲第一次带着祖父遗落在盥洗室的一笔巨款,踏进了烟霞街,便开始迷失于那片温柔之海。尤为重要的一点是,父亲只与那些曾出现在照相馆的妓女睡觉。这类似"投桃报李"的行为,无疑惹怒了祖父,三日后,父亲拖着疲软的肉身走出烟霞街,祖父手握一截拴狗的铁链,早已立在照相馆门前。之后父子二人在街上追逐的场景,迎来的是路人一浪高过一浪的欢呼与呐喊。

——哎哟,照相的,你可得好好管教这狗日的,听说他一晚上睡了三个清水女哩。

——唉,年轻人,快跟你老子说说,你睡的花街女哪个胸最大最软。

——我说照相的,你挣那么多钱留着干啥,还是让你儿子多睡几个女人吧……

在失明带来的困厄中独自挣扎了一段时日,父亲最终放弃治疗,接受了命运的安排。那些日子,我和梅周末时候会经常回去探望父亲,时而他会提议让我陪他喝上几杯,或是提出让我开车带他出去兜风,到公园走走。事实上,父亲那看似好转或释然的表现,更为内在的却是为恐惧所迫。或者说面对黑暗,他无端地改变一向沉默寡言的习性,变得喋喋不休,意味着早已深陷死亡的枯寂。好在一切尚未发生之前,我与父亲的关系日渐变得情深起来。那场发生在多年前父子街头追打的闹剧,就是父亲在这时告诉我的。不同的是,父亲变换了前因,只说他跟一个有夫之妇有了私情,一日在女人家中厮混,祖父拎着一根铁链找上了门。这个风轻云淡的夜晚,我以自我的视角,添枝加叶,为梅重述起父亲的那段情事,梅半裸着身子,正坐在沙发上修指甲。我说完,在空想中讪笑起来,梅漠然抬头看着我说:"有什么好笑的?"

"你没听到我说的?"

"听到了。"梅凝眉道,"你也想跟婊子睡觉?"

"什么意思?"

"没什么意思,就是觉得日子特他妈没劲儿。"

其实我懂得梅的意思。毕竟一年来我们欢爱的次数屈指可数,而且每次短暂的欢愉时光甫一结束,梅便会抱怨说她还没找到感觉,我就鸣金收兵了。这不禁使我倍感沮丧。于是为了避免这一带有羞辱感的挫败,我干脆对梅的身体敬而远之起来。然而,当我再次将目光汇聚到梅身上时,她腿部跷起暴露的隐秘之地,赫然映现在光亮里。犹如一种无声的召唤,欲望之火瞬即灼燃。

"我们去睡觉吧。"我讨欢道。

"去找个婊子睡吧!"梅怒然回道,起身进了卧室,反锁了房门。

二

对照着父亲的另外一本论著《花草谱》,一周后我终于弄清了那些与父亲在床上颠鸾倒凤的花街女各自的特色与风情,然而,这一结果带给我的却是更为美妙的困惑。看着随手在纸张上密密麻麻记下的解读文字,我不由得感知到了凭空想象的神奇魅力。仿佛那些在我丰富联想中重获新生的花街女,曾是我记忆的一部分。可她们分明又无迹可循。

梅去上班后,我走进了那间她时常用来备课的书房。那张异常干净的白色梨木书桌上,堆放着一摞整齐的书。我坐到书桌前,手指百无聊赖地敲击了一阵桌面,随手拿起最上面那册《G城大事记》,将椅子稍稍向后退移了一些,双脚交叉着放到桌面,随意翻开,看到的是一桩为反饥饿与迫害引发的血案片段。巧合的是,血案发生日期,竟与我祖父消失在G城的日子极为吻合。"⋯⋯当日一早,G大1700余名学生,列队前往G城C区,准备会合各兄弟院校学生渡江到S区游行并赴J区行辕请愿。但G城政府已下令封闭所有渡口。于是游行队伍被迫返回到山河路向省政府请愿。随后,请愿队伍冲进省政府,占领了除财政厅外其余各厅局办公室⋯⋯当晚7时,当局下令对请愿学生进行疯狂镇压,死伤无数。"尽管这桩陈年旧事并未引起我太大的兴趣,但它无疑可以印证祖父离开G城当日,城内一片混乱。如此一来,祖父带着那尊价值不菲的绿度母座像,与祖母一同乘坐人力车赶往火车站,路上一定亲眼看见了声势浩大的游行队伍。队列中,学生们高举的大字标语鲜明夺目,在夏日的热风中肆意招展,众人高喊着口号,内心充满着坚毅的正义。我暗自揣想,队列之中某个学生或许还认出了祖父,并对他报以热情的微笑。我之所以这样猜想,是因为时隔多年那处祖父经营的照相馆,成了一处红色纪念地,解说员每次对前来观看的游客都要说起那里曾是游行组织者会面之地。祖父是否是组织者之一?抑或他因害怕此事终有一日被揭发,难免牢狱之灾,所以顾不得沉迷风月已无可救药的儿子,仓皇逃离?真实的一面,我已再无人证可询,一切随着父亲入土为安,成为一个谜。难得的是,这段鲜为人知的历史,成了我继续追溯父亲与烟霞街之缘的一把钥匙。

我至今无法确定,在父亲辞世之前,我究竟去过那栋可能囊括着人类全部智慧的图书馆几次。尽管我深信那些迟早沾满灰尘或某日终将被遗忘的书籍一定深藏精彩的故事,以及难以估算的历史价值,令诸多读者难以释卷,但它对我实无意义。即便在大学教授现代文学的梅无数次向我灌输读书之重要,甚至为提高我的文学鉴赏力,她还精心为我罗列了数百种必读书目,可面对那些包罗万象的高雅读物,我依然难以提起兴趣。

> ……我知道我欢快地过了一生,
> 把一张上了焦油的渔网织了又拆。
> 等鱼吃完了,网就会挂在墙上,
> 像块字迹模糊的铜牌,钉在无未来的未来之上。

这个温暖的周末,我们一早在沙发上做了爱,梅的心情遽然好了起来。此时她赤裸着身子,面对着窗外澄明的湖面,动情地朗诵起诗歌。某一时刻,我盯着她微翘的臀部,想要将她与某种花草联系起来,却以失败告终。一方面,这大概是我知识匮乏所致;另一方面,我相信是梅干瘦的身体一时令我无法找到合适的事物代替。或许她更像是一只无名的孤鸟,一直飞翔在一片荒芜的荒漠之上。

"你知道吗,"梅说,"你就是我的那张渔网。"

"你是说迟早有一天你也会把我挂在墙上?"我说。

"等我再也不想跟你做爱那天,我就会把你挂到墙上。"

"这么说,我现在更像是一条鱼了?"

"算是吧。"梅说,"所以这辈子你都别想从我的河里游走。"

我们再度拥抱在一起,梅温湿的薄唇向我贴来。当她那只微凉的小手沿着我的脊背向下滑落,探向我的腹下时,那杆本该坚挺的长枪像一条疲软的小蛇,紧紧蜷缩一团。

晚些时候,我决定去图书馆查寻资料。梅躺在沙发上睡着了。我穿上衣服,准备出门时,梅忽然一下坐起,正色道:"你知道吗,有时候我觉得他妈的你根本就不是我想要的男人!"

我先是一怔,随即打开房门走了出去。

几日来,我都沉醉在图书馆 V 区陈列着有关 G 城历史著作的书架前。一开始,我显得迷茫无绪,不知如何入手。我想如若将那些书通读,至少要耗上一年半载工夫。为了尽快找到我想要得到的资料,我不得不选择以查阅书目的途径进行快速阅读。那个白发苍苍的祁姓老者(事实上我已不记得他的姓氏)出现,已是两日后,我坐在书柜一角,查看一册《G城旧闻》时,忽然双眼发涩,迷蒙睡去。

"年轻人,马上要闭馆了,该回家去喽。"老人拿着一把扫帚和长柄拖斗,弯身将我推醒。

我从被人追赶的梦中猛然惊醒,看到老者盯视着我身侧用来摘抄的笔记本。我欲起身站起,老人忽然说道:"我晓得你,你是那个……"

我顿感讶异。

"你老子当年可比你还要用功,"老者说,"那几年他都是第一个来,最后一个才走。我觉得他不错,就向院长提议,让他来馆里上班了。"

"这么说,您算是我父亲的恩人了?"我笑说。

"恩人倒谈不上。"老者说,"不过他后来出的那些书,我倒是都看过。"

"您,怎么会认得我呢?"我好奇道。

"这个嘛,"老人又仔细端详了我一番,说,"虽然我好多年没见过你,但眉宇间,你与你老子还是蛮像的嘛。"

如我所想,老人果然对我父亲的过往略知一二。只是那些事情,是发生在祖父离开G城五年之后。那个春风骀荡的夜晚,我和老人后来去了图书馆对面的一家小茶馆。素雅端庄的女服务员送来茶点,帮我们斟了茶离开,老人望着她的背影,操着一口我难以归类的方言普通话,感慨地说当年我母亲不知要比她漂亮多少倍。

"您见过我母亲?"我不由得问道。

"见过嘛。那个时候她常带着你到馆里来找你老子。"顿了顿,老人又说,"虽然我那个时候对你老子一无所知,但看得出来,他应该是个蛮有故事的人。"

"您是怎么看出来的?"

"这个蛮简单嘛。"老人说,"那个时候不管谁见你妈一面,都会这么想……"

尽管老人对我父亲与母亲的记忆皆为碎片,且都发生在当年人迹罕至的图书馆内,但通过他对我母亲的溢美之词以及对他们夫妻恩爱的倾慕之情,我还是妄自将之勾连在了一起。如今想来,那该是父亲与母亲最为温馨的一段光阴,父亲醉心书海,母亲管家育子,一家三口日落而息,日子清闲而安逸。

母亲带着我第一次出现在原本颇为破落的图书馆的那个秋日,父亲已在图书馆正式上班。她穿着一件自制的白色刺绣蕾丝旗袍,拉着年幼的我的小手款款步入馆门,便招来了众人仰慕的目光。"她淡扫蛾眉,古朴大方,优雅温婉,艳丽而不张扬,像四月里的海棠花一样。"老人丝毫不掩饰初见我母亲时的震惊,忽而变得庄重起来,不吝赞叹道。然而,母亲仅俯身将我抱起,走向一位女馆员,报出了父亲的名字。父亲被人喊出,嘴巴里咬着一杆钢笔帽出现在二楼房门前,众人视线自然移向了他。"那个时候,你老子温和文雅,若是没那么瘦弱,也算得上是刚健俊朗。"老人说,"总之嘛,他们还是蛮登对的。"看到母亲和我,父亲羞涩一笑,拿去口中的笔帽,快步下楼迎来。这当然只是我一厢情愿的美好幻想。老人告诉我,其实当日父亲因公出差去了,因途中临时受命,又去了别处,没能如期归返,母亲前来,是为了询问他何时能够回来。

当晚与老人分开回来的路上,我反复回想着老人赞美母亲用到的"海棠"一词。记得父亲日记里,有关这个花名,父亲的记录异常简单隐晦。当我再度打开那本日记,翻至最后一页时,仅有的一行文字清晰跃现:

海棠
1947年夏。万物空寂,不着一尘。

三

书房的灯是突然坏掉的。白炽灯忽明忽暗。我坐在那摞从图书馆借阅而来的资料书前,祁姓老者的话语骤然又响在耳畔。我猜想他

■ 云落凡尘

之所以果断地推断出我父亲是个有故事的人,母亲过人的相貌不过是一种表象,他一定还知道更多我父亲不为人知的秘密。可随着我们交谈的深入,我忽然向他提及烟霞街,老人的言辞开始闪烁起来。最后我问他是否去过那儿,老人就生了气,质问我道,你知道那是什么地方吗?像我这样正派的人怎么可能去过那里……说着气鼓鼓地起了身,不告而别。我没有追上去拦住他表示歉意,因为从我说起烟霞街,他端起茶杯的手便越发抖动得厉害起来。

兀自遐想了一阵,我决定下楼去买灯泡,之后继续查阅资料。一阵忙碌后,书房像往时一样亮堂起来,我重新回到座椅上,打开了那本《G城花街简史》。难得的是,这本野史三分之一的文字写到了烟霞街之事。我快速跳过那些无关紧要的篇章,翻至第281页时,一段更为久远的故事(因为实无考据,我姑且以此称之)引起了我的注意。故事始于1941年冬天。

"……初冬时节,G城早早地落了一场细雪。那十二个衣着盛装的姑娘,在一个名唤素的女人带领下,坐着人力车先后来到了烟霞街后巷的一处老房前。一路上,她们难掩欢喜之情,说说笑笑,目光始终游走在繁华喧闹的街巷。

"我后来得知,那十二个姑娘来自鄂西南山中一处古老的小镇。多年来,镇上的人们世代以茶叶、耕种与打猎为生,是几年前独闯山外的素为他们带去了第一道山外的光芒。最后被她选中的十二个未及及笄之年的姑娘，前一晚聚集在山顶，对着自家的方向唱了半宿山歌，翌日一早便带着备好的干粮与衣裳，跟随素踏上了一条众人不明真相的"光明"大道。一路上，她们躲避着土匪，翻越了一道道山梁，最后沿着那条骡马古茶道，自采花经湾潭西南过将军垭、黄家湾、湾潭、终抵渔洋关，歇息一晚后，她们一早又在渔洋河中码头坐船离去，过数日，至宜昌，后再行数百公里，半月后方到达G城。虽一路奔波，姑娘们脸上依然荡漾着清纯的笑容。等到下了船，她们逐一坐上人力车，素报出了去往的地点，车夫们面面相觑，仿佛无法相信这群笑声清澈的少女，竟然会是烟霞街新来的'雏儿'。当晚，她们在暂时落脚的一处小阁楼上沉沉睡去。几日后，她们分批被到来的四家妓院（群芳馆、入云阁、新凤院与花满楼）的老鸨以不同身价一一买去……

"起初，她们难忍老鸨的欺凌与狎客的侵扰，一再企图逃跑，被抓回，便是一顿毒打，饱受着非人的折磨。一月后，其中一个姑娘不堪其辱，投井自尽，半年后，又有两人在逃跑中落水而亡。剩余九人，笔者只在探访一风烛残年的老鸨时偶尔得知，其中三人先后因病被驱赶而去，生死不明，余下六人，几年后皆为烟霞街名震一时的妓女，其艺名分别为：蓝玉、碧桃、蝴蝶、合欢、飞雪、海棠。后经笔者再三探寻六人下落，从终返自由之身却奄奄一息的合欢口中得知，海棠者，为一狎客私下高价买之，在烟霞街诞下一名男婴后，郁郁而终……"

由此可见，"海棠"之人确凿无疑。然而，作者下文何以能够对六人相貌与事迹详尽记述,又不禁使我心生诸多疑义。我再次反复回读那六人的艺名,企图参考书中所述,构想起她们那时身处烟霞街的日常,梅回来了。不同的是,这晚她竟一身酒气,跟我说话时已有些口齿不清。

进了门,梅一下倒在了地板上。

我忙走出书房。

"你喝酒了?"我明知故问道。

"喝了。"梅此时抱着头,不停打着酒嗝。

"怎么喝这么多?"我说,"什么好事让你高兴成这样?"

"我……没喝多。"梅说,险些吐了出来。之后拒绝我搀扶,靠着墙挣扎站起。

"去沙发上躺会吧,我去给你倒杯开水。"

"怎么?"梅冷冷一笑,向后拢了下垂在额前的头发,说,"你他妈的现在知道心疼起我了?"

"你只说出去吃饭,我哪里想到你们会喝酒。"

"你……就不想知道我是跟谁在一起?"梅双手重重地搭在我肩上,醉眼迷蒙地盯着我。

"是谁不重要。"我说,"重要的是你现在得赶紧去休息。"

"你真的不想……"这次话没说完,梅就吐了我一身。

换了衬衣,清理完地板上梅呕吐的熏人酒、食之物,我去唤她洗澡,梅已斜躺在沙发上睡着了。我进屋拿了一件外套帮她盖在胸前,梅在迷离的浅梦中不觉笑出了声。此后,我坐在她身旁,望着眼前这个比我年轻九岁的女人,顿感一阵难过。那一刻我渴望她能够醒来,听我给她讲父亲日记里记录的那些隐秘情事,告诉她不久前一个春风微寒的午后,我曾看到她跟一个青春俊逸的男子从百合巷走出,去了一家西餐厅。事实上,出于嫉妒和窥探的心理,我隔着一条街的距离,在对面三楼花店的玻璃窗前,观察了他们很长一段时间。可一切又该从何说起?倘若论及背叛,似乎我背着她与前妻芸余情未了之事,已是有错在先。

我再次拿起那本《G城花街简史》,良夜如水。窗外湖面吹来的清风,带着撩人的孤寂。我像失明后的父亲一样坐在桌前,无所事事地空对着窗外发呆。目力所及之处,皆是一片黑暗。那些日子,为讨父亲欢心,母亲时常会主动将他领到钢琴前一起坐下,为他尽情弹奏一曲。一日母亲刚一弹起肖邦的《天堂的阶梯》,父亲一下站起,举起用来探路的手杖狠狠向钢琴敲去,母亲惊魂未定,脱口叫道:"你要做什么,你这个老疯子!"

"老子就是疯子!"父亲说,"老子还没死,你就天天给老子听什么'天堂曲'。"

"什么'天堂曲'?"母亲说,"这明明是《天堂的阶梯》。"

"有区别吗?"父亲振振有词道,"听来听去,都是想让我早点死。"

"狗日的,你早点死了更好!"母亲难以料到自己的好意竟换来如此的羞辱,一时气恼不已。

"我说吧,你就是巴不得我早点死。"

母亲百口难辩,上前一把将我父亲推倒在地。

那场无端生发的闹剧,最后以母亲的得胜告终。我和梅一日与朋友外出聚餐,顺路去看望他们,母亲开了门,我就看到了父亲额头上的疤痕。

"我其实早就知道她巴不得我早点死。"我和父亲后来坐在茶桌前喝茶,追问起伤疤之事,父亲颓丧说道。

"妈也是一片好意。"我规劝说,"她是怕你想不开。"

"她哪里会有这份心。"父亲说,"这么多年了,她始终还是没忘记那个人。"

"你说的是妈当年的恋人?"我试探道。

"唉,多年前的事了,不提也罢。"父亲摆摆手,之后探身去摸桌上的茶杯,端起又放下。

那件突发事件,使得父亲与母亲彼此冷落了数周,自此二人再无任何言语交流。甚至为了表明姿态,父亲还毅然决然地搬进了书房居住。

时隔多日,我和一位在 G 城人民医院上班的同学约在公园会面,谈完药品合作之事,我又拜托他一桩私事,并说定了见面时间。从公园出来,准备开车去看望父亲,却意外与芸不期而遇。几年不见,看上去她仿佛一下又年轻了许多,新剪的齐肩发型使她脸上一贯洋溢的迷人笑意越发别具风情(这是否是痛失所爱的一种错觉?)。看到我,她先是一惊,欲转身逃开,我喊出了她的名字。

那日抵达父母所在的小区,一下车,我就看到了楼下停放的一辆警车。等我上了楼,穿过门前围观的人群,一眼就看到了客厅沙发前泪眼婆娑的母亲。看到我,她遽然哭出声来,高声告诉我,说那个老浑蛋竟然上吊了……

四

我再次将"海棠"与母亲联想为同一人,仿佛眼下所有的一切便顺理成章起来。在此之前,祖父经营的那家照相馆,早已成为爱国人士的秘密联络之地。为了便宜行事,祖父与祖母可能还成了他们对外联络学生代表的接头人。而就在他们忙于生计与爱国之事期间,无所事事的父亲再次做出了一件惊人之举,将祖父藏在衣柜的一大笔组织经费盗走,用以他在烟霞街沉迷温柔之乡的花销。我可否直截了当地这样推测:那最终成为烟霞街昙花一现的浪荡风韵之物,父亲依次将她们一一享用,忽一日,他从惊梦中醒来,却听到隔壁婴儿的啼哭。当他恼羞成怒,拍打起那扇紧闭的金丝楠木门时,"海棠"一袭素衣出现在了父亲面前。微暗灯火下,四目交汇刹那,父亲便动了爱慕之情,之后倾其所有将其买下,自此带着那婴儿远去,终老一生。

在直面母亲之前,我只有如此构想,方能将祁姓老人对我母亲的仰慕与那本《G城花街简史》所录之事联系起来。即使我真如想象所得,是一名妓女所生,但父亲身上似乎多了一面传奇色彩。可事实非我所愿,我和梅带母亲去明月楼吃素餐的那个晚上,梅因有事提前离开后,我斗胆向她说起了父亲那本日记之事。

"什么?"我一说完,母亲显得震惊不已,说,"我就知道这个老浑蛋骗了我。当年我们跟着他到了照相馆,那里就已经被查封了,要不是后来对面楼上有人向我们开枪,老浑蛋耳朵受了伤,我们也不会好上。"

"这么说,你不是那位'海棠'啰?"我竟莫名有些失落。

"什么海棠?"母亲顿了顿说,"不过,我跟你爸那个老浑蛋的确是在烟霞街遇见的。"

"能跟我说说吗?"

"好多年不想那些事了,"母亲说,"其实也没啥好说的……"

记忆就像一张网,一旦撒开,那些深藏水下的事物便逐一被打捞上来。

母亲说她是和同学一起从 N 城赶来参加游行的。一大早,他们就在 G 城大学门前集合,喊着口号,浩浩荡荡地前往 C 区,准备会合其他院校学生一同渡江去J区游行,无奈却获知当局已下令封锁全部渡口,于是只得回转,向省政府请愿。后来学生代表与政府交涉无果,一些学生变得怒不可遏,便冲向了政府大楼。母亲告诉我,那些政府工作人员在他们拥入之后,无处藏躲,纷纷跑进了二楼的一间房子,锁死了房门。"后来我从报纸上看到,原来那是他们用来存放财物的地方,里面多了一层防盗的铁门。"母亲说,"怪不得我们怎么也打不开呢。"

在政府大楼无所事事地待到傍晚,政府四周已陆续被赶来的军队围得水泄不通。夜色弥漫之时,再次前去谈判的代表回来,尚未来得及传达谈判的结果,那些军队一下从四面聚到正门前,冲了进去。那场震惊一时的血案就这样毫无征兆地发生了,当反抗迎来血花四溅时,整栋大楼里传出了学生们凄厉的哭喊。

"他们太残忍了。"回想起当年所见的悲惨情景,母亲此时泪光闪烁,"和我一起来的两个同学,就在我眼前被他们活活给打死了……"

"我和你爸就是在那天晚上遇见的。"我递给母亲纸巾,她拭去脸颊的泪水,继续说道,"我跟着一大群人冲出来时,那些当兵的就开始往我们头顶开枪了。"

一逃出来,他们便三三两两地四散而去。"我们怕被他们抓到。"母亲说,她跟着两个女同学一路狂奔,穿街过巷,直到脚下再无力气,她们才穿过一道小门,躲了进去。"那时候我们根本不知道自己身在何处。我们躲进那间臭烘烘的柴房后,其中一个女同学就哭出了声。"

"你就是在那儿遇到我爸的?"我问。

"是。"母亲看看我,说,"一开始听到外面的吵闹声,我们吓坏了,以为那些人是来抓捕我们的,等你爸被人扔进柴房,我们看他穿戴整齐,像个学生模样,才放下心来。"

"后来,你们是怎么好上的?"

"你爸那时候骗我们,说他是 G 城大学的学生,还说我们躲在那里不安全,要带我们去他家里。起初我们都很是犹豫,但后来听到巷子里有枪声,我们才决定跟他走。"母亲喝了一口水,舔了舔干涩的嘴唇,又说,"等巷子里的枪声消失了很长时间,我们出了门,就看到门前站着一个披肩散发的女人,手里拎着一个包裹,怀里抱着一个婴儿……"

说到这里,母亲盯着我,戛然而止。

"那个孩子,"我犹疑道,"是不是就是我?"

"我们那时候都很年轻,虽然我当时就看出了她是个妓女,但她一下跪在我们面前,说让我们救救她的孩子,我就心软了。"

"我是不是那个孩子?"我再次问道。

"孩子,其实我们也想早点告诉你的。"母亲说,"只是这么多年过去了,我们以为不会有人知道这事,更何况我跟你爸后来也没能有个一儿半女……"

"别说了。"我打断母亲,起身去前台买了单,独自开车回了家。

我依然记得将父亲的那本日记连同多日来我摘抄的笔记一页页烧掉的场景,她们是否能够浴火重生,我难以确定,仿佛一切随着那个形如蛇面、雌雄同株的"半夏"最终在火中消逝,我在父亲那段人生或性之荒诞的体验中,就获得了解脱。那大概亦是我探秘得到的最好答案。清理完一切,我决定开车过江,去一趟烟霞街当年所在之地。如今那里早已改头换面,高楼林立,我将车子停下,站在那条开阔繁华的大街上,母亲从女妓怀中接过婴儿的一幕穿越时空,在璀璨灯火之中邃然得以重现。母亲将我抱进怀时,我或许还不舍地啼哭了一阵,可那女妓只看了我一眼,就转身跑开,继续投向不知哪位男人的怀抱了。后来我在路边摊上喝醉酒,那个做烧烤生意的秃顶男人前来跟我结账,我嬉笑着从包里掏出全部钱币,一把向他抛去。之后我们便扭打在一起。

我在芸的床上醒来,已是翌日清晨。芸倒了一杯开水递给我,告诉我警察昨晚询问我家庭住址,我反复报出的都是她的地址。后来我们就抱在一起云雨了一番。吃早餐时,芸向我提议与她一起去参加一场拍卖会。多年来,这个因无法孕育离我而去的女人(事实是,问题根本不在她身上),一直未改对古旧之物收藏的热衷。

"真不知道那些东西有什么好看的。"我说。

"你永远也不会明白,"芸说,"那些东西的背后都有着别人难以想象的故事。"

那场堪称20世纪90年代在G城举办的最为声势浩大的拍卖会，最后亮相的一件藏品是清乾隆年间一尊仿制的铜鎏金绿度母座像。它面庞圆润，饱满如月，双目含情，微微下视，鼻梁高直，长发披落在双肩背后，丝丝精细，头戴五叶宝冠，犹如少女般纯洁。后来仔细端详它时，我不觉就想到了祖父，感慨起他当年是何等明智，家中诸多财物，他唯独带着这样一件珍物逃之夭夭。

拍卖会结束，众人喧嚷着纷纷离席而去。我陪芸去后台，抱着那尊绿度母座像向门口走时，甫一抬头，就看到了二楼扶梯旁目光如炬的妻子梅。

明月照人来

一

像 G 城所有的街区一样,雨水落下时,悦活里的空中弥漫起略带腥味的凉爽气息。他坐在理发店那张半旧的布沙发上,视线从女理发师细长灵活的双手和波仔滑顺的发间收回,看到坡上浑浊的雨水正沿着门前的明沟无声流淌。将侧放在下巴的手臂抽回,他端正坐姿,那只先前在小巷对面垃圾箱前觅食的流浪猫,已栖身甜品店的雨遮下。抖动了几下柔软而湿漉漉的毛发,它抬起毛茸茸的脚掌向着坡上走去,迅疾消失在看不见的墙阴里。

午后嘈杂的人语和店面断续传出的音乐声,暂时为雨声代替。他起身来到门前,从裤兜里掏出那包抽了一半的双喜烟,猛然想到打火机忘在了出租屋。女理发师放下手中的电推,准备用吹风机吹掉那些落在波仔脖颈和衫领上的碎发,他已回身来到她面前。

"马上就好了。"女理发师看了他一眼,笑说。

"不着急的。"他低声回道。在稍显吵人的吹风机声响中,他认真端详着镜中波仔那张白净又帅气的小脸。

这爿面积不足十平方米的理发店,坐落在鹿角巷尾,此前他已来过两次,是他某日傍晚来寻书店时发现的。初到悦活里,为排遣孤独,他夜晚常会出门,在街上漫无目的地闲逛,从一条街巷晃到另一条,带着审视的目光,察看着各式各样的店铺,极力想要记住招牌上的文字。有时他站在某条似曾相识的小巷,忽然会在旧时光里产生一阵莫名失落。记忆里的那些人和事物,犹如一场梦,真实又模糊。事实上,他对小店理发师的技艺算不上满意,仿佛一种与生俱来的性情所致,他从不会在同一家理发店连续出现三次,毕竟前去修剪那些肆意蓬勃生长的头发,是为了让自己看上去能够有所变化。然而,自与清瑶分开,搬进悦活里临渠的那栋五层旧式小楼之后,他似乎有了新的人生体悟,对周边陌生的事物和人群竟莫名生发了几分亲切。又或是自己内心的那份童真驱使,搬来不足一月光景,楼下经营麻将馆生意的那对湖南夫妇的儿子,就成了他周末时光的小玩伴。

"波仔,今天你这么乖,一会叔叔请你吃冰淇淋。"

"谢谢叔叔。"波仔望着他,开心道。

尽管已是夏末,G城的热浪却丝毫没有退去的迹象,夜晚他常会从梦中醒来,拖着汗淋淋的身子去浴室冲洗。冲了冷水澡,睡意亦荡然无存。那时,他会躺在床上翻看一阵微信朋友圈,抑或继续阅读那些放在枕边尚未读完的小说。更多时候,他是裸着身子来到客厅窗前,盯着渠边那条干爽无人的小道,或对面楼墙上灯影里的爬藤,在楼下麻将馆传出的混杂声响中,陷入往日与旧情人一起时的欢愉时光。记忆里,他与她们的相处模式大致相同——每一场恋情的结束,无疑都没能让他在感情世界里迅速成长——最初的相识异常美好(这点让他心感宽慰),之后看似美妙的频繁约会,加快的不过是奔向床笫之欢的进度而已。尽管每一次他都误以为对方会是自己的最佳伴侣。日子久了,她们皆变得几近相像,对他的生活习性和情感的"冷漠"抱以微词,无法体味到他内心渴求的安静与简单。甚至当他尝试改变,不再带她们去图书馆、书店或公园,更换为电影院、商场与咖啡馆时,她们依然不为所动,反而讥嘲他虚假可笑。"你以为换个地方谈论你读过的那些没用的书就是浪漫?真是笑死人了!"谁说的这句话,他一时难以准确记起,似乎她们在不同时间与他的错位交集里,都曾表达过同样的见解。于是,她们原本对他怀有的欣赏之意,渐渐淡化,沉默一段时日后,多疑的天性就占了上风,质询之余不免就与他有了口角之争。争吵的频次仿若倒金字塔之状,一旦反复的战火形成燎原之势,凶猛到难以扑救的时候,他在她们咄咄逼人的情势中不得不一次次被迫弃甲而逃——当然,这种片面的认知他向来不会承认。

"我还以为他是你儿子呢。"为波仔洗头时,女理发师忽然说道,

"想着你这么年轻,怎么就有了这么大的孩子。"

他听得出来女理发师话里的夸赞之意,尽管三个月前他已满二十七周岁。"要是我早点结婚,儿子这会也差不多有这么大了。"他一时有了跟她攀谈的欲望。

"你还别说,你俩看起来还真像一对父子。"

"是吗?"他笑说。又问波仔:"姐姐说你像我儿子,干脆你认我当干爹吧?"

"'干爹'会给我买很多玩具和好吃的吗?"波仔遽然坐起,不顾从发间淋下的泡沫,抹了一把脸道。

"肯定会呀。"女理发师抢先给出了答案。

"干爹!"波仔高声叫出。

笑闹了一场,他再次回到沙发前坐下,等待着女理发师将波仔的头发吹干。

"再来哈。"付了款,带着波仔出门时,女理发师冲他说道。

他回身看了她一眼,点头回应,惊觉她好看的眉眼竟像极了两年前那个在地下室自杀的女同事。

他是在小区宣传栏里看到那些随意张贴在一起的招租广告的。那个潮湿闷热的夏日夜晚,他们坐在电脑前看一档综艺节目,清瑶忽然抱住他,说她饿了。四目交汇的刹那,他在她略带孩子气的清澈眼神中遽然有了生理的渴望。清瑶捧住他的脸颊，讨好地亲吻了他的嘴唇，又说了一遍她饿了。他将她抱住，求欢的冲动已难以抑制。但唇齿贴合之际，清瑶一下将他推开。他懂得她的欲擒故纵，却还是选择了陪她下楼买零食。

从中部那座省城来 G 城已近半年，但他对南方多雨燠热的气候尚未习惯，从出租屋到便利店不过百米距离，他的额头和胳膊上已溢出一层黏糊的汗液。清瑶走进便利店，去买她钟爱的泡椒凤爪和罐装凉茶，他留在店门外抽烟。或是时间尚早，不远处挂着"潮汕大排档"招牌的小店尚无往日的热闹，忽高忽低的说笑和啤酒瓶碰撞声，来自一张简易餐桌前围坐的五个年轻男女。至于他们运用的来自汉藏语系汉语族的语言，他几乎无法准确辨识出任何一句。那家大排档是他们近来常去光顾的地方，印象中，冷啤与烤串无疑是他从前与友人夏夜消暑的理想搭配——显然，这一饮食文化的肤浅认知又暴露了他的狭隘，但生长在南方口味刁钻的清瑶更偏爱炒田螺、辣味鸭肠和猪红粥。

路灯下的宣传栏正是那时进入了他的视野。他上前几步，想要看清栏里的文字，却首先被那些贴满的小广告吸引。征婚和求子的，他警惕地一眼扫过，视线落在一张手写的房屋招租信息上。前一晚，清瑶说起租赁合同即将到期，询问他是否打算换一个离自己单位近些的住处，商讨的结果是，他们必须先找到一处更为宽敞又安静的住处。清瑶拎着零食从便利店出来，他尚在盯着那张招租小广告出神。房屋的地址所在,离他工作的出版社近了许多,两室一厅的格局对他们而言也足够宽敞,他甚至想到自己终于能够拥有一间渴望已久的书房,夜深人静时,可以独自待在里面读书或写作。但招租信息上标注的醒目租金数字,相对他眼下的工作收入,尚且是一个不容忽视的压力,何况他更期待能够住进一处南北朝向的房子,长年有阳光做伴。清瑶将一罐凉茶递给他。他接过,拉下拉环,猛灌了一口。待冰爽的液体从喉间流入胃部,他指着小广告下面的地址一栏,对她说道:"你看,悦活里,多好听的地名!"

不期而遇,犹如一场美好的浩劫。这是搬去悦活里那天,他在房东旭哥——实际上他已六十有余,南腔北调,却干练精神,高瘦的身形根本不像G城本地人——递来的租赁合同上签字时,脑海迅疾闪过的话语。某种难以确定的意义上,他相信那晚在小区宣传栏里看到"悦活里"的地名,就注定了他必将在某日到来,在这方他完全陌生的土地上留下一段独身生涯的印迹。毋庸置疑,那句话更为适合他与清瑶那段仅仅维持了一年的恋情。

北方的深秋时节,秋风飒爽,秋雨亦是微凉迷人。一个万物萧瑟而空寂的傍晚,他在办公室编校完"海外汉学译丛"中的最后一本,点了一支烟,起身来到窗前。窗口正对着一片方方正正的花园,园里的众多花卉品种,他早已烂熟于心——在此之前,他已在这家出版社工作了三年七个月又十八天——甚至清楚地记得每一种花盛开的月份和花色。眼下,它们都已枯败,唯有院墙处那株仿佛浴雨而燃的枫树,在雨中的暮色里越发显得朴雅美灿。一只迷途的野鸽倏然轻落树下,风吹枝摇,它受了惊,又振翅飞去了别处。他将一只手伸出窗外,雨水落入掌心。想到一周后那套丛书才会交付印厂,他一时萌生了出门旅行的念头。

那时,他租住在城中村的一栋民房。顶层的那间小屋尽管稍显逼仄,冬冷夏热,一张单人床占据着三分之一的空间,但房租便宜,通风明亮,视野开阔,满足了他时时可以远眺的心愿:春日野穹,杂花盛放;秋色连波,风凉叶黄。交往三年有余的女友孟柔无数次提出搬来与他同住,都被他断然拒绝。毫无疑问,经过如此漫长的相处时光,他们的情爱早已变得不咸不淡,成为一种融入骨血无可替代的亲情,一旦共居一室,朝夕相伴,他们便再无秘密和个人空间可言。事实上,这源于他对自己多情性情的自知,何况情最难久,多情人必至寡情的道理,他早在书中参透。孟柔之前,他曾短暂交往过两任女友,如今那些平日与他暧昧不明的异性,亦不乏使之心绪不宁者。所以,他坚信周末情侣的相处模式,或许才更适合他与孟柔,也是他们能够长久共存的最好选择。

拨通部门主任的手机,墙上的欧式挂钟指向十点一刻。他尽可能简短地汇报了工作进度,直入休假的主题。对那个一向工作敬业却过于严苛较真的中年女人,他素来毫无好感,然令他意外的是,她竟爽快应允,甚至主动提出会替他补办休假手续。电话挂断,他怔愣了一会,回想着近来他在工作上的表现。

简单收拾了行装,他把翌日出门的衣服叠放整齐,选好鞋袜的搭配,去楼下公用的冲澡间洗了澡,上床看了一篇布鲁诺·舒尔茨的短篇集《鳄鱼街》中的《鸟》。睡意袭来,他将生日时孟柔送他的那枚薄若蝉翼的精致叶形书签夹在读到的页码,合上,将书放在枕边,关了灯。

一夜无梦。清晨,他在手机设置的闹铃响起前,被雨水和落在窗外围栏上的鸽子唤醒了。隔着玻璃窗,他看了一阵紧缩脖颈和翅羽的鸽子和远处空旷地带上的民房,低垂而深不可测的苍穹,蓦然令他欢喜不已。前一日的这个时辰,距他千里之外的 G 城机场,清瑶已将行李箱办理了托运,跟着同行的家人一起过了安检,手持机票,一身黑色波点雪纺连衣裙,踩着轻快的步伐进了候机厅。

更晚些时候,他们就在游客熙攘的八达岭长城正门入口得以相遇。

二

麻将馆的热闹是从午后开始的。陆续前来的客人甫一在麻将桌前坐定,人生仿佛就有了新的格局,命运暂时可以为自己掌控。来者大多是栖身悦活里的异乡人,或在工厂做工,或在附近开一小店营生,一旦在牌桌上混熟,似乎就成了朋友,玩笑亦可,嬉闹不怪。小赌怡情,输赢虽不过百元,但输了的自然还是懊丧不已,不时抱怨方位与牌运。输光了口袋里的钱,他们倒也足够坦然,即刻离席让座给补位人,到里间看一会用花牌赌博的湖南佬,抑或直接出门,与麻将馆的女主人招呼一声,应和着明日再来。除却麻将馆的日常生意,那对来自湖南乡下的精明夫妇还会替人下注赌马,赢了,他们便从奖金中抽取少许作为报偿。只是那鲜为人知的业务,他们仅在夜晚进行。

闲来无事,他时而会去麻将馆逗留片刻,抱着臂膀一声不响地立在某张桌前看上一阵。女主人性情大方爽快,他一来,她便主动搭讪,为他搬凳倒水,一来二去,渐渐熟络起来。不知从哪日开始,她开始称呼他"小弟",他礼貌回应她"阿姐"。男主人一向老实话少,多是遵照女人的指示行事,与他交流不多,倒也足够客气,他称呼其"欧哥"。等到波仔开始跟他缠闹,他一下就成了阿姐眼中的"亲人",周末时成为他们餐桌上的一员。

这日的午饭格外丰盛。六菜一汤摆满圆桌,是过节时才会有的隆重。他在阿姐的诚邀下进了门,看到桌上已摆好了酱板鸭、麻婆豆腐、辣椒炒肉和红煨牛肉。

"小弟你先坐,还有一个菜和一个汤,马上就好。"阿姐热情说着,将新烧好的麻辣狗肉端上桌。

"阿姐,这是狗肉吧?"

"对呢。"阿姐顾不上跟他多说,快步回了厨房。

他望着那盘喷香的狗肉,想到往时穿梭街巷垃圾箱前的流浪狗,胃部顿感不适。但桌上色香味美的菜肴,还是让他心生暖意,想着像阿姐这样精通厨艺的女人,大概才是理想的伴侣。

"阿姐,今天是什么节日,做这么多好吃的?"他高声问道。

"没啥节日,是波仔的生日。"

"波仔生日?"他一时难以相信,隐约记得她曾无意中说过波仔是生在冬至。"波仔呢?"他又问。

"他爸爸带他去街上买鞋子了。"

他在厨房传出的锅铲清响声中犹豫片刻,告诉阿姐他出门抽支烟。

那辆四轮电动车,是他跑去商场一楼的玩具专卖店买回的。几日前他带波仔去超市闲逛,波仔就缠着要买。劝说了好久,波仔才最终妥协,接受他为之购买巧克力和冰淇淋的提议。他抱着电动车赶回,波仔和欧哥已坐在餐桌前。看到电动车,波仔顾不上向他炫耀脚上那双新买的休闲运动鞋,喊叫着向他扑来。

"谢谢小弟。"欧哥起身,笑说,"买这么贵的东西,让你破费了。"

"没几个钱。"他回笑道。

"哎呀,小弟你怎么给他买这么贵的东西啊?"阿姐将红枣银耳汤放上桌,看着正在拆封玩具车的儿子,说,"平时你就给他买那么多吃的喝的,我们都不好意思了。"

"不值几个钱。再说我正好刚得了一笔稿费。"

"你挣钱也不容易,以后别再给他买了。"说着,阿姐回身对欧哥说,"你去街上买瓶酒,陪小弟喝点。"

欧哥应声起身,他上前拉住,说晚上还要看稿子,喝不得。

"那就喝点啤酒,啤酒不碍事的。"阿姐说,又催男人出门去买。

欧哥出了门,她忙盛了满满一碗米饭放到他面前。

酒足饭饱,他起身出门去寻沉迷于电动玩具车的波仔。若不是后来大雨忽降,让那几个跟着波仔和玩具车来回跑动的小孩散去,波仔还不会回屋吃饭。

带波仔去理发,是阿姐吃饭时向他提出的,说麻将馆下午客人多,她和欧哥忙,顾不上。应允时,他和欧哥有过一次目光的交集,敏感洞察到了他以沉默掩饰的不满,以及那难以说清的隐秘敌意。他理解欧哥抗拒的心理,毕竟欧哥才是波仔的爸爸。尤其是阿姐近来对他如蔓草丛生的关心,明显已超出了他们本该保持的距离。

走出理发店,雨水越发密集起来。他撑开雨伞,将波仔抱起,行至鹿角巷入口,波仔忽然记起他先前的许诺。

"干爹,你说要给我买冰淇淋吃的。"

"波仔,不许这么叫!"他立住,看着波仔,"刚才叔叔是和姐姐开玩笑,你千万不能这么叫。记住了吗?"

"记住了,叔叔。"

"嗯。波仔乖。"

在商场的麦当劳甜品站买了冰淇淋甜筒,他为波仔撑着雨伞,二人沿着中山路走了约莫十分钟,拐入羊角巷。穿过那条窄巷,他们来到渠边那条无名小道。

与以往不同的是,这日麻将馆门前聚满了人。他和波仔走近,屋里传出陌生男子的叫骂和女人的哭声。牌友间时而发生摩擦的事情,他早已习以为常。恰此从人群挤出的旭哥看到他,点头示好,他忙掏出烟,友好地递上一支。旭哥接过烟,蹲身引逗波仔。

"波仔,叫爷爷。"

"旭爷爷。"

"谁给你理的头发?"

"姐姐。"

"衰仔,你老豆什么时候给你弄出个姐姐?"旭哥玩笑道。

"是那个女理发师。"他插话道。

"姐姐靓不靓?"旭哥又问波仔。

"嗯?"波仔不解,歪着脑袋看着他。

旭哥一把将波仔抱住,嘴巴贴向了他的小脸。

"你是不是个男人?"他听得真切,这次是阿姐的声音,"有力气往自己女人身上撒,你也不嫌丢人。"

"我们家的事,要你管?!"

"她跑到我屋里来,我就要管。要打你带回家去打,别在我屋里横……"

"旭哥,是阿姐他们在吵架?"他问。

"不是。鬼佬!"旭哥漠然道。

他将雨伞收起,准备上前一探究竟,屋里又传出一声尖厉的哭叫。

四姐就是以这样的方式,出现在了他的世界。后来四姐告诉他,说是为了儿子,她才再次从湖南那个他始终没能记住名字的小县城赶来的。

中年男人拖拽着四姐往外拉,她的一只手臂紧紧抱着麻将桌的一条桌腿。

"四姐,你要是再跟这样的男人过,他打死你我也不会再管。"阿姐赌气道。

"人家的事要你管啊?"欧哥不悦道,"就你多事。"

"你以为我想管?"阿姐说,"他在我屋里打人就是不行。"

他对阿姐的仗义之举,不觉心生敬佩。

"你今天若是不跟我回,以后你就别进老子的门。"中年男人松开四姐,发了狠。

"你这么打人是违法的。"他径自走到中年男人面前,习惯地将手里的那支烟在大拇指指甲上磕了几下。凭着清醒的判断和少年时期的习武功底,他断定眼前的男人他能轻松制服。

围在门前的看客一时屏住了呼吸,预感到新的好戏即将到来。

"小弟,你别管。"阿姐忙上前将他推开。

或是自觉没了意思,中年男人首先退去,出了门。

人群散去,他和阿姐将四姐从地上搀扶起。

有关四姐的事情,是阿姐几日后告诉他的。"四姐"的由来,源于她在家中姐妹间的排行。多年前,她跟随同乡来 G 城的玩具厂打工,认识了现在的"丈夫"(尽管儿子已经十岁,他们尚未去民政局登记)。那时男人还是隔壁袜厂里的机械修理工,收入稳定,性情温和,平日的消遣,是与工友或同乡小酌,或去近处的麻将馆玩上半日,直到儿子出生不久,他突然沉迷赌博,开始出入地下赌庄,输光了积蓄,丢掉了工作。家里没了收入,日子变得拮据,四姐生性懦弱,不敢劝阻,亦不敢伸手向男人要钱,为了儿子,只得私下向家姐们开口。然而,钱一到,男人就像那些活在夜下的鼠类,有着敏锐的嗅觉,第一时间便觉察到她把钱藏在了哪里。一次又一次,四姐就伤透了心,决定带着儿子回乡下老家。这一果敢的决定,使得男人暂时得以消停,发誓说再不会去赌,会尽快去找工作。然而,平静的日子一年不到,男人"旧疾复燃",还欠下了巨额高利贷。前来讨债者三番五次登门,恶语恐吓,摔砸物品,四姐每次只能抱着孩子躲在卧室哭。台风"贝碧嘉"登陆 G 城那晚,前来讨债的两个年轻人进了门,将男人狠狠地暴打了一顿,四姐从卧室出来,男人已蜷缩着身子躺在墙脚。看到四姐,他们告诫说,一周内若再不还钱,他们就来将他们的儿子带走。

惊惧是必然的。一想到儿子会被带走,自己有天也会成为他们用以还债的工具,她一下怒从心起,快步走到男人身前,抬脚向他踢去,一下,一下……她咒骂着男人和命运的不公。猛然,她的一只脚被一只有力的大手抓住,她欲挣脱,男人竭力一拽,她跌坐在地板上。那是四姐唯一一次勇敢表示自己的不满和愤恨,却也是她身陷家暴伊始。

"后来那些高利贷他是怎么还上的?"他禁不住问阿姐。

"鬼晓得!"阿姐说着,让他吃欧哥洗好端来的葡萄。

"我不吃,阿姐。"

"说是中了六合彩,"阿姐兀自摘下一颗,剥了皮放进波仔的嘴里,"也有人说袜厂丢的那五十万是他偷的。到底是怎么回事,没人搞得清楚。反正吧,他倒是把那些高利贷还上了。"

"那倒是好事。"

"好什么好,还不是照样滥赌。欠我的两千多块至今还没还呢。"

"四姐为什么不离开他啊?"他又问阿姐。

"鬼晓得她怎么回事,那时候隔三岔五地打,挨了打就来找我诉苦。我一个女人,生意要做,孩子要养,哪有本事帮她?"阿姐顿了顿,又说,"去年让她来给我帮忙,想着她自己也挣几个钱花,来了没半个月,她老公就来闹了好几回,说我们想把四姐给卖了。"

"这他妈的什么人啊!"他抽了一口烟,吐出,甚是愤懑。

"小弟,我跟你说啊,你可别逞强。她老公倒不敢把你怎么样,我担心的是四姐。你是不知道,这几年她变得我都不敢认识了,好吃懒做不说,没事就到处晃,跟这个闲扯半天,听那个说半天,听了话就东传传西说说,搞得附近的人都躲着她。就说这次她偷偷跑回家的事吧,一开始她在电话里跟我说是又被老公打,我还偷偷借给她五百块,后来才知道其实根本不是,她是跟我老公的一个老乡好上了,还有啊……"

屋里有人喊着换零钱,阿姐忙应和着进了屋。他揣度着阿姐的话,旭哥提着保温杯款步走来。

"波仔。"近了,他高声喊道。

波仔看看他,没有应答。

"你个衰仔,叫爷爷。"

他将指间的烟蒂尽可能弹向暗处的空地,起身跟旭哥打招呼。

三

他在五楼拐角那处一室一厅的房间住下,已有三个月之久,与旭哥照面不多,却相谈甚欢,成了朋友。作为悦活里的土著,旭哥一直有着足可安享晚年的固定收入。两栋皆为五层的楼房,相距约莫一里之远,除了其中一层用于家人居住,其他的都出租给了来 G 城谋生的异乡人。他便是其中之一。事实上,旭哥的妻子和儿子,多年前已移居 G 城对岸的港市,再不曾回来;在合法的婚姻之外,旭哥还曾与一个小他许多的河北女人有了一个女儿,女人几年前病逝,异地求学的女儿很少回来——这些都是阿姐闲聊中告诉他的。租客虽时有变动,但并不怎么影响收入,故而旭哥脸上长年挂着祥和的笑容。只是让他难以理解的是,旭哥从不向租客提供银行账户,租金必须每月一交,且只收现金,到了有租客交租的日子,他便亲自登门,收下那一张张诱人的红色纸钞。某晚他从惊梦中醒来,再无睡意,长夜的孤独使他遽然懂得了旭哥那看似可笑的行径。毕竟那是其证明生活尚有意义的唯一可做之事。

雨水断续下了一周,天气终于转晴。这日下了班,他将准备好的出差资料放进包里,与同事一起去单位附近的湘菜馆小聚。餐桌上多喝了两杯,出门去乘地铁时,他已有些头晕。清瑶的电话是在半路上打来的。他照常摁下接听键,在地铁车厢顶部吹下的冷气里,静听着清瑶漫无目的的诉说,一言不发。等到清瑶开始在电话里哭泣,哀求他回去,告诉他她不能没有他,他忽然将手机从耳边撤离,果断断掉。他知道,再过一分钟,清瑶就会在电话里向他提出借钱的请求。

他与清瑶的真正初识,是在长城上的一处烽火台前。那时与她同行的母亲和哥嫂已先一步离开,继续向前。时下目力所及,枫林尽染。

他在攀登中走走停停,将拍下的景色陆续分享给电脑前的孟柔,得来的是频频质问他为何从不带其一起旅行的信息。输下那个冠冕堂皇的理由之际,一个轻柔悦耳的声音倏然传入耳郭:"可以帮我拍张照吗?"她身材小巧,短发齐肩,脖颈细长,目光交汇刹那,他因她白净笑脸而顿生了无以名状的爱意。他即刻按下发送键,收好手机,从她手中接过那台单反相机。由于以往分社的新书发布,他都是部门主任指定的活动现场拍照者和报道撰写人,私下又有心涉猎了一些摄影书籍,故而掌握了简单的拍摄技巧。她的动作落落大方,他也竭力抓拍出了她眉目间一闪而逝的微妙。变换了几处拍摄背景,她上前向他致谢。

"你是从南方来的?"他把相机还给她,主动搭讪。

"是呀。"她笑说。

"口音听得出来。"

"嗯。"她回看着相机存下的照片,忽然惊叫起来,"天哪,你怎么拍得这么好!"

"是你好看。"他讨好说。

"你太专业了。学过吗?"

"没有,就是平时喜欢胡乱拍些街景和风景。"他撒了个小谎。

"我觉得真好。"她看着他,"可以再帮我多拍几张吗?"

他欣然接受,从她手里再次接过相机。等到她与家人在尽头会合,他们已在短暂的同行中知悉了对方名姓,并互留了手机号码。

启程回去的前一晚,他发短信邀她一起吃饭,清瑶告诉他自己已在去兰州的火车上,目的地敦煌。他颇为失落地呆望着酒店房间的枝形吊灯,想着他们此生或许再无相见的可能,短信铃声忽又响起。他打开,看到清瑶发来的信息:你来敦煌,我请你。哈哈……

仿佛一种无声的暗示,他断定那近似玩笑式的邀请多半亦出于爱之情愫。

你确定?

是啊。

他匆忙查询了去往兰州的航班,拨通了酒店前台的电话。

地铁到站时,他的记忆还停留在他们深夜在希尔顿酒店大厅相见的一幕。他背着背包,推开侧门进入,从电梯走出的清瑶映入眼帘。他快步走向她,清瑶羞涩笑起,他朝她张开了双臂。

一切仿佛来得太快,令他亢奋又措手不及。就像后来他与孟柔不告而别,背着母亲辞掉工作义无反顾地奔向清瑶所在的 G 城一样。在爱情的征途里,他注定是个浪子,无家可归,无岸可泊。

地铁到站前,他在座位上小睡了一会。手提包从双手护住的膝上滑落,他从浅睡中一下醒来。邻座的老妇人怀里的小女孩看着他,笑意纯真。他弯身捡起手提包,站点播报下一站是悦活里。下一刻,他与晚归的乘客一起走出地下通道,过了天桥,他们四散而去。

此时,麻将馆里人声喧嚷,渠边小道的暗光下,阿姐正从两个准备下注的赌马人手中接过赌资……

阿姐从屋里出来,与旭哥寒暄了几句,复又进了屋。他看得出他们的关系微妙,并非单纯的房东与租户,却难晓内情。帮旭哥点了烟,二人无声静坐。波仔提起小铁盆里的一串葡萄,调皮地一颗颗揪下,数着放到板凳上。他上前制止。波仔玩兴未消,躲避着。他佯装生气,扬起手,波仔一下将手里的那串葡萄丢在地上,仰脸哭了起来。

欧哥闻声而至。

"衰仔!"旭哥说,"吃的东西也当玩具。"

欧哥没说话,抱起波仔哄。

弯月在云间兀自穿梭。热风加剧着他体内酒精的挥发。从手提包里掏出手机,他快速看了下时间,欲起身上楼洗澡,旭哥忽然说起话。

"小弟,明天一起吃早茶。"

他蓦然想到又是该交房租的日子了。

"好,这次我请旭哥。"

"要你请个鬼,"旭哥抬起手,拇指在食指和中指上摩擦了几下,笑说,"你这个,很多吗?"

"这个我可比不得旭哥,不过请旭哥吃个早茶还是没问题的。"

"哈,你那点钱啊,留着讨老婆吧。"

难得旭哥有兴致,他决定陪他多聊会。

"小弟,你,交过几个女朋友?"

"我啊,两三个吧。"他笑说。

"你知道女人最爱什么吗?"

"这个倒是没研究过。"他想了想,说,"衣服?首饰?"

"哈,鬼扯。女人最爱这个。"旭哥的拇指又在食指和中指上摩擦了几下。

"那倒是。谁不喜欢钱啊?"

"小弟,你结了婚,想要儿子还是女儿?"旭哥又问。

"女儿。"他不假思索道。

"哈,女儿有什么好,还不是赔钱'货'?"

"那可不是,不都说女儿是爸爸的小棉袄嘛。"

"哈?"旭哥甚是不屑。

"旭哥不喜欢女儿吗?"

这次旭哥没接话,拧开水杯,喝了一口茶。欧哥抱着睡着的波仔回了屋,旭哥再次开了口。

"你,知不知道他们怎么有的波仔?"旭哥说,"还不是听了我的话。"

"什么话?"

"哈,生儿子的秘方。"

"什么秘方?"他好奇起来,"旭哥跟我说说。"

"你,知不知道他们先前有个女儿?"

"不知道呢。"

"早死了。"旭哥把烟蒂丢在脚下,踩灭,低声道。

"哦? 啥时候的事?"他惊愕不已。

"早了。生的时候也是这个时节。一岁不到就死了。"

他脊背不觉涌出一股寒意。倘若旭哥说的属实,几天前的那顿"生日宴",应该是那女婴的生辰或祭日。

"我说呢,前几天阿姐说波仔过生日,我明明记得她说过波仔是冬至那天生的。"

"哈,她的话你也信。"

阿姐再次出现,他们即刻转换了话题,继续有一搭没一搭地聊。忽而,他心血来潮,提议旭哥一起玩几把斗地主,让阿姐去屋里拿副纸牌,旭哥推托间,四姐带着儿子朝着麻将馆走来。

牌局是在近门处那张麻将桌上进行的。人手不够,欧哥上桌陪他们玩了几把。他手气好,连赢了两把。四姐陪儿子吃了一会葡萄,将他赶回写作业,自己来到桌前看牌。

"这把又要赢。"他再次拿了地主,将牌理顺,四姐说道。

等他连出了两把顺子,剩下一张单牌和王炸,四姐突然夺下他的牌,亮在了桌上。"赢了！掏钱吧。"四姐兀自笑说。

欧哥像是明白了什么,对他愕然一笑。

旭哥将手里的牌扔在桌上,掏出十块钱丢给他,说不玩了。

"再打几把,旭哥。"他劝留道,"刚开始嘛。"

"打个鬼哦,没意思。"

"你还输不起这几个钱啊?"他玩笑说。

"哈,我会输不起?"说着,旭哥从口袋里拿出一沓早上收来的房租,"这些你能赢得完?"

"旭哥钱多,输不完的。"四姐插话道。

"哈,输不完,滥赌鬼还不是输个精光。"

旭哥话有所指,他看了一眼四姐。

恰此有人结束牌局,阿姐喊欧哥结账,他自知牌局进行不下去,掏了一支烟点上。

"明天一起早茶,记得哈。"旭哥起身要回。

"旭哥,还是七点吗?"他问,"这么早我怕起不来啊。"

"早个鬼哦,太阳都晒屁股了。"

说定了,旭哥先行一步回去。他进屋看了一眼小推车里安睡的波仔,把纸牌钱给了阿姐。

四姐什么时候离开的,他没有注意。上了楼,他把全部的灯打开,将摇头扇的插头插好,风速调至中挡,来到半开的窗前。再次想到阿姐意味深长的话语和大家对四姐的漠然态度,迎面吹入的热风里不觉多出了一丝不幸的味道。

放在客厅墙脚处的两桶五升装桶装矿泉水,是他前一晚买回的。他离开窗子,上前弯身提起已喝掉三分之二的那桶,拧开封盖,将书桌上的咖啡杯倒满,一口气喝完,又倒了半杯。书桌上那本德尔菲娜·德·维冈的《地下时光》,他刚刚读了四十二页,开篇布下的迷局和双线并行的两个孤独灵魂,还等待着他继续探寻和陪伴。将封盖重新拧紧,在桌前的滑轮靠椅上坐定,他打开电脑,播放起轻音乐。此时,他身体后倾,双手交叉放在腹部,双眼紧闭,轻摇着躺椅,舒缓的音符让他顿觉安然。接下来,他会洗澡,关掉音乐、客厅的灯,带着那本小说侧躺在床头继续阅读,在睡意到来前,于风扇吹来的凉风里,和书中那些他永无可能相遇的人物共享一段美妙时光。

四

离开清瑶的这段日子,他很少再被乱梦惊扰。清晨苏醒后的遐想,多是一种肉身的烦躁。一旦他变得焦灼难耐,即刻起身下床,穿上那双日式凉拖,带着夜晚残存肌体的汗液,去卫生间用冷水痛快地浇洗一番。尽管这样容易生病,但他毫不在乎。相反,他相信病痛虽让人不快和慵懒,却也能让他获得短时的安宁,可以不出门,不用工作、思考、写作或阅读,只用赖在床上昏睡整日。儿时为尽早让父亲兑现为之购买新玩具或图画书的承诺,他时常渴望自己生病,甚至夜晚等母亲睡下,他就悄悄溜进卫生间,反锁浴室门,用冷水淋洗,之后站在窗口吹。他一生病,父亲翌日就会收到消息赶来,带着他出门去买。这种他春冬两季偶尔为之的把戏,一晚被母亲撞见,再不曾得逞,母亲那一记响亮有力的耳光,他至今印象深刻。

他把儿时想象自己可以像鸟一样飞,某日从外婆家院里的柴垛上跃下摔折手臂和其他顽皮之事分享给每个交往的女孩,都会赢来她们的阵阵笑声。他知道,那些看似幼稚的行为,对她们而言,是爱的坦诚。他越毫无保留,她们越会对他信任和深爱。就像外婆一样。

"吴南,你为啥要从那么高的地方跳下来?"被送去县城的路上,外婆问他。

"姥姥,我梦见自己会飞呢。"

"傻孩子,你又不是鸟。"外婆用衣袖抹着眼泪笑,他也跟着笑出声。

"姥姥,你说我会长出翅膀吗?"

外婆的眼泪又落了下来。

……

那些无眠的夜晚,他们做了爱,他就在记忆里随便挑选一段自己或同伴的趣事,向她们娓娓道来。或是他的激情所诱,时而她们也会主动说起自己成长中的烦恼和秘密,但大多雷同,且寡淡无味。直到他遇见清瑶,这种失衡的状态才得以打破。相较他眼下创作的艰难困境,仿佛她才更为适合这一虚构的行当,往时那些零碎的记忆甫一被她说出,遽然就变得多彩鲜活。甚至清瑶说得越多,他越感到挫败,直到一晚他怀着窥探和冒险的心理,开始与之交换那些不为人知的情史,却心生了嫉妒和恨意。

"你说的是真的?"那个冷雨初歇之夜,清瑶刚一说完她的一段情史,他开口问道。

"怎么?你吃醋了?"

"谈不上!"他假装释然,说,"真没想到你这么开放。"

"难道你不是?"她反问,说,"你以为你爱她们,其实你只爱你自己。"

"我有这么自私吗?"

"你觉得没有吗?"

"后来呢?"片刻,他又追问道。

"什么后来?你觉得我跟他应该继续下去?"她像是生了气。

"没有。"他点上一支烟,盯着酒店房间墙上的一幅风景画:湖岸秋枫如火,宛若他们初遇时不顾一切的激情。"你跟他,是什么时候的事?"他继续问道。

"在你之前。"

"在我之前?"他目光聚向清瑶,"这么说你是厌倦了他才跟我在一起的?"

"我可没这么说。"她丝毫没有回避,说,"你不是喜欢听这些吗?"

他无言反驳,亦无从探知她话语的真假。

去凤凰古城游玩的决定,是他提出的。但那晚之后,他们再无心山水和美食,提前两日结束。旅行归来,他便开始早出晚归,尽可能不再与她同床共眠,彼此再不像从前一样亲密无间。直到一晚他从惊梦中醒来,看到清瑶一声不响地站在他面前。

"怎么了?"他缓缓坐起,梦中母亲躲在浴室的哭声犹在耳畔。

"能借我点钱吗?"她犹豫良久,还是说出了口。

他没有拒绝。从披在身上的西装内侧口袋摸出手机,他爽快地将清瑶报出的数目转入了她告知的银行账号。此后她再三开口,数额一次多过一次,他才心生疑窦,一问究竟。然而,一切为时已晚。那些他辛苦挣来的钱,早已被她从前交往过的一个误入歧途的男友花光。

清瑶告知他真相的那个午后,他们大吵了一场。她反复辩解,说那是他们快速挣钱买房的唯一途径,他突然收声,决定尽快搬离。

似乎就是从那时开始,他再没有梦到父母分居前无休止的纷争。事实上,父母有着截然不同的生活方式:一个优雅喜静善思,更多时候是待在地下室的工作间,沉浸在无边的想象中;一个风趣幽默,友朋众多,见多识广,同时也有着少许关系不明的暧昧对象——模糊的记忆里,那是引发他们战争的主要原因。每次他们开始摔砸客厅或卧室的物品,他就哭喊起来,上前抱住母亲的腿,说妈妈,你们别打架了……战争会立即停止。父亲之后甩门而去,母亲就抱着他,一遍遍对他说,儿子别怕,有妈妈在呢……

奇怪的是,这晚他竟在梦中梦到了旭哥。一开始,他们并肩沿着一条坡道默默上行,两侧林丛中的鸟鸣悦耳动听。约莫一刻,他们来到坡上的小区正门。从一侧的小门进入时,岗亭的保安将他们拦住,询问间,旭哥与之动起手来。他上前帮忙,将保安打倒在地,拉着旭哥快步逃开。待他回身,保安和小区不见了,眼前是一片脏乱的垃圾场,弥漫着熏人的臭气。下一幕,他们已身在悦活里的主街上。往日傍晚时分为孩子们占据的露天篮球场,此时一半属于几个奔跑着争抢投篮的少年,另一半暂时归属了晨练的白发老者们。他停住,认真地看了一遍白衣阿婆练习的太极拳,忆起从前习武的苦熬时光。愣怔间,旭哥拉着他拐进了一条窄巷。

怎么进入的那道铁门,他醒来后已无法记起。梦里的一切诡异无解。他拾阶而上,朝着那道敞开的房门走去时,楼道冲下的一只黑猫令他虚惊一场。进了门,他看到旭哥端坐在客厅的一张实木长椅上,盯视着对面桌上私设的灵堂。灵堂设置简单,供品仅有两盘水果,堂前摆放的镜框里,是一张中年女人的素照,两侧两支粗大的红烛烛火明亮。他猜到那是为旭哥生下女儿早逝的女人,正欲开口,旭哥首先出了声。

"哈,现在看你还能逃到哪里去。老子知道你是为了老子的钱,他有钱吗?……你想让老子花钱给你治病,老子才不傻。"

"旭哥。"他叫了声。

"咸家铲!还想骗老子的钱。"

"旭哥。"他又叫了一声。

"扑街!你不是爱钱吗?老子有的是。"

旭哥说着,从口袋里掏出一沓红钞,扬手抛撒向灵堂。之后他俯身去捡落在脚边的钞票,它们一下又变成了一张张冥币。

惊悸间,门外传来一阵急促的敲门声。

他在黑暗中醒来,一身冷汗。

"谁?"敲门声再次响起,他坐起,开了灯,高声问道。

"是我。"门外是一个女人的声音。

隔壁那个找他借烟的女孩前天已搬走,他断定不可能是她。清瑶?他从没有告诉她自己的住址。

"是阿姐吗?"前来寻房那天,是她帮忙跟旭哥打的电话,似乎只有她可能有楼下那道铁门的钥匙,"我睡了,阿姐。"

"是我,四姐。"

尽管她尽可能压低了声音,他还是听得真切,迅速抓过短裤穿好,套上运动裤,下了床。

"四姐,这么晚……"他拉开一条门缝,话没说完,四姐一下推门闯了进来。

"四姐,这么晚你来我这不好吧。"他不快道。

"小弟,求求你让我在你这躲下,我实在没地方可去了。"泪水落下时,她颤抖着抱紧身子,靠着卧室门滑下身去。

对面的一些窗户里,仍有灯光泻出。他相信很快它们就会在黑暗中消失。只有他和那些白天躲在床下或拼装衣柜下的蟑螂会彻夜不眠——那是他惧怕的生物之一。每每他清晨出门上班,见到楼道里的蟑螂尸身,他就会联想到电影里硝烟弥漫的战争画面,它们像极了那些尸横遍野无人认领的战士。

四姐抱着双膝,埋头低泣起来。一只闪现的蟑螂在光亮里快速晃动了几下细长的触角,折身逃走了。

"四姐,他又打你了?"他明知故问道。

过了一会,她才停止哭泣,擦拭了泪眼,看着双脚并列出的空隙。

"是他让我来找你的。"四姐忽然说道。

"什么?"他甚感讶异,"为什么?"

"他说你不是能保护我吗,让我跟你过得了。"四姐说完,再次埋首双膝。

"四姐,当时那种情况,是个男人也会那么做好吧。"他有些哭笑不得,"再说,就算你是他老婆,打人也是违法的,你说是不是……"

"是他逼我来的。"四姐猛地抬起脸,望着他,"他说我要是不来,他就打死我。"

他知道自己还是惹了麻烦。

"你别怕,小弟。其实我是等他睡了偷偷跑出来的,他不知道我来你这儿了。"四姐又说。

"万一他一会真找来……"他难以想象那会是何等情景。

"楼下的门他进不来。"四姐说,仿佛是在安慰他。

"那你怎么进来的,四姐?"

"门是敞着的,没锁。"

他猜到一定是有人进来时忘记了关门,但还是感到不安。

"他会不会在楼下喊?"

"他不会的。"四姐的口吻甚是坚定。

"四姐,这次他为什么打你?"片刻,他又问道。

"没什么。"四姐说,抱起臂膀,头歪向一侧,"是我的错。"

"你怎么惹他了?"

"他想要我,我不肯。"

"……"

"能把灯关了吗?"

"还是亮着吧。"

"我想睡一会。"

"那你到床上睡吧。"

四姐没有起身。

他把卧室的灯关上,去了客厅。

黑夜寂静明澈,月光透过窗子无声泻入。他在窗前站着,大脑一片空白。往日无眠的夜晚,他甚是迷恋这夜下深沉的静谧,人们卸下白日戴在脸上的面具,陆续进入各自斑斓虚无的梦境。在那里,他们似乎才不会感到孤独,亦无须刻意伪装,强大而果敢,仿若获得了新生。这样的时刻,他最想去海边走走。海滩空无一人,他想象自己走在柔软的沙子上,就像走进了他于小说里建构的美好之地。在那里,人们互不相识,却彼此信任,不必担忧粮食和蔬菜,只要寻到自己心爱之人,便可愉快地度过一生。但此刻他再也没有了那种凭空遐想的能力。他只能就这么站着,等待着晨光能够快些降临。

五

四姐是何时躺到床上去的,他不知道。在窗前站累了,他来到电脑桌前的椅子上坐下,没一会就睡着了。听到楼下小摊贩的推车声时,已是六点一刻。继续趴在桌上睡了片刻,手机铃声倏然响起。

电话是旭哥打来的。一起吃早茶的约定,他早忘得一干二净。

挂断电话,他简单洗漱,出门时,四姐也已醒了,蜷缩在床上,没有离去的意思。

"要给你带吃的吗?"他立在卧室门外,好心道。

"不用。"四姐闷声道,"你先去吧,我一会就走。"

"要是他问你去哪了,你怎么说啊?"抬脚前,他又担心道。

"他不会问的。"

他没再说什么,开门下了楼。

天空有些灰暗,像是又要下雨。旭哥没有带他去往日的那家早茶店。简单的问候罢,他们一路无话,穿过两条窄巷,开始向着一条坡道爬行。他惊诧梦境竟然成真,跟旭哥搭话,想要告诉他那场诡异的梦事,说出的却是还没交付的房租。

"旭哥,我还没来得及去取钱,下个月的房租晚点给你。"

"哈,小钱嘛,"旭哥不看他,说,"着什么急。"

究竟旭哥为何会对他如此偏爱和照顾,他一直无法厘清,但这种没来由的亲切,让他时常倍感温暖,只得暂时将之归结于他们的性情相近,或是意趣相投。甚至他有时会将其与那个早年一日离去后再无消息的父亲联系在一起。

散居坡上的人家,用来营生的铺门紧闭。门前堆放的袋装垃圾前,有几只流浪猫徘徊。他们一走近,它们便警觉起来,如临大敌,或干脆逃开。他一路紧跟旭哥的步伐,不时搭话几句,脑海想着的却是躲在他房里的四姐,希望他吃了早茶回来后,她已离开。

"旭哥,你觉得四姐人怎么样?"他再次搭话道。

"哈,说她做什么。"

"我觉着她真是可怜。"

"可怜？可怜她做什么？"

"旭哥，你们很早就认识吗？"他又问。

"哈，说她做什么。"

他自感无趣，闭了嘴。

抵达那间老茶楼时，天已大亮。店里热闹非常，茶楼保持着90年代装修风格和老式的手推车茶点。他们在一处靠窗的四人桌前坐定，旭哥高声喊来了女服务生。

金钱肚、烧卖和白粥，是他点的。女服务生记下，旭哥又点了薄皮虾饺、凤爪和半只烧鹅。早茶丰盛，他却食欲不佳。旭哥吃着烧鹅腿，目光在众桌前不停移动，时不时和相熟的人招呼。说及出差的事，他抱怨了几句，旭哥似乎没在听，将啃完的鹅腿骨放到桌上，又喊服务生添茶水。

旭哥这日的心情格外好。茶足饭饱，他忽然来了兴致，说起老茶楼的历史和陈年往事。那时的旭哥与他年龄相仿，G城刚迎来改革的春风，悦活里似乎一夜间就改了旧面，人们纷纷拆了老屋，盖起了高楼。日子变得富足，先前的乡邻却没了往时的情分，越发生疏起来。感慨间，旭哥又略略谈起移居港市的儿孙，告诉他翌日回去看他们。

"旭哥你每周都回吗？"

"哈，哪有。"旭哥说，"想回就回喽。"

"旭哥,你是不是还有个女儿?"他八卦起来。

"哈,说她做什么。除了要钱,老子人又见不到。"

"我是听阿姐随口说了一句……"

"哈,生意不好好做,天天做梦发大财。"

"麻将馆生意不错啊,而且我听说前不久欧哥还赌赢了马,赢了不少钱。"

"好个鬼啊。"旭哥顿了顿,又说,"说是跟我合伙,年底分我那么点。"

他一下明白了他们的真正关系。

雨是突然落下的。大雨如注。他看着窗外街上奔跑着的行人和车辆,又想到四姐。猜想他出门后,她就趁着人们还在睡梦中回了家。女服务生将剩下的凤爪和烧鹅打包,放在桌上,旭哥买了单。由于出门没带伞,他们只得坐着闲聊。

"小弟,你一个月拿多少?"旭哥问他。

"七八千吧,有提成的时候会多点。"

"哈,那么点。"

"还行啊,够我花了。"他满足道。

"哈,养个人也不止那么点。"

旭哥话里有了他无解的谜。

"旭哥你平时都忙啥?"

"忙个鬼。吃饭喝茶睡觉。"

"真羡慕你啊。"他感慨地说。

"羡慕什么,我又不养女人。"旭哥的话有些无厘头,像是要告诉他点什么。

"反正你又不差钱,养一个呗。"他接了话茬,玩笑说。

"哈,养一个做什么,想的还不是我的钱。"

"让阿姐帮你介绍个,她认识的人多。"他提议。

"哈,信那个鬼佬!上次说有一个介绍我,开口就要一万。"旭哥讪讪道,"我说给六千,他们不干。哈,还不是想要我的钱。还是她姑妈呢……"

四姐在麻将馆帮忙时,她男人去闹的场景一下跃现眼前。一种他实难想象的现实,瞬即在阿姐那张热情洋溢的笑脸刻上了卑劣的烙印。

"旭哥你说的是真的?"他显得错愕。

"哈,骗你做什么。"

雨中撞车声传来,他再次隔着玻璃窗望向大街。

骤雨停歇,他们一起出了老茶楼,沿着原路返回。路上旭哥邀他去家里小坐。等到他们来到那栋联排而建的楼房前,旭哥打开铁门,他停下,蹲身系好松散的鞋带,旭哥已先他一步到了门前,开了房门敞着。他系好鞋带,抬起脸,梦里的那只黑猫从旭哥家中逃了出来。他靠着墙,犹疑地看着它,一时有了惊意。此后,当他快步登上台阶,进了旭哥家门时,堂前布设的灵堂和燃烧的红烛映入眼帘。

那个雨水恣意的清晨,后来变成一场持续的噩梦,时常将他惊扰。有时他在梦里会再次回到之前的梦里,交错纷杂的梦境和无迹可寻的低语声,让他恍惚和惶惑。似乎就是从那晚开始,他患上了失眠症。仿佛一旦入睡,那些陌生的人面就陆续出现,继之而来的,是几不可闻的低语……

像他预想的一样,这日他从旭哥家回去时,四姐已走了。他将凌乱的床单抚平,看着床单上的黑白条纹,它们恍如波浪般起伏起来,四姐的身影在波纹里忽隐忽现。他闭上眼睛,摇摇头,凄然一笑。

阿姐两次打来电话,他都没有听到。他把翌日要出差的资料和衣衫收进手拉箱,洗好前一日换下的短衫和内裤,挂晾在通风处,回卧室昏睡了一觉。楼下的喧嚷与他醒来前的梦混淆在一起。阿姐喘着粗气爬上楼,猛烈拍打他房门,他才迷蒙着从床上爬起。

"波仔在你这里吗?"她迫切问道。

"没有,阿姐。"头疼袭来,他用手掌轻拍了几下后颈。

"波仔丢了!"阿姐叫道。

"怎么会呢?"他一下清醒了,"是不是跟其他小朋友去玩了?"

"没有,附近都找遍了,都说没看见。"阿姐的声腔有了哭意。

他安慰了阿姐几句,回身换上摆放在进门处的运动鞋,跟阿姐一起下了楼。

那天他像个丢了自家孩子的父亲一样,几乎寻遍了往日曾带波仔去过的地方。但结果徒劳,波仔像夜晚被风吹走的微尘一般,消失得无影无踪。警车鸣叫着驶来,他已从鹿角巷尾的理发店走出。

"孩子怎么会丢呢?"出门时,女理发师放下手中的剪刀,深深地看了他一眼。

"真没来过?"他再次确认。

"真没来过呢。"

他道了感谢,出了门。

陪着阿姐和警察一起寻访了那些装有监控的铺面,他们逐一察看,波仔始终没在监控视频里出现。警察凭着经验,大胆猜想是熟人作案,让阿姐回想是否有交恶之人,阿姐胡乱报出一二,又立即否决。身后一直保持沉默的欧哥提及四姐,阿姐恍然意识到什么,忙带着警察奔向了四姐租住的地方。

门是四姐打开的。他们先后进入。客厅饭桌上的两碗鸡蛋面冒着热气。

"你老公呢?"阿姐问,口气焦急而激愤。

"他没在家。"四姐看看阿姐,目光移向穿着制服的警察。

"去哪了?"有些秃顶的那个警察问。

"我哪里知道。"四姐说,"谁知道又去哪里赌了。"

"波仔丢了,是不是他把波仔拐走了?"阿姐忍不住斥问。

"你别胡说。"衣衫汗湿了大半的胖警察喝住她,说,"事情没弄清楚以前,你不要妄加揣测。"

"你脸上的伤怎么回事?"秃顶的警察又问。

"他打的。"

"你男人什么时候出的门?"

"我不知道。"

"什么叫你不知道?"胖警察抓起饭桌上的纸扇,不停扇着,"你男人什么时候出的门,你会不知道?"

"你快说呀,四姐。"阿姐敦促着。

"他去哪里了,我怎么会知道,他又没告诉我。"

"看你脸上的伤像是新的,说明他应该出门不久。你大胆说,我们是来询问情况,不是来抓他。"秃顶警察耐心劝说着。

"四姐,我求你了,你快说啊,我们就波仔一个儿子,要是他有个三长两短,你让我们怎么活呀。"阿姐哀求道,哭出了声。

"他不可能拐波仔的……"四姐欲言又止。

"你要知道些什么,赶紧告诉我们,孩子万一是他带走的,还来得及。"

四姐的儿子像是听到了他们的对话,拉开卧室门走出,手里拿着一部用来玩游戏的手机。

"你们是找我爸爸吗?"

"对,我们是找你爸爸。"秃顶警察说,"你知道他去哪了吗?"

"我爸爸昨天就回老家了。"男孩合上手机,装进口袋,说,"你们别抓我爸爸,他可没打我妈妈,是她自己弄伤的。我看见了。"

"你胡说什么!"四姐突然凶如猛兽,操着方言冲他吼骂道。

他看着高挑单薄的四姐,一时目瞪口呆。

出差回来后的那段日子,G 城的秋雨像是永远都不会停歇。雨滴落在玻璃窗上,一片银白,灯火犹如披上了一层薄纱,真实而朦胧。这样的夜晚,他不再沉迷小说真假难辨的故事,时常会想起伶俐活泼的波仔,更多时候,他一遍遍怀想的是那些从他生命中走失的女子。爱是假设的恨。这是他在诗中写下的句子。然而,他在记忆里反复搜索,企图找到一个恨的理由,美好的过往不觉又让他无端感伤。泪水像雨水一样,不期而来。这晚他接通母亲打来的电话,哭得像个丢了玩具的孩童。

"回来吧,儿子。"母亲在电话里劝导,"哪里有家好啊。"

"妈——"他哽咽着,问她为何每个人都要戴着一副面具活着。

"儿子,面具戴久了,就成了一张脸。"

"妈,你恨我爸吗?"多年后,他终于问出了口。

"不恨。"母亲笑说,并告诉他,不管怎么样,他都是他的父亲。他们永远都是一家人。

屋内的寂静如同黑夜一般深不可测。挂断电话,他把房间的灯一一打开,相信光亮会驱散那在心间无声弥漫的孤独和困惑。

野火

一

他是在妻子从图书馆借来的《植物志》里无意间看到那株橘色皇冠贝母的。花朵密密匝匝,环绕顶端,花瓣微微上翘,姿态倔强,让他想起如今挂在二楼主卧里的那幅仿自凡·高的《铜花瓶中的皇冠御贝母花》。尽管书页间那株花茎修长蜿蜒的皇冠贝母少了油画上的热烈奔放,在四周绿草杂花映衬下,却是独秀一枝,清逸绝尘。他目光聚焦在左下方的小字图解,先前蜷卧在沙发上的那只他从竹林巷捡回的狸花猫,起身跳到地板上,扭动着肥臀,步态轻缓地来到他脚边。更多时候,他想象它也是妻子的忠诚伴侣,她在书房读书,或制作小工艺品——为那些不知从何处寻来的形状与大小不一的小石头设计和钩织色彩明艳的外套,是她的业余爱好,也是她时常用以奖励给学生的奖品——它就敏捷地纵身跃上书桌,在台灯背光里小憩,抑或躺在她怀里假寐。感觉到裤脚的异样,他已把《植物志》合上,拉开了印有蝴蝶花纹的黄色水溶镂空窗帘。眼下已是四月,湖面微漾丛现,时有孤鸟飞过,岸上的油菜花田将雨后的清晨点缀得绚烂魅丽。他弯身抱起用脑袋摩挲他裤边的花狸猫,怀云从浅梦中醒来,梦中一闪而过的房舍与树木,让她恍如依然身在此前那趟通往 G 城的列车上。

火车抵站,他从行李架上取下那只沉重的旅行包,前去赶乘最后一班地铁,怀云已系上围裙进了厨房。她把时间算得精确,提前两个小时到家,足够用以整理衣物、打扫房间和烧制饭菜。甚至他下了地铁步行回家途中,怀云还从容地步入浴室,冲了澡,换上了先前晾晒在阳台上的那身粉色纯棉睡衣:胸前的星月刺绣和月牙形排扣皆点缀着彩色钻石。出乎她的意料,他开门进来,将她紧紧抱住的瞬间,此前的惊惶感消失了。她双手环抱着他的腰部,侧脸贴上他宽大的胸膛,仿佛心理上获得了久违的平衡,感到无比安稳。

"'咪露'好像瘦了?"她从卧室出来,他开口道。

前一晚床笫之欢的余味,随着风雨的停歇早已散尽。两年来,除了那个雨水恣意的夏日夜晚,她向他展示过背部和左乳烧伤留下的疤痕,与他再不曾裸体相对,欢爱中始终穿着上衣和内衣。

"有吗?"怀云佯装不解,脑海迅疾闪过的是进门时墙脚处干净空荡的猫食盆和咪露拉在卫生间的粪便。她清楚记得,出门前喂了咪露整整一条鱼(那条清蒸鱼她原本是做给自己的,想到周五堵车的可能,她简单吃了些水果和面包,就拎着新买的小行李箱匆忙出了门),并更换了猫砂,食盆里填满了猫粮。仅仅两天时间,它竟吃光了。"前天去了趟图书馆,顺便去逛街买了双鞋子,回来得有点晚;昨天和艾莉一起去看了场电影,吃的烧烤……"她把几天前发生的事尽可能加入与J君的相处时光,顺序稍作调整,一一罗列出,仿佛要向他澄清什么。

他当即就明白了一切。事实上,自她辞掉甜品店的工作,去了R区那家春光幼儿园任教,近一年来,周末除了下楼去小区一里外的菜市场买菜和肉,就近从超市买回些日常用品和零食,偶尔去工作室帮忙,怀云几乎足不出户;制作手工艺的彩色线团、衣服与书籍大多是从网上订购,看电影只有每次他主动提出,她才会一同前去。疑惑间,怀云上前从他手中接过咪露,用手摩挲了几下它毛茸茸的脑袋,又说:"出门时候食盆里的猫粮是满的啊,怎么就瘦了呢?"

"可能是它不喜欢三文鱼味,换一种口味吧。"他建议道。

"嗯,要换的,这种口味它吃的时间是有些长了。"

"电影好看吗?"他又问。

"挺好的。"不知为何,再次想到电影里那个关在罐子里的半人半鱼生物,怀云竟一下从它身上感受到了那种无以名状的孤独。从电影院出来,已是午夜。她跟着J君穿过那条潮湿的窄巷时,欲望突然控制了他的心智。她背靠着那面脏兮兮的冷墙,在他迫不及待撩起她的长裙之际,黑暗一下子将她吞入口中。他们终于合二为一。她紧紧抱住 J 君的脖颈,在紧张而惶恐的愉悦中轻声呻吟。

"文艺片吗?"

"嗯?不是。算是奇幻吧。"

"你这么说倒是勾起了我的好奇。"

"嗯,是挺适合你看的。"她把咪露放到桌上,看着它跳下后优哉地朝着食盆走去。

"你又来了。"他不悦道,"就不能让它过去吗?"

"我说什么了吗?"她佯笑道,"我没说什么吧。"

他欲再开口,怀云抬脚去了卫生间。

那只毛羽漆黑的鹩哥何时飞落在窗前,他没有注意到。等它跃身飞离,他呆望着空荡的湖面,仿佛再一次迷失在晶莹炫目的雪野;群山静默不语,寒风凛冽入骨,他立在海拔 4000 米的雪地巨石下,手捧此前斜挎在一侧的那台哈苏 X1D-50C,却无从寻到那个喜爱夜行、行踪飘忽不定的雪山精灵。

那是他最后一次冒险前去雪地拍摄,目的地肯德可克,陪同他进山的是当地一个此前在雪山无人区放牧、熟悉林区深处境况的牧民桑。那辆半旧的皮卡车和摩托车(想要穿过陡峭险峻的山地、荆棘遍地的灌木丛,去拍摄那些频繁活动在林区深处的野生动物,摩托车是唯一可行的交通工具),是他从格尔木的一家租车行租来的,每日的租金与桑的报酬相等。车子进入林区,护林员拦下车子询问——仲冬时节的肯德可克,出入林区的只有当地牧民、地质勘探队和矿工工人——他从旅行包找出那张杂志社开具的工作证明,才得以打消护林员的顾虑。第一天,他在余晖尽染的雪野里拍摄到了为躲避严寒而在低海拔区域食草的藏野驴和藏羚羊,或是时有盗猎者的出没,它们在从前可怖的枪声里变得警觉异常,犹如一只只惊弓之鸟。他尽可能小心翼翼地上前,时而蹲身,时而匍匐地面,希望近距离拍下它们食草、休憩与角斗的镜头。傍晚回程途中,他们还在路边遇到了一头奄奄一息的野牦牛。桑停下摩托车,下车察看了野牦牛的唇齿和眼睛,告诉他这是病死,并非是偷猎者所为。他快速拍下野牦牛即将死亡的抽搐模样,再次坐上摩托车,桑启动车子,继续载着他赶往十几里外那处暂时用来栖身的牧民家的毡房。

冒着热气的手抓羊肉和红茶(那罐正山小种红茶是怀云提前为他准备的),是毡房女主人为他们端来的。他在毡房外用白净的积雪清洗了早已皲裂的双手,进屋盘膝在火炉前坐下,顾不得文雅,囫囵吞吃起来。女主人的小女儿看着他狼狈的吃相笑出声,他才不好意思地起来,停止咀嚼,端详起她。或是那张红扑扑、洋溢着清纯笑意的小脸让他动了心,他提出饭后为她拍摄一张照片留念。

"不要拍。"小女孩忽然羞涩起来,拒绝道。

"是怕叔叔的拍摄水平不行,把你拍得不漂亮吗?"他问。

小女孩一下子躲到了女主人身后。

"怕羞。"女主人笑说。

"叔叔把你拍得漂漂亮亮的,然后登在杂志上好不好?"他端起桌上红茶喝了一口,继续劝逗。

小女孩从母亲身后探出脑袋看着他,清亮的眼神让他不由得想到了雪豹那深蓝色眼睛中藏有的锐利光亮。

"她的眼睛真好看。"他对女主人夸道。

女主人又笑,将女儿抱在了怀里。

二

临湖的这套别墅,如今独属他们二人。领证回来那日,他母亲主动提出暂时搬去先前出租的那套小房子,目的是便于他们在新婚这段日子能够享受最后的安宁。"等你们有了孩子,我再搬回来,正好可以帮你们照看。"他懂得那是母亲的托词,同样也显现了母亲睿智与开明的秉性。不像他的父亲,一直以来对他的要求严苛而无理。父亲去世那晚,他和大学同学在西城的一间酒吧喝得不省人事。等他被同学用冷水泼醒,拖着醉步进了门,那个此前意外从楼梯台阶上滚下摔伤脑袋和脊柱的男人已没了呼吸。救护人员下楼离去,他在刺眼的灯光下看着眼前犹如婴儿般睡去的父亲,一时无法相信,未及开口,他母亲再次哭出了声。"都怪我,要是我晚上没睡那么沉,起来看看他就好了……"他一下子跪坐在地。也就是在那个晚上,怀云在同一间酒吧认识了那个比自己大十二岁的男人K。

那个来自德国的重金属乐队,是她大学隔壁宿舍的一个同学带来的。出于礼节,她如约而至。当女贝斯手拨动音弦,鼓手敲响架子鼓时,酒吧顿时安静下来。陆续赶来的年轻小情侣和其他听众聚到舞台前,在聒噪的音乐声中开始了属于他们的快乐时光。他们大喊大叫,摇头晃脑,将双手摆出牛头状,仿佛是为了让身边的伙伴感受到自己的疯狂。怀云坐在酒吧的角落处,端起桌上的啤酒杯喝了一口,之后闭着眼睛,试图感受那许久未曾有过的激情。然而,不管她如何专注,都无法在主唱R·S歇斯底里的号叫声中体验到快感与悦意。等到K上前搭讪,向她索要手机号码,怀云探身向前,附耳对他说道:"带我走吧。"

一开始,他们在母亲搬离后尽情狂欢,不分白昼与黑夜,在任何情欲迸发时向彼此敞开,不断挥霍着短暂睡眠中身体积攒下的气力。一周后,闪婚的激情遽然变得寡淡,他们在完成一次短暂的交合后,更愿意赤身抱着彼此长时间昏睡,苏醒后的抚摸和亲吻隔上半日,才能重新唤起类似他们在山中民宿初次体会到的那种快感。

更早以前,他还在热衷野外风景和民居的拍摄,四处游走的资金来自父亲遗留下的丰厚资产。直到一晚他留宿宏村,看了一集重播的《美丽中国》,才在野生扬子鳄和羚牛惨遭盗猎者猎杀濒临灭亡的现实中顿生了悲悯。仿佛一种无声的使命召唤,他当即决定告别此前的人生规划,不再留恋山川与花草,开启了新的生涯。

与怀云相遇的那个秋日,他怀着怅惘的心绪,刚从江边回来。那种早已被宣告灭绝的生物,是长江中下游特有的水兽,曾无数次在他梦中出现。它体态姣美、皮肤滑腻、长吻似剑、身若纺锤,尽管视听能力欠佳,眼小如豆、耳小似针,但其声呐系统异常发达,对超声波的回声定位依然远远超过任何现代潜艇装备所具有的能力,偶尔被冲散群体,它们也可利用高频率的声呐及时与同伴取得联系。有关白鳍豚的知识,他无疑是通过手头仅有的几本书和网络中获知,在梦里,他得以近身它们,遗憾的是他从没能细数一遍那些密布在它们上下颌间的小牙。沿着长江行走的三天时间,每次他只能在江豚的活体中想象那些原本活跃在水中的淡水鲸,假设它们正在水下结伴快速游动,每隔20秒,便浮出水面换气一次。

山中的那处民宿,是他电话提前预订的。启程去鄱阳湖继续追寻白鳍豚往日的踪迹前,他只想好好睡上一觉。晚饭他是在民宿附近的一家农家小餐馆里吃的,红烧武昌鱼和凉拌木耳他吃了一半,排骨藕汤倒是喝了两碗。付了账,他沿着上山的小道行至百米距离,甫一在那块刻有"静观"二字的石块上坐下,身后传来一阵几不可闻的啜泣声。他屏息细听,洞悉到哭声来自身后山坡处的小木屋。

她是在午后到来的。进了门,怀云把仅装有一本正在重读的小说

■ 云落凡尘

■ 210

和一身内衣与化妆品的背包放下,环视了一遍房间的布局:靠窗的一张朱红漆小木桌前,放有一把老式躺椅,桌上摆放有一盆仙人掌,一个水晶玻璃烟灰缸;阳台上悬吊的两株绿萝,有长藤垂下,在泻入的阳光里越发显得浓绿。她把视线移向室内,目光从干净整洁的被褥上最终落在墙上的那张半裸浴女图上,不由得一阵伤感。毋庸置疑,她相信倘若交往数周的 R 前一日没有突然失联,并与她一起前来,这间民宿将会被他们甜蜜的笑声与欢爱后的迷人气息填满,再不会像此刻这般清寂而空荡。她躺在床上,默想了一阵 R 那双肥厚宽大的手掌,身体滋生快意之际,她一下坐起,拿起放在床头柜上的电视遥控器,想要弄出些声响,以便驱散那耗神的幻想。打开,屏幕显示的只有雪花点点。她喊来服务员,将电视调好,看了半部喜剧电影,又斜靠着床头小睡了一会。稍后,她烧了水,冲了一杯麦片喝下,又吃了一块巧克力。

尽管已是初夏,傍晚的山风还是有些微寒。她出了门,一路走走停停,沿着高低不等通向山顶的石阶爬了约莫半个时辰,便没了上山的决心,开始返程。山坡处的那间小木屋里,胡乱摆放着几把用以游客歇脚的竹椅。她把看上去最新的那把竹椅搬到门前,坐下,看了一阵绿色的山野和带着花蜜从花丛中飞离返巢的野蜂,山下蓦然升起的袅袅炊烟让她不由得想起母亲从前在厨房忙碌的身影。临走前一晚,母亲再次喊她进了厨房,让她帮忙洗净放在水池里的青菜,自己则拿起菜刀,对着那条不时挣扎腾跳的鲫鱼头颅猛拍了几下,之后将之开膛破肚。等她把青菜洗好,捞起放入一侧的铝盆,母亲已在鱼身两面各剞了两刀,清洗后抹上了绍酒和细盐。

"小云,你要记住,鲫鱼得稍腌下再下锅油炸。"

"嗯,记住了,这样才能更入味嘛。"她嬉笑道。

"炒锅要烧旺火,油烧七成热就把鱼放进去。"

"然后呢?"

"你这孩子,着什么急啊,一会妈做着你看着。"

"嗯,好嘞。"

"炸了鱼,把鱼盛起来,锅里稍稍留点油,然后把豆瓣酱、姜末和蒜末放进去炒下,之后把鱼和肉汤放进去,记着这时候火要调小些,再往里面加酱油、糖,还有盐。"

"真麻烦。以后我才不要给男人烧火做饭。"她有些气恼。

"也是。我家闺女啊,有福气,以后让你男人做给你吃。"母亲笑,又说,"等鱼烧熟了,直接盛到盘子里。勾芡里要淋点醋,撒点葱花,之后直接浇在鱼身上就行了。"

那道她最爱吃的豆瓣鲫鱼,在母亲离开后,怀云再也不曾吃过。此后漫长的几年时光,她像自家那只无拘无束惯以野猫姿态出没小巷的黑猫,过起了有家类似无家的生活。日常的开支,来自祖母三分之二的微薄退休金,除了为自己烧饭洗衣,她还必须照顾那个十多年来不顾风雨每周都要去县政府询问何时能够落实其转业之事赋闲在家的父亲。仿佛是为了回避母亲曾经的存在,从那时开始,她再不曾对人谈起任何有关母亲的点滴,即使是面对一向对她疼爱有加的祖母,她也没有提起母亲当晚来她房间,跟她说过的那番没头脑的话语。她唯一渴盼的,是自己能够快些长大。事实上,凭着她的聪慧,她当时就该对母亲那段时日的异常表现有所觉察,平日不愿她插手的家务,母亲都尽可能地让她参与,没来由的还会教她一些生活和生理常识。她终于接受事实,甚至学会了反击,当同学背后妄论她母亲一定是跟人跑了时,她听到亦会坦然一笑,并直言回告,下一个就该轮到他们的母亲。她的父亲一日却突然失去了心智,对她而言,那无疑是不期而至的致命一击。那些日子,每每放了学,她都会背着书包将沿街叫骂的父亲寻回家,直到一晚他闯进她的房间,将她当成了母亲,怀云才在逃出家门时认识到父亲是真的疯掉了。

三

二十一岁生日前一天,她把在酒吧打工的积蓄全部取出,决定独自去旅行。尽管学业会有所耽搁,但她相信落下的一周课程,她轻而易举便可自学补上。她从没出过远门。24英寸的粉色拉杆行李箱里除了必要的换洗衣物,她还带上了从图书馆借来的一本爱情小说和诗集,以消磨漫长的旅程时光。等上了火车,车厢里的咳嗽声与谈笑声,以及小孩子的哭闹,即刻让她意识到携带书籍的多余。更晚一些时候,她躺在车厢那张窄小的睡铺上,抱着臂膀,想要安睡片刻,上铺汉子的呼噜声遽然响起。她捂住双耳,那忽高忽低的呼噜声却越发让她变得烦躁不安。她不断变换着睡姿,终于忍无可忍,起身想要把他喊醒,儿时邻家孩子阿满无端跃出了记忆。她清楚记得,那个睡觉时会发出猫一样叫声的孩子,一日进了医院就再也没能回来。

乘务员通知关灯时,怀云抱膝埋首坐了一会。邻铺的青年男子削着苹果,不时看上她一眼。

"要吃苹果吗?"怀云抬头之际,他将手中的苹果递上前,搭讪道。

"谢谢,"她漠然回道,"不用了。"

青年尴尬一笑,又问"去哪里?"

"不知道呢。也许到终点吧。"

青年讶异地盯着她,说:"那要到明天了呢。"

"嗯,应该是。"

"你也去看冰川?"

她看了一眼他,没有搭话。

"青山不老,为雪白头。那么美的地方,是应该去看看。"青年又说。

车厢的灯突然熄了,车厢陷入黑暗。青年咀嚼苹果的声音清脆而细小。

"你是做什么的?"似乎根本没有在意怀云的淡漠,他继续问道,

"一个人旅行吗?"

"嗯。"

"你是摄影师吗?"

"幼儿园老师。"她撒了谎。

青年男子若有所得地"哦"了一声,附和说:"幼儿园老师好。"

对话暂时中止。他继续吞吃着苹果。

事实上,怀云很喜欢和那些小天使般的孩子待在一起,喜欢教他们唱歌、画画,和他们一起做游戏,听他们问些稀奇古怪又幼稚的问题。她觉得即使他们哭闹,像个小恶魔一样惹人生气时,也是无比可爱怜人。在托教中心兼职的那段日子,她一些时候会渴望获得孕育带来的赞颂,有个自己的孩子,唯一的遗憾是她不能像花一样,可以雌雄同体,所以对方是谁,无关紧要。之后想到往日那个爱说梦话又爱尿床的小男孩阿朗,她嘴角不觉有了笑意。

火车恰在此时进了站。

"想什么呢?"青年又搭话道。

"没什么。"怀云收住笑意,从身侧的手提包里摸出火机和香烟,起身去了车厢吸烟区。

"能给我一支吗?"靠着车厢吸烟时,他跟了过来。

怀云抽出一支递给他。

"到了嘉峪关,我们同行吧。"青年点上烟,吸了一口,说:"挺有缘的。"

怀云弹了弹烟灰,假装没听到。

"不乐意吗?"

"没有,谢谢你。我想一个人随便走走。"她婉拒,望着车窗外瞬间消失的光点,忽然有了提前下车的念头。

"有个伴不好吗?"青年试图更靠近一点。

"你是想和我上床吗?"她突然盯着他,直言道。

青年甚是惊愕,嘴巴张了张,却没能说出话。

下了火车,怀云才发现站点是一个小站。站台上人迹寥寥,列车值班员一副瞌睡相,不时打着哈欠。小雨淅淅沥沥,一阵冷风吹来,她不禁打了个寒战。

那家农家小旅馆,是出租司机带她去的。为了尽快找个地方住下,她冒险听任了他的安排。等到车子在一条幽深巷口停下,她才突然害怕起来。

"这是哪里?"她惊慌不已。

出租司机拉开车门,怀云已做好了随时逃跑的准备。等到那个穿着睡衣的女人从小巷走出,热情地为她拉开车门,将她迎进小院,为她开了房间,进门一刻,萦绕在怀云心头的惊惧才得以散去。

这晚她没有洗澡,就爬上床睡了。梦境大胆而离奇。等她在清晨的寂静中醒来,梦中难以启齿的欢愉还残留在她焦渴的体内。这已不是她第一次在梦里与陌生男子同床共枕,甚至她在梦里几近病态的主动和疯狂,让她在醒来一刻还感到羞耻和不安。然而,等她再次清晰记起梦里的甜蜜细节,欲望便遽然占了上风,让她忘而不能。那种强烈的周期性性冲动从何时开始产生的,她已无法清楚记起。起初,她以为是生理紊乱之故,毕竟时长时短的经期已持续了好几年。医生开出的调节内分泌失调的中药她喝了三个月,症状依然没有得到缓解。随着课堂上亦会出现的幻想和渴望,她才疑惑大概是家族基因遗传所致,毕竟她的外祖父和父亲都疯掉了。那个收费昂贵的心理医生 M,是妇科主任介绍给她的。虽然催眠疗法让她获得了片刻的心理安宁(可笑的是他把她当成了妄想症患者),但并未能消除那时常迸发而出亟待被抚慰的感觉。一个躁闷的夏日,当她在 M 工作室那张舒服的沙发上醒来时,他忽然问及她是否经历过男女之事,她一下紧张起来。毫无疑问,此前她已短暂交往过两任男友,初夜除了撕裂般的疼痛,她丝毫没有体验到书中或电影里的那种醉人之感,至于后来那些带着蛮力的生涩交合,更未能真正带给她想象中的快慰。她没有否认,同时向 M 坦白了一切。然而,当 M 带着探秘的心理进一步追问细节时,她选择了沉默,之后夺门而出。M 再三打来电话,并承诺为她提供免费治疗,怀云还是断然拒绝,再没与他会面。

  从拉杆箱最底层翻出那瓶所剩无几的药片,她打开吃了一颗,又回到床上看了一会书。小旅馆的女主人敲响房门,喊她下楼吃早餐,她已不再莫名躁动。

菜包和豆浆是小旅馆的早餐标配,她简单吃了一点。或是昨夜的惶恐心理,她稍后出了院门,才发现自己此刻身处一个四面环山的小城。步出小巷,她来到那条环城河边。阳光明媚暖人,天际飘着贝壳般大小的游云。她在通向水边的石阶上坐下,想着饭桌前旅馆女主人告诉她小城的旧货市场今日开市之事,犹豫着是否和她一起前去。毫无逻辑可言,此后女主人的慈眉善目让她想到了已消失八年的母亲,甚至想到了二十年后的自己。但她知道,到那时她一定不会像她们一样,粉黛不施,安于现状,她会成为一个独具风韵的小妇人,身边不乏爱慕者,唯有最让她心动的那个,才是她情人的不二人选。毫无疑问,这一无序的联想,来自她随身带着的那本小说,只是她不会像包法利夫人那样,为了投身一场所谓的爱情,倾其所有,最终还要搭上自己的性命。

旧货市场已是人山人海。市场门前,一群人围着一头立在圆凳上表演的山羊,不时传出一阵喝彩。各式旧物品的摊位前,挤满了讨价还价的购买者。怀云走入人群,目光游离在一处处摊位上,揣想着每一件将要被售出的旧物,或许都存有着一个不为人知或喜或悲的故事。

"你也来啦?"怀云停在一个画册摊位前翻看,一个女人的声音在身后响起。她放下画册,转身看见了小旅馆女主人。

"原来你喜欢这些东西呀?"女主人又笑道。

"也不是,随便看看。"

"你是艺术家吧? 昨晚上我一看见你,就觉得你像个艺术家。前几年呀,就有一个北京来的艺术家住在我家,还说是专门来收集我们这里的什么古年画的。"女主人操着方言兀自说着,"我也不懂收藏是个啥,就把家里的几幅木板上刻有年画的东西送他了。那艺术家可高兴了,还给了我五百块钱哪。"

"我不是艺术家,"怀云说,"我是来旅行的。"

"旅行? 我们这么个穷地方可没什么看的。"女主人有些失望,"我还以为你也是艺术家呢,看来我家里剩下的木版画这下没着落了。"

"回去让我看看吧。"女主人憨厚爽快的脾性,蓦然让她感到温暖亲切。

"好啊好啊,你要是喜欢啊,我便宜点卖给你。"

兜售金银首饰的摊位,是女人指给怀云的。她选了一本画册,付款时,女人又喋喋不休起来:"姑娘,你是不知道,有些首饰还是人家祖传的呢。去年我就买了一对金手镯,那镯子上的花纹呀真是好看。不过你可得挑仔细,有些是镀了金的假货,住在我们对面的吴嫂就买过一个假金钗,还把它送给女儿做了嫁妆……"

离开旧货市场前,怀云去金银首饰摊位前转了转,并未遇到使她心仪的物件。事实上她也不想购买任何银镯或金钗,觉得那些东西不过是身外之物,唯一的用途大概是偶尔能帮助活人辨别死者的身份。那时怀云已上了高三,邻家的大火深夜蔓延至她祖母家时,她尚在梦中枯对着那一张张令人乏味的数学试卷。消防员撞开房门,她已在呛人的烟火中已近窒息。等到大火全部浇灭,一具具早已面目全非的尸体被整齐摆在小巷,怀云从祖母右手腕上的那只金镯辨认出了她。

更早之前,那个在火车上与怀云搭讪的青年男子已现身,此时立在距她20米之外的一处货摊前,默默地盯着她。在怀云后来的模糊印记里,他眉宇还算得上英俊,但瘦削的脸庞像是常年患有某种肠胃不适的病症,时而会让人心生疼意。

也就是从那时开始,她爱上了外出旅行。

四

仿佛是白鳍豚带来的好运,使他得以在那个夏日与她相遇。那个后来大雨如注的夜晚,她敲开他的房门,二人谈起各自的过往与爱好,他甚是惊讶这世上竟有人像他从前一样喜欢漫无目的地四处游荡。他带着久未与人一吐为快的激情,娓娓讲述着十多年来走南闯北的经历,她都专注地倾听,从未插话或打断。后来他把硬盘里分类存档的拍摄景物一一向她展示,穿插着每一次遇到的惊险遭遇,怀云最终在那张蓝天丽日下晶莹耀眼的冰峰图景前开了口。

"你也去看过'七一'冰川?"想到鲜花盛开、溪流潺潺的高山牧场,火车上那个带她体验到高潮的青年男子倏然跃现。

"我去过两次呢。"他说,"你也去过?"

"嗯。那时候我还没毕业呢。"

"你还去过哪些地方?"

"挺多的。"她回到先前端坐的木椅上,看着他,没有继续说下去。

虽然他一向不善蜜语甜言,更不会在做爱时往对方耳郭灌入醉人心魄的言语,却在她饱含柔情的目光里感受到了爱意。静默持续了片刻,他思忖着如何继续攀谈下去,怀云起了身,一下将他抱住。

翌日清晨,他在疲累中醒来,她已洗漱完毕,坐在窗前的躺椅上读书。鸟鸣声脆,风凉宜人。他带着幸福的错觉端详了她片刻,才终于确信了她真实存在。

"怎么这么早?"他问。

"你醒了?"她回身冲他一笑,"我还以为你要睡很久呢。"

"看的什么书?"

"一本小说,"她说,"《包法利夫人》。"

"挺好的小说。"

"我觉得她就不该生下那个孩子。"他抓起短衫时,她兀自说道,"她根本就不爱那个孩子。"

"是挺可悲的。"他穿好衣裤,来到她身边。

"你是说包法利夫人可悲,还是孩子?"

"都挺可悲的。"

"嗯。"她呆呆地盯着窗外的青山,思考的模样让他一时生发了更多的爱意。

"你会离开我吗?"

"嗯。"

"你真的会离开吗?"他悲情道。

"嗯?"她回过神,看了他一眼,说,"难道你打算跟一个和你睡了一夜的女人白头偕老吗?"

"其实我就是这么想的。"

他们的目光再次交汇,她眼中一下漾出了泪光。之后他提出同行,她还是拒绝了。

再次把话题拉回,他谈起了白鳍豚灭绝的原因之一。

"你知道吗,白鳍豚的怀孕率大概只有 30%,自然繁殖率很低。而且它们的成长周期特别长,母豚到了六岁才会达到性成熟,每两年才会繁殖一次,每胎基本都是一个崽……"

"你喜欢孩子吗?"她突然打断他。

"喜欢啊。最好要三五个。"他笑道。

"你不觉得他们很烦吗?"像是故意唱反调,她说,"我不喜欢孩子。"

"等我们有了孩子,你会喜欢的。"

"我们?"她讪笑,说,"你别傻了,跟我这样的女人结婚,你迟早会后悔的。"

他又一次梦到他们谈论孩子之事,是在婚后一年的某个午后。那时周末前来与他们共度的母亲,已有些着急,不止一次私下问及他何时打算要个孩子。他从梦中的争吵中醒来,怀云已离开书房,暂时放下了为学生制作的石头针织奖品,去了楼下。他从那张松软的大床上坐起,清醒片刻,来到客厅阳台,玻璃窗外映现的是妻子与邻家回来探亲的年轻士官谈笑的场景。她穿着那身宝蓝色金丝绒运动服,性感的锁骨微露,手里提着用来浇灌花草的蓝色长颈喷水壶,在年轻士官风趣的话语里不时笑出声来。他不觉心生了妒意。似乎已经很久,她没有再在他面前显示出如此快乐动人的一面。他想,是否生养孩子带来的争吵,尽管使他们的感情出现了裂缝,却绝非症结的关键所在。闪婚后的激情消退,或许也是原因之一。这当然都是他武断的猜测,与她令人匪夷的性情变化无法契合。那些日子,她变得越来越心绪不宁,烦躁异常,一旦空闲下来,便时常发呆空想,仿佛那些不可企及的虚无才会使她获得一丝慰藉。好在那只是间歇性现象,她以深夜慢跑(至于她为何将3公里的设定突然增至7公里,对他更是一个谜)或瑜伽自行调节,几日后便可恢复正常。

"告诉你多少次了,内裤不要跟衣裤放在一起!"这日他把脱下准备清洗的衬衫和内裤一并扔到衣筐,她又一次发了脾气。

"你是不是病了?"他记得之前她都会帮着拣分,"要不要带你去医院看下?"

"你才有病!"她不解他的好意,一下变得怒不可遏,"你跟你妈都有病!"

"疯了吧你,我好心……"

"你好心什么?别以为我不知道你们是怎么想的。"

他从不久前那场不快中回过神,他们已结束了交谈。年轻士官转身快步进了屋,他看到了此生再无法忘掉的一幕:她立在门外的台阶前,长久地盯着先前他们说话的地方,陶醉的神情让他顿生一阵悲意。

事实上,类似的情愫他曾在一只雄鸳鸯身上深切体味到。那条据说有着上百只野生鸳鸯汇集的河谷,是他在《汉城晚报》的旅游栏目里看到的。为了一探那寓意美好的生物,两日后他便打点行装,带上装备,启程前去。凭着以往的经验,他在河流对岸的芦苇丛中搭起帐篷,苦苦守候了两周时间,才最终完成了那次野外拍摄和记录。春夏交替之时,正值鸳鸯交配产蛋时节,这日天刚拂晓,他便出了帐篷,拨开密集的芦苇,蹲身在一处视野开阔地点,等待着晨起觅食或寻偶的鸳鸯出现。他懂得极善隐蔽、生性机警的鸳鸯,必须足够耐心和小心,才能拍下它们最美且真的画面。

他的坚持终于得到了回报。那只腹羽纯白的灰褐色雌鸳鸯甫一在河岸的湿地上落下,两只羽色艳丽的雄鸳鸯即刻向它飞来。或是出于戒备,它们始终保持着一段距离,不时观察着对方和四周。雌鸳鸯转身面向它们,仿佛亟待它们一争高下,左边的那只雄鸳鸯最先展开那对长有栗黄色直立扇形翼帆的翅膀,佯装出进攻的姿势。右边的那只像是信心十足,丝毫不怯,抬起脚蹼向着雌鸳鸯靠近了几步。他不断拍下它们的变化,猜想着哪一只最终会赢得胜利,右边的雄鸳鸯忽然颈喙下沉,羽翼紧缩,冲向了另外一只。此前佯装进攻者惊慌跑开,胜败瞬间呈现。之后,他拍下了求偶失败的雄鸳鸯的失意貌,无端心生一阵无解的感伤。

五.

去拍摄雪豹的念头,源自一档法制栏目的盗猎案。蹲守数日的警察敲开平日以贩卖牛羊皮为生的小贩牛某家的院门,那块用以遮雨的塑料布被揭开的刹那,两只体长达两米的成年雪豹尸体立现眼前。惊愕是必然的。他怀着沉重的心情继续观看,但节目尚未播完,他已被那数量极为稀少的珍贵物种深深引诱。

"你分明是想逃避。"睡前他将自己要去拍摄雪豹的打算告诉妻子,怀云恶声说道。之后蒙头睡下。

"我怎么是逃避呢?"他不悦道,"也就去十天半个月而已。"

"你去也可以。不过你别让你妈来催我要孩子。"怀云揭开蒙在头上的被褥,硬生生说道。

午饭饭桌上发生的事情,她尚难以释怀。他母亲不再顾忌她的感受,当面质问她为何不愿生育,怀云丢下碗筷,起身去了卧室。

"妈也是急着抱孙子,你要多体谅老人。"

"我体谅她,可谁体谅我?!"

"我知道你最近状态不好。"他宽慰道,"再说生孩子也不是一天两天的事,妈的意思是让我们提前做准备。"

"结婚前我就告诉过你我不喜欢孩子,不是吗?"

"是,是,你是这么说过。可你现在去幼儿园当老师,还经常给他们做一些小物件,说明你心里是喜欢孩子的啊。"

"职业和我喜不喜欢孩子没有关系。我喜欢也是喜欢别人的孩子,不是我自己的孩子。"

"你这是什么悖论?"他不明道,"别人的孩子是孩子,我们的孩子就是魔鬼啊?"

"对,我生下的就是魔鬼!"

他欲言又止。

那次出行,他有意将出发时间选在了周末,但怀云并没有像往常一样将他送出门。早饭后,她便躲进了书房。

这个春色迷人的清晨,他再次从记忆中抽离,其实早已更加确信了自己此前的判断:她根本不爱惜自己,更不爱他。只是他永远也无法知晓,近半年来,每次他外出,都是她重获自由的快乐时光。她尝试过几回醉酒,放纵的场所皆是年轻男女出没的酒吧。前来勾撩的男子,她坦然应对,唯一的规则是他们必须将她喝倒,才能达其所求想。然而,每当她有了醉意,规则就再也无从定义。

那种无可名状的不好预感,是她在电话里的呕吐声引来的。起初,他以为是怀孕所致,等她刻意保持的清醒中流露出醉意,他立在唐古拉山森林派出所门前,冬日圣洁的阳光蓦然照出了丑恶。

"你,是不是喝酒了?"他疑问。

"我喝了怎么了?"她冷冷回道。

"为什么要喝酒?"

"我就是想痛痛快快地醉一回不行吗?"

"你跟谁喝的?"话一问出口,那道信任的冰墙便一下崩塌了。

"我一个人就不能喝吗?"说完,她挂断了电话。

此前他刚接受完警察的详细询问,那场突发事件,他是唯一的目击证人。这一刻,他双手紧紧握住手机,缓缓蹲下身,想着劫后余生的庆幸,抱头痛哭起来。他想,倘若桑在百米外射出的那一枪偏差超过五米,倒下的或许就不再是那只从背后向他扑来并且在之后被查出患有狂犬病的雪豹了。

"兄弟,男人活着就是得冒险。不然活着还有什么意思。"桑把酒杯端起,一饮而尽。看上去已有了醉态。

回到格尔木的当晚,他请桑在河西街的烧烤店喝酒,算是临别前的感谢宴。

"你,真是条汉子!"他竖起大拇指,盛赞着,又敬了桑一杯。

"兄弟,不是我枪法好,是你命大啊。"

"命再大也只有一条嘛。"他感慨地说。

"想不想听听我的故事?"桑忽然醉眼蒙眬地看着他。

"老兄你一定是个有故事的人。"他醉笑道,"讲讲,讲讲!"

桑点了一支烟,仿佛是思忖该从何说起,他端正了坐姿。之后,桑慢述起他妻离子逝的过往,与那些鲜为人知的捕猎生涯。

"兄弟,我那时候很爱冒险,说明什么?说明我想要的太多,想要的太多我们迟早就会失去更珍贵的东西,你看看现在的我……你知道杀生是什么吗?杀生就是杀自己,'杀'的就是我们的亲人啊,'杀'的是我们用血汗挣来的幸福……"桑在醉倒前的那番话,他至今记忆犹新。也就是在那晚,他决然地结束了自己的冒险生涯。

已经两个月,他没再提起生育孩子之事。他们的感情似乎也有了回暖。母亲像是接受了现实,也不再催逼,偶尔前来,也是匆忙来去,不作长时间的逗留。南城区的工作室是他与两个摄影爱好者同开的,主营婚纱拍摄,时而会去外地取景。周末闲来无事,怀云也会前去,多是为待嫁的新娘或姑娘们化妆。不忙的时候,他就坐在一旁,看着妻子工作。每每他的目光从她那双轻柔且善于爱抚的小手移至她俊俏稚气的脸庞,比及以往任何时候,他都更爱她,同时又心如刀绞。

两日后的外出旅行是他提出的。怀云彼时正为结婚二十年、前来补拍婚纱照的女人画眉。他端详着镜中端庄而认真的妻子,一时有了愧意。

"我们去旅行吧?"他提议道。

"去哪儿?"她停下,看了他一眼。

"你想去哪里?"

"你们应该去云南。"女人突然建议,说,"我跟我老公去年这个时候就是去了那里。你们要是开车去,先去拉市海,然后去玉龙雪山,那里的蓝月谷可美了,还有丽水金沙和丽江古城……"

他们听着,相视一笑。

"我想去草原。"

"好主意。"他附和说,"我也很久没去草原了。"

"草原你们得去甘南,他们说那里的什么光像什么纹路,让你感觉什么今朝似旧时,明日像来世。"女人又插话说。

"是斑斓的旖旎之光好似盛夏的纹路。"怀云告诉她。

"对对对,就是这句,我脑子笨,总是记不住。"女人嘿嘿一笑。

"这么说你早就想好了?"他又问。

"没有,就是想去。"她轻声道,继续为女人画起眉。

他离开那把黑色转椅,来到窗前,盯着楼下花坛前追逐嬉闹的孩子看了一阵。他们倏然拥向那条逼仄幽深的小巷,仿若受惊逃走的猎物消失不见,他无端记起了桑为他说起的狩猎法则:你必须有足够的耐心,而且要尽可能小心地移动;你必须与风雪和周围的颜色和气味融为一体,目标一旦瞄准,要一枪命中……

"我们先去一趟五台山吧?"想象的画面一闪而逝,他转身对怀云说道。

"去那儿做什么?"她问,"你不是想出家当和尚吧?"

"不是。是一个梦。"他笑说。

"什么梦?"

"有点记不清了,"他撒谎说,"很久以前的事了。"

他没有告诉她,梦其实是他前一晚做的。驳杂的梦境交织在一起,犹如一场无厘头的电影。等到一切安静下来,他再次回到了两次借口外出取景实则跟踪她搭乘火车去异地的场景。他们并肩消失在人群,他终于相信了女人都有一颗流水的心,怀着被背叛的羞辱感一下从梦中醒来。

稍晚些时候,她出门去买了早点。一起吃了早饭,他回书房继续阅读起松本清张的《点与线》。一切早已准备就绪,如今他只等时间到来。

"衣服多带几身替换的,"他从书房来到卧室,怀云正在收拾行李,

"这次我们去的时间很长。"

"长吗？十天而已。"想到大海般一望无际的草原,她会心一笑,说,"我以为这辈子你都不会带我去旅行呢。"

他走上前,一把将妻子拉进怀里。漫长的深情拥抱,仿佛此刻已是永别。

风行无址

幸运数字

台风"露美"在黎明时分遽然离去,狂风骤雨吹打门窗的响动和隔壁新生儿的哭声整整闹腾了一宿。此刻,窗外一片狼藉之景。我站在窗前,猜想那强风在黑夜辨识众物之时,或许早已均分了整个城市的不幸与欢愉。

她已去上课了。前一天晚上我与同事聚餐归来,她正在房间打坐静息。见我回来,她恬然一笑,迷离的眼神中带着一丝不易被人察觉的哀伤。那哀伤宛如一轮水中月,仿佛在指尖轻触水面的一刻,便被激起的涟漪化为了无数道碎影粼光。

我走到她身后,俯身亲吻了一下她的脸颊。

"怎么这么晚回来?"她问。

"一个同事喝多了,闹得厉害。"

"要喝水吗?"

"嗯。"我说,"我先洗个澡。"

等我从浴室出来喝了水回到卧室,她已躺在床上看书。我穿了睡衣躺到她身旁,翻身抱住她时,她突然问道:"你看到住在对面的那个女人了吗?"

"女人?什么女人?"我怔了下,记得对面分明住着一个老人。初来不久的一日,他还友好地跟我问好。

我想那女人大概是近日才搬进去的。

"她好像在监视我们。"

"监视?"我笑,说,"不可能吧?"

她看了我一眼,将书放到一旁的桌上,关了灯,说:"早点睡吧!"

近些日子,她显得心神不定,梦中亦呓语连连,有时像是在反复念叨一段经文,有时又像是在与梦中的访客漫谈。似乎也就是在那些夜晚,我开始反复梦到她翩然走进熙攘人群的一幕,成排的街灯在她不见踪影的开阔之地散发着无以名状形同利刃割破肌肤时的寒意,最后又在血液溢出的温暖里遁去。

那大概是三周前的事了。那日清晨,我们肩并肩躺在铺在地板上的软垫上,她第一次跟我说起梦到自己的魂魄一事,告诉我多年来她一次次将自己凿空,试图通过静修放下情执与贪念,在梦里仿佛心河水面盛开的莲花,一朵、两朵……最终还是被她内心撕裂般的喊叫声击落。

"跳支舞吧。"她一说完,我便说道。

她一声不响地凝视着天花板上的那盏吊灯,之后盯着我,问:"为什么要我跳舞?"

"不知道。"我笑道,"就是突然想看而已。"

她亦笑,说:"我们开始吧。"

周末时候,我便跟她学习瑜伽和冥想。那时,她会一改温婉性情,变得严厉起来。

"不要控制自己。"冥想练习一开始,她便一遍遍提醒道。

"第三次呼吸时我就会感到不安了。"

"那就重来一次。"

"每次冥想数息,为什么我总会在结束时多数一次?"

"放松。"

"我已经放松了。"

"那是你的错觉,"她说,"要把心和身体打开。"

之后我便将她带进下一次练习,在爱之冥想结束后,从夜之唇间落下,回到原点。可我从不敢告诉她,那属于感官的纯洁遐想仿佛最卑劣的举止,隐藏在一处我们永远无法穿过的幽暗之地,滞留在肌体的抚摸和告慰。

事实上,冥想练习时,我首先在一片黑暗里看到了一些数字。它们在脑海若隐若现,飘忽不定,仿佛很久以前就已潜藏在我无觉的意识中。可当它们离去之际,我恍惚记下的只有两个醉意蒙眬形如面孔的数字——3 和 11。如今想来,它们多像一对貌合神离的女巫姐妹——邪恶而温暖,一生相伴却孤老无依,以谎度日。也许它们更像是我童年时候那个挑着担子走街串巷荒诞不经的理发师,在一个夏日为我剃去一半头发,然后消失得了无踪迹。

不知为何,我总是会无端记起童年时代那个身形粗壮、面相粗鄙、笑容丑恶的理发师,多年来,他如影随形,招揽生意时尖细的声音穿过时光之门,抵达我五彩斑斓的梦境。仿佛他是一个在我灵魂净地安眠的恶灵,企图唤醒我,在夜雨将息未息之时带我去往一片无人知晓的墓地,教我诵读那只属于黑暗世界的经文。

八月酷暑之际,雨水忽落忽止。我和隔壁家的玩伴在门前相互追逐时,我的妹妹躺在小推车里酣睡。此前不久,她刚刚得了一场怪病,哭声不止,吃不下任何食物,已变得瘦骨嶙峋。直到母亲请来那个据说能招魂的阿三婆为她施了法,又去山里采了草药,熬了喂她喝下,她才渐渐有了生机。那个面如死灰的阿三婆围着我妹妹默念咒语时,我藏在屋内角落黑暗处的柜子里,瞪大眼睛,在我妹妹嘶哑的哀哭声中感到从未有过的惊奇与恐慌。等到母亲和阿三婆离去,我已身体僵直。

那时,母亲们闲来无事,便围坐在一张桌前闲说着他人的流言蜚语与家长里短。那个粗鄙的理发师就是在那个九月的黄昏挑着扁担,再一次出现在了街面。之后他放下扁担,取下工具,生了炉火,又从街边的一个形状古怪的储水池里灌了一壶水放在炉上,盯着炉火,等待着顾客。坐在那张长有黑斑的小凳上理发时,我看着那一撮撮被剪下的头发,就哭了起来。母亲嫌我吵人,喝住我,继续饶有兴致地与人聊天、摸牌,丝毫未曾真正将我放在心上。可我还是低声呜咽。

头发理了一半,雨水落了下来。我围着一个宽大而脏兮兮的白色围布跑去屋檐下躲雨时,雨点密集起来。夜色更深一些时,我们那个在木料场上班的父亲冒着大雨回来了。一进屋,他就立即脱去湿淋淋的衬衣,咒骂起天气。换了衣服,看到客厅沙发上的理发师,父亲不好意思地笑了,递给他一支烟。点了烟,他们便畅聊起来,沉浸在那只有成年男人所熟知的话题。晚饭时,他们还兴致勃勃地喝了酒,似乎早已把我头发只理了一半的事情抛在了九霄云外。

那个走街串巷的理发师在我们那条叫"九道"的街上享受着贵客一般的礼遇。他可以到街上的任何一户人家吃饭,像主人一样留宿一晚。无事可做时,他还会到麻将桌上跟女人们打上几圈,或是去街头那个"邻家酒馆"里喝上几盅,与经营酒馆的女人调情说笑。可当有人怂恿他娶下那个身份不明并已在此居住多年的女人时,他又瞬即严肃起来，仿佛好事者们无意间戳到了他心底的伤处。

"那婆娘不好?"好事者问。

"好着哩。"理发师答道。

"那你还等个啥？娶她做婆娘得了。"

"那哪行。"理发师说，"玩笑是玩笑。"

"你们俩没好过?"过了一会，另一好事者问。

"咋可能呢，"理发师说，"可不敢胡说。"

"没好过你每次来都去看她?"

"俺是想喝两盅。"理发师说，"有瘾。"

"啥瘾?"好事者们异口同声道，别有用意的话语不言而喻。

"酒瘾呗，"理发师笑道，"还能有啥?"

众人便甚为失望地叹息一番，丝毫不曾察觉理发师那看似欢快的笑声里分明藏有的一丝让人不解的悲凉。然而谁也不会想到那个经营酒馆的女人多年前曾是理发师同枕共眠的妻子。

众人对理发师的谦恭最终在我妹妹丢失的那日清晨化为怨怒，他们手握棍棒赶着马车气势汹汹地追出十里，才在河边发现了理发师的踪迹——他匆忙逃跑的路上，在坡下的河岸上落下了一把锐利的剃刀。是那把剃刀折射的光，引起了一个年轻人的注意。可众人蹚过河流，喊叫着拥进丛林，寻了半晌，也没能发现理发师的身影。

没有人知道那个理发师为何要将我的妹妹带走，更令人费解的是,被人抱走时,她竟没发出一丝渴望被救下的声响。

我把这个故事告诉她时,是在江南的一个小镇。那日小镇细雨迷离,多情的风景在雨中显得轻浮暧昧。我走近她,第一眼我就认定她是我那个多年前被理发师带走的妹妹。倘若记忆属实,那天她坐在一家茶馆的三号桌前,安静瘦小的模样让人不禁疼惜。

我走过去,在她对面的椅子上坐下。后来她告诉我她叫一一,是个瑜伽师。

昼夜不分

这一刻,我抱着臂膀站在阳台上抽烟。小区空空荡荡。往日喜欢在花园戏耍的孩子们,此刻早已守在了电视旁,只有阳台上的那盆绿萝,依然生机勃勃。与他初遇的那段日子,我们昼夜不分,在情欲的欢愉里耗尽了身体的最后一丝气力。可那些欢乐的时光犹似黑夜的一道闪电,一晃而逝,如今已遥不可及。于是我决定将房间清洗一遍——尽管我知道他一直厌恶我的洁癖和整洁——之后离他而去。

我们同居了多久,我已不能记得。那些终日相伴的美妙日子像一个沙漏,一旦细沙落尽,便也失去了趣意。我只能以数字的形式将有关他的一切记录在了日记中。包括我们欢爱的次数。

我对数字的敏感大概和自身的成长有关,五岁时,母亲便以种种借口为我报了多个学习班,舞蹈、钢琴、国学、珠算……或许是出于内心的抗拒,我竟只对那些和数字相关的事物表现出了浓厚兴趣,某些时候,我甚至觉得它们想要从黑板或书本里跳出来,和我一起打闹、说笑。那时我的数学成绩在班上永远是名列前茅。记得小学三年级时,那个面相猥琐的数学老师竟无端对我的成绩产生了怀疑,一次考试结束,他将我独自喊去办公室,将刚刚考完的数学试卷又发给我一份,说他要看着我答题。后来那个数学老师因为猥亵班上的一个女孩被警察带走,我才将此事告知了母亲。那一刻,她显得惊诧不已,急忙将我拉到房间仔细盘问。而我却惶恐地望着母亲,傻傻地问了句,什么是猥亵。

我对身体的认知似乎一直处于"低能"的状态。十四岁那年夏天,我从宿舍楼梯一不小心踏空台阶摔倒了,意外的是身体的碰撞竟然使体内的某处敏感地带触礁,当我一声不响地侧靠着墙壁忍着疼痛时,一股异常的暖流从下体缓缓涌出。此后我惊恐地望着那浸透底裤流到水泥地面渐渐染红白裙的猩红液体,瞬间通身冰凉,不禁想到了死亡。方瑜出现时,我已浑身无力,她俯身将我扶起,我紧紧地抱住她,悄声问她:"我是不是就要死了?"方瑜大笑不已,说没听过初潮也会死人。

我不知道方瑜是否真的没有理解那句话的潜在意思,没有察觉到我对她异样的情感和眼光。似乎自我们认识的那个秋日开始,她就唤醒了我身体的那份无以名状的情感。方瑜性情爽朗,颇有男儿气概,谈不上漂亮,且有着诸多古怪的想法。或许正是由于她与我格格不入和异于他人的性情,才使得我对她格外在意和关注。多年后跟她说起此事,她显得讶异无比,鄙夷地盯着我,问我怎会对她有那种感觉,甚至怀疑我的性取向。我没有告诉她,在那之前,我曾对邻家的一个姐姐存有类似的好感,每天她上下班的时候,我都会准时出现在门前或窗前,在她高跟鞋子敲击地面的节奏分明的声响中看着她渐渐走远。更为诡异的是,曾有一段时间,每当我走进浴室,就会想起她,渴望看到她裸体的模样。为了使想象更接近真实,我还无耻地偷窥了一次母亲赤身淋浴的过程。直到后来她身边出现了一个年轻俊朗的男子,我才渐渐淡了对她的好奇之心,对她不再关注。

我总是会在咖啡馆、旅途或是那些阒无人声的夜晚,像个说书人一样,跟他讲述我的梦事或经历,对他袒露我全部的想法和心事。他总是静静倾听,一言不发。时而,我还会怀着猎奇之心想要窥探他的情事。起初,他总是遮掩,欲言又止,并巧妙地转换话题。他这一刻意回避的行为不禁燃起了我的嫉妒之火。为了激怒他,在一个月明星疏之夜,我跟他说起了我和 A 的那段情史。

那是在四月末的一个清晨。吃了早餐,我们决定一起去博物院看一个朋友的画展。他显得格外高兴,出门前,还特意在外套上洒了点香水。刚走进展厅,他的一个女性朋友就笑着走过来热情地跟他搭讪。看得出,她是个心思缜密的女人。将我介绍给那个名唤苏的女人后,他们便攀谈起来,似乎已忘了我的存在。为了不显得多余和尴尬,我兀自走到一边,抱着臂膀凝视着墙上那幅临摹的《听琴养生图》,揣想着赵佶那个骄奢淫逸的北宋皇帝怎会画出如此心境之作。出神间,有人轻拍了一下我的肩头。我回身,吃惊地看到了 A。跟 A 说话时,我曾偷偷地瞥过他几眼,他还在跟那个叫苏的女人说笑,时不时他还亲密地附耳暧昧地对她说句什么。

"你们是怎么认识的?"他问。

我没有回答,继续说道:

"走到展厅出口时,他忽然问我有没有时间一起吃晚饭。那一刻,我盯着他,觉得他仿佛一下子老了很多。我和他已经认识了将近十年,这十年里,他像一个无法抹去的影子,时常会在我的脑际游走,小丑一样跳来跳去。我承认我爱过他,甚至在某些时候,我觉得我对他的爱超越了任何人……"

"你们是什么关系?"他打断了我。

我看了他一眼,决定对他坦白一切。

"我们是在单位举行的一次招待会上认识的。那时我刚毕业,去单位上班不久。晚宴上他是最后一个到场的。作为一流的书画鉴赏家,他的到来自然引起了一阵不小的骚动。他出现后,众人起身与他握手,向他问好,安排他坐在酒席主宾座上。可他并没有就座,而是盯着我,笑问这是谁家娘子,并坚持和我坐在一起。众人似已明了了什么,哄笑了一阵。先前坐在我身旁的男士立即起身让了座。尽管我也猜到了他的意图,还是恭敬地迎他坐了。饭桌上,酒过三巡,众人纷纷起身一一向他敬酒。出于领导的安排,我也向他敬了一杯,甚至还恭维他,说仰慕他已久。那晚不知他是不是真的喝多了,一直寻找话题跟我搭话,还悄悄地跟我说了一个笑话。晚宴结束前,他要了我的电话号码。"

"然后呢?"

"他是在不久后一天打来的电话,问我有没有时间一起坐坐。我犹豫了一下,还是答应了他。我们约在西经广场南侧的一家茶社见面,我匆匆赶到时,他已提前到了,坐在茶社最后面的一张桌前。那天我们聊了很多,从茶社出来去吃饭时,街上已人迹寥寥。不知道为何,后来我们并肩在街上寻找饭馆的时候,我在迎面吹来的寒风里竟主动挽住了他的胳膊。"

这时,我回过身看着他,忽然悲伤不已。我知道此时他一定难过极了,但我知道我的话语还没有使他彻底崩溃。

"你还记得那个茶社吗?"我问,又说,"我们一起去过好几次呢。"

"嗯,记得。"他心不在焉地答道。

住在对面的那对夫妻这一刻不知因何又吵嚷起来,那女人歇斯底里的尖叫和咒骂声穿过黑夜涌入房间。我想象不出对面那个男人此时的窘迫或愤怒,望着窗外楼下灯火阑珊的街面,我再次回到记忆深处那片空荡的领地。

"后来呢?"他突然问道,显得甚为迫切。

"后来我们去了一家餐馆。吃饭时,我们还喝了点酒。可能是不胜酒力的缘故,从餐馆出来时,我已有了醉意。之后他挽着我,带我去了附近的一家酒店,在前台开了一间房间。踏进房门的那一刻,他便迫不及待地吻了我。"此刻他一定愤怒极了,我想。可我假装一无所知,继续说着:"我从浴室出来时,他坐在酒店房间靠窗的椅子上抽烟,灯光下升腾的淡蓝色烟雾使他看上去更显优雅。我走过去,走到他面前,之后便脱下了酒店那件带着霉味的白色棉麻睡衣……"

"你!"他终于怒不可遏。

我知道我的目的终于达到。

片刻,我走到他身后,紧紧地抱住他,告诉他其实什么都没发生。只是我知道他再也不会相信我。

晚些时候,我们又一次做了爱,他比以往任何一次表现得都更为疯狂,也更为温柔和体贴。欢爱之时,他一直说着除了我,他从没爱过任何一个。可我知道他在说谎。他游离的眼神已将他出卖了。

低语

——告诉我她曾在一本有关修行的书里看到,修行者在开悟前会经历死亡。说这话时,窗外雨水淅沥。下雨的日子,我们便待在客厅喝茶、聊天。更多时候,我们沉默不语。即使夜晚躺在一起,她也只是紧紧地抱着我,欣然安睡。此后她递来一盏茶,我觉得她似乎早已将全部的爱意倾注在了那杯茶里。

那个刚生完孩子不久、面容憔悴、身形臃肿的胖女人登门来访的傍晚,我正在厨房做饭。此前一天,我刚清扫了厨房,从超市买回了锅、碗、勺、筷和菜板,打算每天烧饭,像照顾自己一样照料一一的生活。拎着物件回来的路上,我想起寡居小镇多年的母亲,想不到这些她所热衷的事物,如今竟成了我生活的一部分。

等我在客厅的饭桌上布置好碗筷,准备敲门喊她吃饭,那个胖女人的哭声突然从书房传了出来。她先是低声啜泣,过了一会就号啕大哭起来。一一坐在一旁一声不响地看着她,显得冷漠而自然,似乎当她将自己内心的郁结从阴暗的世界唤醒,她就变得明亮起来,哭泣不过是她释放的唯一可行方式。后来那个胖女人成了一一的学生,在短暂的瑜伽练习和心灵理疗之后,她又找回了先前的自信和动人的身段,将她男人从那个与他厮混已久的女人身边抢了回来。

胖女人离开后,一一在饭桌上第一次跟我说起瑜伽和她曾患有抑郁症的往事。她说那时她还在云南的一个偏远的山区支教,那个使她受孕的男人丢下她决然离去后,她痛苦无比,精神一度恍惚。她说一些时候她甚至对腹中的孩子也充满了敌意。那年假期,等学生们回了家,她在孤独中便变得自暴自弃起来,不吃不喝,希望以饥饿的方式和孩子一起死去。那些日子,她躺在房间的竹床上,一次又一次地昏睡,直到一个调皮的孩子一日无意间扔来的石块砸碎了玻璃窗,看见已毫无知觉的她,喊了人将她从死亡的边缘救回。——说那是她第一次感受到死亡,意识停留在幻境:或是丛林幽寂,鸟鸣风轻;或是喧杂混沌,人哭兽吼;或是电闪雷鸣,夜冷昼雨。她说在医院里醒来,一个女医生走进病房为她做了检查,犹豫了很久才告诉她孩子没了。那女医生以为她一定难过极了,所以站在病床前等待着。事实上,在此之前,她早已时常在黑夜里看到一个赤条条的孩子躲在暗处对她笑,他的笑声尖细清脆,仿佛一把刀子,一次次刺进了她的心脏。——说她坚信那个孩子就是她那胎死腹中的婴儿,像她一样,生而不幸,爱无所得。

　　——说她是在医院静养的日子里认识了那个在学校邻近的山村一边收集资料一边跟山民们学习舞蹈途中受伤的瑜伽师灵,自此开始了她的修行和瑜伽之路。她告诉我,在近十年的心灵瑜伽修习中,她最喜欢的还是舞蹈。她说灵离开的前一天,曾在学校后山的竹林里跳了一段独舞,清风中,她舞姿翩然飘逸,眉目之间神色尽显,轻盈若云朵闲弋西天,或彩蝶戏游花丛,灵动如蛇,美妙绝伦。她说在那一刻,她甚至爱上了那个叫灵的女子,想跟着她一起离开,永远相互陪伴。可我没有告诉她,在爱所迷失的旅途,我生命中也曾出现过一个像灵一样能歌善舞谜一般的女子。

"其实我知道你根本就没有一个被理发师带走的妹妹,那不过是你编造的一个故事而已。"

"你觉得我是在编故事?"

"难道不是?"她问。

"我的确有个妹妹。不过她不是被理发师带走的,是我母亲送给他的。"我告诉一一,在我们那条"九道"街上,所有的人家都会将自己的一个女儿或儿子送人。大概此举通行已久,竟约定俗成。而理发师就是那个将我妹妹带出去送人的人。

"我不信。"她说。良久,她又问:"那你一直在找她吗?"

"是。"我说,"我觉得她一定还活在人世。"

一一没再说话,看上去似乎她信以为真了。可她哪里知道,我出生、长大的那个坐落在西北之地的偏远小镇尽管流传着许多离奇诡异的故事,却根本不存在一条叫"九道"的街道和那个将孩子送人的习俗,更没有过一个挑着火炉走街串巷的剃头匠。存在的只是一个衣衫褴褛四处流浪的老人。他来小镇乞讨的日子,时常会召集街头戏耍的孩子,跟他们讲一个又一个诡异而曲折的故事,至于故事里的那条"九道"街,我想大概也是他杜撰出来的一个地方而已。

如今每天出门上班前,我都会在手提包里偷偷放一本一一曾读过的佛经或有关瑜伽的书,在上班的途中翻阅几页。我想那或许也是一种走进她的方式,懂得她的热爱,才能抵达她的世界。

我第一次从梦中惊恐地醒来,是在我们一起去看 Y 的舞剧《云南映象》的那晚。那部记录了彝、苗、傣、藏、白等少数民族人民的生命状态,风靡一时的原生态大型舞剧,让人惊叹不已。舞剧里,Y 就像一个女巫,会用肢体说话,且能以此传递自然生息。我知道她有着其他舞者不可抵达的心灵境:独特的思维和真实的生活体验。大概就是在那晚走出剧场时,我突然很想看到——舞蹈的样子。

我惊叫着从梦中醒来,也惊醒了——。她打开灯,在刺眼的光亮里看着我。

"怎么了?"她问。

"做了个噩梦。"

"没事吧?"

"没事。"我说,"睡吧。"

可关了灯,我抱着她再也无法入眠。我不想告诉她,我在梦中竟看到了她死去的样子。

来,让我们谈谈灵魂

我们在这个清晨醒得格外早了些。窗外雾色笼盖了一切。想起昨晚我们尚未聊完的话题,我把他唤醒,问他若是某日我突然面目全非地死去,他该如何辨识我的身份。他睡眼惺忪地看看我,之后翻身继续睡去。

　　之前的一天,我们一起去了旧货市场,他在一个旧书摊位上淘了一些鉴赏书画和玉器的书。我清楚他的这一举动并非心血来潮,而是 A 的出现触及了他内心脆弱的一面。可我想不明白的是,一个月前他为何突然去寺庙请来了一堆佛经,甚至劝我跟他一起去寺院斋戒。

　　准备离开时,我提议去一家金银首饰店。事实上,我一点不喜欢穿金戴银,觉得那些不过身外之物,唯一的好处大概便是有时能帮活人辨别死人的身份。我们的话题正是从这一点开始的。或者说当我的视线落在那件漂亮的金镯上时,我就不由得想起母亲那年冬天葬身火海的往事。那日,当消防员从大火中将一具具烧焦的尸体抬出时,我父亲就是靠着不久前他送给我母亲的那个金镯辨认出了她的身份。犹记得,他就是从那时开始酗酒,将自己关在书房,一遍遍地写着母亲的名字,开始在酒醉时候产生幻觉,常常错把路人当成我死去的母亲。

　　我一直觉得是母亲对我过于严苛的管教和试图将我牢牢控制在她的掌心,才促使了我有着比所有同龄玩伴都更加叛逆的心理。她会规定我夜晚回家的时间,坚持让我每日练习弹奏钢琴,告诫我大学毕业前不许跟男生过分亲近。甚至为了能更多地探寻到我的私密,她还偷偷潜入我的房间,翻阅我的日记和信件。有一天我返回家中去取忘在房间的课堂笔记,撞见她正坐在我房间的床上阅读那封不久前我收到的情书。

"你怎么可以这样?"我一把从她手中将那封写满了甜蜜爱意的情书抢走。

"我、我怎么了?"母亲心虚地说道。

"你怎么可以偷看我的信呢?"我质问道。

"我看你的信怎么了?"母亲突然理直气壮起来,"别忘了你可是我女儿。"

"我宁愿不是!"我说道,转身摔门而去。

那天上完课,我第一次决定不按时回家,在校门前的公交站牌前随便上了一辆到站的公交车,任由它带我去一个早已被设定的终点。车上乘客寥寥,窗外的春天在空寂的时光里挥动她的法器,用她的魔力使众花开放,将世界点缀成她想要的模样。此后街道两侧渐次亮起的灯火,仿佛人们从太阳树上摘下的光点,温暖了这城市的初春。

我没有想到那班公交车的终点会是疗养院。在此后无数次回想起那日的情景时,我都感觉一切似乎早已被安排就绪,我像一个被命运引领的漫无目的的探路者,提前为父亲的到来准备着一切。那是一栋远离市中心、风格鲜明的旧式建筑,比之周围林立的风格相似的现代建筑群,它显得格外突兀。院内过于密集繁茂的植被,使它看上去幽寂而空荡,甚至带着一抹诡异气息。记得陪父亲在疗养院度过的那晚,他睡去后,我独自去院里散步,竟隐约听到一阵幽怨的哭声,可当我停下脚步想要听得更为清楚时,那哭声又消失不见了。后来我对那位照看父亲的护士提及此事,她为之一惊,之后将我拉到门外,以一种近似恫吓的语气告诉我,一个疯女人在我父亲住进来一周前,在院里的一棵树上自缢了。

我猜不出像我母亲那样毫无生活情趣可言的人,父亲怎么会爱她爱得如此深刻痴迷,以至于在我母亲葬身火海后不久,他就变得郁郁寡欢,酗酒成性,渐渐毁掉了自己。然而,他们从我生活的世界里突然消失,并没有让我感到绝望,似乎难过了一阵之后,我就觉得释然起来,开始了我自由不羁的新生活。如他某日所说,我怎么看都更像是一个放纵自己、行为轻薄的女子。或许这就是劫难,他如此看轻我,而我却对他难以割舍。

没有人知道那晚的大火从何而起,一切都像谜一样被岁月无情地掩埋了。后来那座大楼虽被重建,但之前楼里的住户们还是选择了搬迁。可我却坚决地留了下来。一些夜晚,我待在房间甚至会听到客厅里隐约浮起一阵快乐的歌声,仿佛我那葬身火海的母亲的亡魂此刻还在房间里游离。

我再次跟他提及那个叫 A 的男人,是在六月的一个雨夜。那时我们的身体刚刚分开。灯光下,我支起身子看着他,尽管对他这样一个生活无序、回避自我的男人,我时常感到惶恐失落。甚至我开始记恨他。只是每当我对他心生记恨,我却比以往任何时候都更爱他。所以我决定告诉他,其实我根本就不认识那个叫 A 的男人,他不过是向我索要电话号码者中的一人而已。

"你给他了吗?"他若无其事地问道。

"给了。"我说。

"给了?"他冷笑道,"我知道你会给他。"

"是给了。"他反常的举动使我不禁吃惊和挫败,虽然我给他的是一个连我自己都不确定的电话号码,"你觉得我不该给吗?"

"那是你的事,与我无关。"他冷冷说道。

"跟你无关?"我苦笑,说,"那什么和你有关呢?"

翌日一早,他起床洗漱后便去上班了。出门时,他回身对我漠然一笑,仿佛我已无关紧要。

这一刻,暖人的阳光穿透玻璃泻入房内。我疏懒地躺在床上,忽然想要去旅行。当我赤身从浴室出来时,客厅吵人的电话铃声响起。我没有接听,扣上衣扣,看了一眼墙上那只嘀嗒作响的老式挂钟。时针指向八点一刻。

我不知道他为何要在卧房悬置一只挂钟,以至每次我们欢爱的时候,我总会不由自主地被那规律的嘀嗒声所操控。

这时,门突然开了。他推门走了进来。

"怎么又回来了?"我问。

他没有说话,走过来紧紧地抱住我,说我们去旅行吧。仿佛他早已洞察到了我内心的想法。

可就在那一刻,我突然想要推开他,告诉他我们来谈谈我们的肉体和灵魂吧。

风行无址

我承认是他唤醒了我的爱——那头昏睡多年的小兽在他出现的一刻就睁开了它迷离的睡眼。然而,我从未开口对他说过任何有关爱的言辞,那些我深埋内心荒芜之地的情感和爱意,仿佛早已腐烂不堪。

事实上,自他到来的翌年春天,我便无端陷入了同一个梦里。虽然我深信梦之召唤有着众生尚不能揭示的隐秘力量和寓意,可那越来越清晰可辨的梦境,还是令我不安。我总是梦见自己躺在一具通体透明的玻璃棺材里,四个服饰奇异、满脸涂满油彩、身形彪悍、身强力壮的男人抬着那具棺材,快乐地行走在一片空旷的荒野。尽管我看不清他们的面目,却能真切地感受到他们急促的呼吸和心脏的跳动,甚至我还感受到了清风从他们头顶拂过的声音。我想我一定是死了。只是为何没有人为我悲声痛哭?为何我还可以感受到周围的一切事物?我惊恐,开始呼喊,可他们听不见我的叫声。过了一会,他们竟一起唱起了一首古老的丧歌,跳起了一支葬舞。奇怪的是,那支葬舞,竟是多年前灵为我跳过的那支。

我猜想这梦的来源一定和一个女人有着微妙的关联。那是半年前的事了。她一身黑衣一脸疲倦地出现在瑜伽馆时,我刚刚给学生上完课,和他们一起围在大厅茶桌前饮茶。她推门进来,表情肃穆地盯着我看了许久。此后我再次在同一壶茶里添了水,为他们和自己的茶杯斟满,却感到茶中无端多出了一丝苦味。我确信那是她的气息影响了我的味觉。

　　片刻,她径直向我走了过来。令人疑惑的是,当她靠近了,我看清她面貌的那一刻,竟隐约感觉曾在哪里和她见过。她在众人困惑的眼神中默然坐到了我身旁。我为她清洗了一只彩鲤杯,倒了一杯茶放到她面前。

　　"你就是——?"当我的学生逐一起身离去后,她开口问道。

　　"我是。"

　　"你比我想象的要美好。"她端起茶杯,若有所思地说道。

　　她说得真好。我想。

　　"你不觉得吗?"她再次问道。

　　"大概只有梦才是美好的吧。"我不觉一笑,问她,"你觉得我像梦吗?"

　　"你不像梦,可是你却比梦还要真实。"她说,"你知道吗,梦会醒,醒了就碎了。但你不会。"

　　"其实每个人都像是活在一个梦里,只是自己不知道而已。"

　　"是吗?"她怅然道,"我大概是一直都活在一个人的梦里。"

我讶异地看着她。

"不过,都会过去的。"她盯着我,说,"你信吗,他像风一样,说不见就不见了。"

我觉得她不过没有放下而已,笑说:"有时候放下是慈悲,对自己,也是对你放不下的人或事。"

"放下?你觉得我该放下吗?"她不屑地说道。

"那是你自己的事。"我说。我再次为她斟满茶,起身去上课了。

我的梦也就是从她出现的那个晚上开始的。它像在反复提醒我,那个突然到来又离开的女子是个造梦师,或是一个可怖的女巫,在为我缔造的梦里渴望我死去。

这一刻,他已沉沉入睡。我在黑夜里抱膝而坐,在他节律分明的呼吸声里想起那些我从来不愿对人提及的往事。那是在使我受孕的男人离我而去的那年春天,我生下了一个男婴。可当他长到五岁时,我发现他竟性情孤僻,行为古怪,唯一的嗜好是收藏不同昆虫,之后将它们放在火柴盒里,锁进房间木柜最下层的抽屉里。他很少跟我说话,想要什么的时候,便在纸条上写下来,放到某处我可以一眼望见的地方。有时我心情不好,便气急败坏地将他叫到面前,将纸条撕碎扔在他脸上或地上。可等我离去,他便蹲下身,将那被我撕碎的纸片捡起,之后一片片粘连起来,再次放到原来的位置。我拗不过他,只得买来他索要的东西放进他房里。

他七岁生日那天,我托人从县城捎来了一个大蛋糕,还帮他买了新玩具。可到了午夜,他却突然哭喊起来。我被他凄厉的叫声惊醒,起身跑进他房间,开了灯,发现他安睡的那张小床上竟爬满了颜色不一、形状各异的飞虫。我惊慌地扑过去,驱赶着飞虫,将他抱起,冲向门外。可那些不知从何处涌来的飞虫竟欢叫着追出了门。奔跑中,他紧紧地抱住我,问我他是不是要死了。我顿觉双脚发软,和他一起重重地摔在了地上。尾随的飞虫瞬时扑了上来。

灵就是在孩子死去的那年春天出现在学校的。只不过她仅是一个前来支教和我临时做伴的室友而已。那晚我把我和孩子的遭遇告诉她,她竟鄙夷地说我分明是在说谎。

"他跟我一起生活了七年,每天我看着他一点点长大,我怎么会对你撒谎呢?"我辩解道。

"那你倒是说说你把孩子埋哪了?"灵问。

"我不记得了。"我想了想说,"我记得我好像把他埋在了后山竹林旁的一个土坡上。"

"你竟不记得自己儿子的墓地?都说你精神不正常,一开始还以为他们跟我开玩笑,看来是真的。"灵说,"明天我就得搬出去了。"说完她便不再理我,倒头睡了。

"我真的有孩子,我没有说谎……"我极力争辩,想让灵相信我说的都是真的。

"你那是在做梦,知道吗?!"灵突然气急败坏地冲我喊道。

我想灵说得很对,有关孩子的一切都不过是场梦。可是那晚她熟睡之后,我还是用绳子将她绑在了床上。

后来他们便和我千里迢迢赶来的父母一起把我送到了城里的一家精神疗养院。

我从没有对他说起那个女子和有关孩子的离奇梦事。一些夜晚,我从梦中醒来,便悄然起身走到客厅,在黑暗里静坐或冥想,渴望让自己暂时忘掉一切。其实我知道他不过也是一场梦,而在梦醒之前,我还是想要在他构筑的这场无终的梦里活着,直到有天他感到厌倦,先于我醒来后离开。到那时,我便可以像他一样,跟他讲一个与风月无关的古老故事,告诉他,死于风中的事物,都不能被埋葬。

请你将梦带出黑夜

题记:梦之光亮,在南方丰沛的疆域纵情闪烁。

一

夜风裹挟微弱的声音穿过梦境从遥远的无名之地吹来叩响那扇紧闭的房门,造梦师从黑暗中醒来。之后他将你唤醒,告诉你你又一次在夹竹桃盛开的季节于他缔造的世界死去。多年以来,这个你梦中眉目疏朗、性情温和且寡言的情人,在冷峻面孔下深藏着他者无法猜测的哀伤。甚至一次次在他温暖的怀抱中醒来之际,你渴望他成为你真实且永不背弃的丈夫。我知道他早已成为你生命幻象空间不可缺失的一员。你说你曾在一个缥缈混沌的午后睡梦里问他为何如此凄伤,他只是看着你,问你是否听到了那吵人的花开声。

乔盈告诉我这些时,南方夏日空气里流动着一股不可言明的躁动,熙攘的人群飞鸟一般迅疾地在黄昏里从广场穿行而过。我们坐在广场一角咖啡馆门前的长椅上,她手托下巴,仿佛一条沉思的海鱼,也想在这多雨时节倾其所有去换取那早已在时光里遗失的自由,将那潜伏于她腹体多年的沉郁的孤独暂时放生。我把刚买来的杯装冰咖啡递给她,揣想眼前这个干净干练的女人怎么会爱上一张自己在梦里勾画的根本不存在的面孔。

"你也听到了那吵人的花开声了吗?"

"没有。"她说,"除了窗外无休止的恶风。"

"恶风?"我重复着乔盈最后一个词语时,把她想象成一只长羽的灰色大鸟,在介于燃烧和飞翔的镜像里发出了愉悦而刺耳的尖叫,后来那尖叫声变成几不可闻的呻吟,在我构想的高潮里消失于某个不确定的时辰。也就是在那一刻,我对那个无迹可寻的造梦师产生了不可名状的妒意,甚至我把他假想成一个身手非凡的情敌,我们在某个细雨蒙蒙的清晨或黄昏约在一片阒无一人的坟地,签下生死书,进行一场类似决斗的徒手搏击,死者长眠地下,胜者抱得美人归去。这样想来,我又颓丧不已,一股消沉的情绪不禁从心底缓缓涌出。我想,跟一个虚无的存在者争风吃醋,就像跟一具冰冷的尸体争抢他安眠的那方土地,该是一件多么可耻的事情。

乔盈起身将纸杯丢进一旁的圆筒垃圾箱,说是该吃晚饭了。此刻,广场明亮的灯光犹如一层多情的面纱,使这个城市的喧嚣无端蒙上了一种无以名状的暧昧,那些躲在暗处接吻的情侣,在他们身体蠢蠢欲动的沉默里起伏,反而遮蔽了欲望原有的灿烂光束。

"他们现在一定渴望身后有一张舒适的大床。"我将目光从他们身上收回时说道。

乔盈侧脸对我无声一笑,不屑的表情暗藏着甚是鄙夷的嘲讽。或许她已忘了不久前的一个月朗星疏之夜,她在电话里向我暗示的一种需要和渴求(那晚她竟鬼使神差地独自喝下了两瓶法国干红),是她引导我在黑夜里再一次迷失,匆忙穿衣洗漱,去投奔她那早已悄然向我敞开的怀抱。然而与记忆相关的一切都是徒劳。她挽着我的手臂迈进餐厅时,忽然对我说她想回去了。之前的饥饿竟被她瞬间抛之脑后。我相信终有一日她也会如此决然诡异地抛开我,或干脆直接一声不响地在一次我熟睡之际,于我的书桌上留下一张便条,告诉我她已厌倦,再也不想与我有任何瓜葛。

"怎么了?累了?"

"有点。"她皱起眉,说,"有些不舒服。"

"要不要去看医生?"

"不用。回去休息下就好了。"

在那个一身洁净工装满脸微笑的女服务员走近的一刻,我们转身走了出去。

更多时候,我是一个人游走在父亲留下的那间塞满了书籍的书房。母亲在他离世翌年冬天决定搬回先前的老宅后,这处三居室的房子就只剩下我一人居住了。母亲最初搬走的那段日子,房间显得幽暗空荡,我在夜雨迷离的夜晚醒来,时常会感到惶恐不安。更为奇怪的是,我还会隐约听到父亲在书房腔音清朗的笑声和他过于沉重的咳嗽声。那个一生严谨治学不苟言笑却嗜烟如命的学人,在试图结合中国古典音律另辟一条诗歌研究通道时,突然于一个风轻云淡的清晨咯血不止,最后在濒临绝望的一刻永远地停止了呼吸。他离去时狰狞可怖的面目如今我记忆犹新。我猜想他竭力张大的嘴巴仿佛想要说出某个词语或名字时,灵魂从他的躯壳钻出,似验明正身一般在半空围着他尚有余温的躯体转了一圈才游出了病房。我从单位匆匆赶去医院,父亲已被推进了那间阴森异常、灯光通亮的停尸房,母亲木然地站在他冰冷的尸体旁,在我走进后冷漠说道:"这老浑蛋临死前竟然还想着那个乡下小娼妇。"

我甚为困惑父亲是如何跟那个毫无轻佻之态的乡下女人勾搭上的。那个在街上摆货摊的女人我曾见过一次,尽管她消瘦质朴的形象不乏庄重之美,但依然掩盖不了贫困生活和生长环境在她骨子里镶嵌的庸俗和无知。这点从她服饰不当的搭配一眼即能看出。母亲碰巧在上街买菜回来的路上撞见他们的那个雨水将落未落的沉闷午后,在我过于丰富的联想中无故多出了一丝惆怅的诗意。在厨房准备晚饭时,母亲骂道:"那个老东西竟然明目张胆地搂着那个小娼妇的腰有说有笑地在公园晃荡。"被刮了皮的不规则形的土豆在她手起刀落时被切成片状。"你不是去买菜了？怎么会在公园里撞见他们？"母亲停止切菜,侧过脸狐疑地看了我一眼,似乎察觉到了我询问口吻中的别有用意,又或者是我无意的话语揭穿了什么,她没再说话。然而在此后时日里她间断的抱怨声中,我还是替她经历了一段相当煎熬的苦思冥想的时光,最后不得其解,不得不将父亲的行为归结为一个男人一时的骚动之举。事实上,或许在我放弃替母亲打抱不平的想法的那一刻,已经在内心原谅了这个中年男人无据可查的出轨行为,甚至我觉得即使父亲跟那个容貌平平却笑容可亲的乡下女人在带着不可洞察的欢喜里有了肌肤之亲,也不该是一件不可饶恕之事,何况要对他审判和宣判的那个人还是他的妻子——一个夜夜睡在他身旁却永远蜷曲着身子独自入梦的女人。母亲后来好像也想通了这些,不再对父亲冷嘲热讽或冷面相待,取而代之的是令人匪夷的柔情蜜意和细致入微的关切。至于母亲在床笫之事上是否也尽到了作为妻子的本分,我不得而知。只是父亲自此再没去见那个乡下女人,多余的时光都耗在了那间如今已被我据为己有的书房里。

乔盈周末来看我,我们就躺在堆满书籍的地板上,在房间散发着的近似腐蚀的气味里,于倏然流逝的时光里心不在焉地闲聊,等到我们在对方静谧的呼吸里觉察到形如召唤的空寂和荒芜,便会在目光交汇的一刻突然萌生欲念,此后在热烈的亲吻中无羞地褪去衣物,想要尽快地竭尽所能完成身体的一次漫长的征程。事实上,我时常迷恋和享受跟她待在一起时那不可言喻的安静且轻松的疲劳之状,就像我所痴迷的历史与哲学书籍,那些记录战争和死亡或深富寓意的文字,似乎永远隐含着一种使人窒息却又无比惬意且是身体不可承载的重量与暖意。我知道那是能愉悦我灵魂的原始欲望在抵达终点后的征兆。有时我还会想到父亲,可当他清瘦俊朗的面孔在我脑海闪过之际,我又会沮丧神伤不已,觉得在性格几近完全相悖的两个人之间,我怎么可能是他的儿子?甚至我觉得作为男人而言,我远不及他一半的沉着和优越,特别是他天性的孤傲与健谈。除了一点——我们内心都渴求两种事物:女人和危险。在某种意义上,它们似乎又形如一体。同时,我们的内心还对两件必然的事物无比惧怕和慌乱:衰老和死亡。只是这最后的两件事物,父亲不必再去担心,因为他在尚未经历严重衰老之时就已在死亡面前缴械投降了。

二

乔盈说她已经有十年没见过那个她必须冠之以"丈夫"的鲜明称谓存活异国的男人了。我们躺在黑暗里,她喋喋不休的倾诉与那个没有任何形象可以让我构想被她一言带过的丈夫,至今对我都是谜一样的难题,犹如我们的相遇。

仿佛那是一场被刻意安排的巧遇。我们同时出现在那个跨世纪的双年艺术展会上,似乎就注定了要在一场与爱情无关的感情里纠缠沉沦。我毫不掩饰在此之前我已不记得她的样子(确切地说,我根本不知道她的存在),尽管她说我们曾作为同事在一家国有企业两个毫不相干的部门里供职。乔盈说她之所以清晰地记得我,是因为我为她起草过一篇甚为精彩的发言稿。我茫然无措地望着眼前这个风姿绰约、谈吐优雅的女人笑了笑,说:"真的不记得了。"她意味深长地讪笑道:"不碍事的,谁不是选择性记忆呢?"直到后来我在言不由衷的笑语里留下她住宅的电话,望着她款步离去时的优雅身影,我还是觉得她一定是在混乱的记忆里错把我当成了他者,因为她口中的那家企业,我仅仅陪着左岚去面试过一次,根本不曾为谁写过发言稿之类的东西。

我把这犹似错觉的艳遇之事告诉左岚,她在电话里轻蔑地"噢"了一声,沉默片刻后说她对我的风流韵事没兴趣。我听出她话里的酸意,岔开话题问她什么时候回来。

"你觉得她的出现真是一种巧合?"对于这个数次以开玩笑的口吻问我何时才把她娶进门的女子,我知道跟她讲述任何我与异性过密的行为,都会令她难以释怀。虽然同是在南方这片诗意的水土上生长,但左岚的性情丝毫没有南方女子轻盈身形下的柔弱,她那男人无法驾驭的野性和随心所欲的秉性实在让人处之生畏。难得的是她竟烧得一手好菜。我母亲在偶然一次吃了她烧的饭菜后,对她倍加赞赏,说她将来肯定是位好妻子,极力劝我将她娶进家门。尽管我对母亲一反常态的举动甚感疑惑,但深信可口饭菜同样带着不可抗拒的诱惑。

"那还能是什么?"我问。

"你自己清楚。"左岚说,"艳遇的不期而遇就像女人的'大姨妈',来一次疼一次,还要带着血的教训。"

我哑然失笑。

"你觉得很好笑吗?"左岚问。

"不好笑吗?"我说,"我觉得你把毫不相干的两个事物联系在一起,挺有意思。"

"我怎么觉得一点也没意思。"

"你生气了?"我问。

"生气?"左岚冷笑,说,"去为一件不相干的事生气,你觉得很有必要吗?"

"那说明你还是生气了。"我说。

"大概是吧。"左岚说,"那也是因为你。"说完便挂了电话。

窗外天色渐暗之时,雨水遽然落了下来。

在这座四季不分、草木繁茂、空气潮湿、临海而建的南方城市,我时常感到孤独犹如一支冷箭,会在静若水面的时刻穿过记忆的铜墙铁壁直抵灵魂深处。这一刻,我背靠墙壁点燃一支香烟望着地板上摆放得杂乱无章的书籍,在左岚最后那句粗鲁的话语里突然感觉黑夜犹似

■ 云落凡尘

一条闪着鳞光的巨蟒,饥饿地张大嘴巴,想要将我捕入腹内。此后凭着灯光在黑夜移动的错觉,我无比怀念左岚拥抱我时头发和身体混在一起微带甜腻的清香气味。然而当我试图在这温暖的畅想里更深入地想要抵达爱所能够企及的领地时,幻象的镜面在缥缈的蓝色烟雾里无端浮出一张违背道德的面孔。或许一直以来我都把左岚看成了亲人,仿佛她是我生命中从不轻易示人的阴面最柔软的部分。

倘若我将掩藏记忆底层那扇通向童年之径的暗门打开,你就会看见一个五岁的孩子坐在门前的大榕树下歪着脑袋一笔一画地认真练习书写。那时节,南方天高云淡,风吹树叶的曼妙景象填充了我此刻贫瘠的想象。尽管那些数字或简单的汉字在方格纸页上定型的一刻显得难看异常,她还是会轻抚他的脑袋,灿笑着一遍一遍夸奖他,甚至俯身亲吻他圆圆的小脸,算是最贴切的奖励方式。那个被宠爱亲吻的孩子就是我。然而那个面容姣好、身段优美的年轻女人并非我的母亲,而是邻家的杜伊。奇怪的是,这些年每每我在夜晚温习与左岚一起时的美好,杜伊的身影就如穿透黑暗冷墙的一道幽光,飘移而来。

杜伊出现在我生命里的那年秋天,父亲还没从他被借调的那所北方高校回来。母亲在此前的一场突来的台风过后,意外地病倒,住进了医院。我暂时由祖母独自照看。那时杜伊嫁为人妇已有三年之久,算是我们的老邻居。可是在我无法辨认的印象里,尽管杜伊对我格外亲切,祖母却十分讨厌她,因为私下无人之时,祖母会骂她是不会下崽的小娼妇。如今想到一脸慈祥心地善良却嘴巴恶毒的祖母,我就会忆起母亲在停尸房对着已灵肉相离的父亲骂出的那句话语,可疑的是这对性情相近的婆媳相处多年却相安无事,更令人诧异的是母亲在从独自将父亲养大成人的祖母手中将父亲抢走时,祖母显得格外平静。母亲后来告诉我,其实在我出生之前,祖母几乎是不跟她讲话的。显然,在她们看似风平浪静实则暗流涌动、貌合神离的和谐假象里,我成了举足轻重的调和剂。这大概和我的出生又唤醒了祖母的母性有关。至于她为何会厌恶杜伊,我猜想是因为在她看来,一个外人对我的呵护疼爱过于多余且具威胁。

　　闲来无事,杜伊会坐在我家门前的石凳上一边手织披肩或衣衫,一边陪祖母聊天,聊到兴处,她们还会大笑不止。那时我就待在她们不远处自言自语地说话,自己跟自己玩耍。我记得后来母亲出院后,杜伊曾当着祖母的面将一件手工甚为精巧的灰色披肩送给我母亲,这看似无心的举动无疑既挑拨了祖母和母亲的关系,又更加重了祖母对她的憎恶。有时杜伊也会帮祖母上街买菜,时不时还会给我买回些新玩具,尽管每次祖母都极力表现出为难的样子,但最终还是欣然收下了。事实是,那些玩具是我私下悄悄告诉杜伊,让她给我买的。后来有段日子她看上去有些心不在焉,祖母在一次晚饭时候告诉我,说她觉得杜伊看我的眼神有些古怪。我似懂非懂地吞下口中的饭菜,望着祖母。

"她为什么看我的眼神会古怪呢?"

"她啊?把你当成她儿子了呗。"祖母操着一口浓重的异乡腔调说道(现在我明白了我们一生也无法摆脱出生之地在生命里烙下的印迹)。

"可是我不是她的儿子呀。我有妈妈了。"我说。

祖母舔了下嘴巴,笑了笑。

我放下碗筷,擦了擦嘴,又问祖母:"她为什么没有自己的儿子啊?"

祖母先是一愣,之后恶狠狠地说:"心怀鬼胎的女人生了孩子也会一肚子坏水的。"

不久后的一日,祖母从幼儿园接我回家吃饭的路上,杜伊迎面走来。那天她显得兴奋异常,不时用手摸着自己的小腹。等走近了,她没有像往常一样将我抱起,给我一个香甜的亲吻,而是激动地看着祖母,说她有了。祖母甚为失望地吞了一口唾液,脸庞苍老的皱纹却突然露出鲜花盛开般的灿笑,说:"有了好,有了就好⋯⋯"我噘着嘴巴茫然若失地看到一颗透明的泪水从杜伊眼眶溢出。

然而随着杜伊幸福的到来,我一时被冷落了许多。

翌年夏天,还没等到杜伊肚里的婴儿出生,祖母便在睡梦中安静地离开了这个世界。尽管如此,我还是相信祖母在带着她自己尚且不能言明的对杜伊的厌意里,其实也很想看到那个婴儿出生后的样子。

左岚打来电话时,我躺在地板上,手枕后脑,还没能将思绪从遥远的记忆深处收回。

"忙什么呢?"左岚问。

"在想一个人。"

"是女人吧?"左岚嘲讽道,"究竟谁家妹子这么有福气,竟然能让你这个多情浪子如此难以割舍夜不能寐。"

"你认识的。"我本想告诉她我在想念一个迷恋已久跟她有着相同气息的女人——她的母亲,可那不敬的话语只在脑海闪了一下,便隐没在了黑夜。

我撒谎说她是我的祖母,已经死了很多年。

三

高雅的事物犹如被束之高阁的深不可测、晦涩难懂的典藏书籍,令我只能望洋兴叹、感喟不已。譬如古典建筑史,譬如古典歌剧、古典音律、古典瑜伽和舞韵,比及那些专攻于此的擅长者与爱好者,我更愿意在遐想或观赏时去感受那似乎永远无法触及的事物。我深信高雅之美并非在于它所呈现的形式,而是它总能轻易唤醒我们灵魂深处蒙尘多年的敬畏之心。钢琴在我认识的众多事物中算是别具一格的高雅之物,这个源于西方古典音乐、结构甚为复杂、音域宽广的键盘乐器,在手指轻敲中发出的绝美音色,会让我瞬间安寂。不管是舒曼、李斯特,还是舒伯特、巴赫,那些堪称伟人的作曲大师的作品,在琴键被敲击时发出的使人轻松且愉悦优美的旋律,总是会唤起我对爱情的无比渴慕。我毫不掩饰那渴慕里还会带有不可解释的污秽不堪的欲念,甚至有时还会莫名出现一位身份不明、面貌模糊的女子,然而至少在我尚未从异性身体探索到那奇妙的愉悦和温暖之前,我对爱情的向往还是单纯而美好的。只是那让我贪恋期待已久的爱情还没到来,身体便先在它空灵的疆域展开了翅羽。

在与乔盈相遇之后不久的一个深夜,我的确有过约她出来吃饭的想法,甚至在一切尚未开始之前,我还反复构想了见面的一刻我该如何开口才能显得自然而不失态。只是当我起身从书桌抽屉里找出她留下的住宅电话时,又犹豫不决惴惴不安起来。或者说我不敢确信她是否依然记得我,记得在那个人声鼎沸的展厅里,她曾从我身后走过来轻拍我的肩膀,说:"嗨,好久不见。"我回过身讶异而尴尬地望着她,说:"我们,认识吗?"

乔盈是在一个冷雨霏霏的傍晚挎着手提包浑身湿淋淋地出现在我家门前的。开门见到她的一刻,我惊异不已。或许是她被雨水打湿的俏丽模样让她更凸显了一分我难以言明的诱惑的原因,我竟呆若木鸡。然而在惊喜之余,我脱口而出的却是一句质询般略显责备的话语。

"你怎么会知道我住在这?"

"怎么？不欢迎我吗？"乔盈用手向后捋了捋湿漉漉的头发，笑道。

"不是，只是没想到是你……"我急忙侧身将她让进门。

"一切还是老样子，只是更显干净简洁了。"乔盈换了拖鞋，扫视了一遍客厅，"卧室呢？"径直走过去推开我卧室的房门，说，"床的位置怎么变了？"

我惊诧地看着这个举动怪异的女人，一阵寒意从脊背传至周身。仿佛她曾在这里住过一般。

"床一直都是在那个位置啊。"我说。

"真好！"此后乔盈微笑着缓步走进书房。突然，她惊恐地叫道："钢琴呢？钢琴在哪里？你把它卖了？"

"什么钢琴？"我慌乱起来，说，"我是挺喜欢听钢琴曲，不过我们家从来就没有过钢琴。"

"不可能！"乔盈满脸怒色，看上去生气极了，"它原来就摆在这间房靠窗的地方。我们把它买回来的那天，你还为我弹了一曲。嗯，对了，我记得你弹的是李斯特的《爱之梦》，我还赤着脚围着你跳了一支我自编的舞。"她犹如一个多情的少女沉浸在我一无所知的回忆里。

那一刻，我感到自己被困在了一个诡异虚渺的梦境。

"你都不记得了吗？"她再次质问道。

暮色缓慢浸入房间。静谧的呼吸仿佛指落琴弦敲出的悠长音符，幽秘突兀，企图逃进虚无的一面时，又在黑夜里溶解。

这一刻,乔盈靠在书房一扇打开的窗前,无声地望着远处灰蒙蒙的天空。过了一会,她转过身忧伤地盯着我,说:"都过去了,对吗?"

"我怎么听不懂你的话?"我试探地低声问道。

"都过去了。"乔盈凄然一笑,"刚才我是不是有些失态?真是不好意思。"又说,"你能给我倒杯开水吗?"

我倒了一杯开水递给乔盈。她抱着玻璃水杯安静地坐在客厅那张皮革沙发上,盯着墙上我此前临摹的一幅油画,显然已经恢复了正常。

"要毛巾吗?"我问。

"不用。没怎么被淋着。"

我还是起身去卧室衣柜给她找了件干净的外套。

"其实我知道你不是他。"沉默片刻,乔盈又开口说道。

"他是谁?"我笑,问,"我们很像吗?"

"是很像。"乔盈喝了一口水,缓缓说道,"他是个优越的男人,总是会给人美好的向往。有时你看着他,就觉得满足和快乐。他也是我唯一爱过的人。"

"你们分开了?"

"是。自从十年前我跟另外一个男人结了婚,他就不见了。"

"既然你爱他,为什么不嫁给他呢?"

"是他不要我的。"乔盈犹豫了一下,说,"他说婚姻会削弱他对音乐的感觉,他要的仅仅是爱情的热烈,还说一旦他爱的激情消散,他就会离开。"

"所以他就离开了你?"我顺手点了一支烟,低声说了句,"浑蛋的男人!"

"这不怪他。每个人都有属于自己不一样的思想和生活。是我不好,跟他赌气嫁给了那个当时疯狂追求我的男人。"

对话戛然而止。房间逐渐暗下的时候无故多出一丝暧昧的气息。我欲起身打开灯,乔盈在黑暗里突然对我说:"给我一支烟。"

如今无论用怎样的语言去诠释那个浓情蜜意、风情万种的夜晚,都显得多余肤浅,无法遮蔽我内心的慌乱。即使风吹玻璃窗的清响在静寂的黑暗中加重了它原本的力度,也只能淹没在冷雨里。因为在那万物失语的一刻,我对外界的事物已浑然无觉,除了她游蛇般光滑的肌体在我紧张不知轻重的抚摸下不时的颤动。

"你爱我吗?"她抱紧我,附耳轻语。

我不知道。或许欲望灼燃的光亮在我起身走向她时就变更了色彩,由浅蓝变为了血红。我只能在恣意放纵中暂时忘掉爱情原本光鲜洁净的面孔。虽然它只是在我们短暂的欢愉里被暂时弃之不顾,最终于乔盈近似哭泣的呻吟里苏醒回归,但早已失去了最初的贞洁,变得低贱、丑陋、一文不值。自此,它将被清晰可辨的真实记忆取替,在我愉悦的想象里一遍遍被窥视、浏览。如此想来,我又觉得自己已与它毫无分别。

"你爱我吗?"她在黑暗中凝视着我。

"你爱我吗?"她再次迫切地问道。

当紧绷的身体在犹似窒息的无声呼喊中刹那舒缓时,温柔的倦意席卷而来。奇怪的是,在那一刻我竟释然地笑了起来。

四

去父亲墓地的那个四月清晨,空气清新,清爽宜人。这些年每逢他的祭日,母亲总会叮嘱我记得买一束菊花,可是却不愿陪我一起去祭奠他。她之所以如此决绝,我想一定是跟父亲临终前还惦念的那个乡下女人有关,是她使母亲伤透了心。

清晨城郊的墓地空荡死寂,无知的孤鸟飞落在不知谁人的墓碑上,一阵接一阵欢愉地鸣叫。穿过碑林时,我看见一个年轻女人抱着一块崭新的冰凉墓碑低声悲泣。我欲停下看清她的面目,她突然警觉地起身戴上墨镜匆忙离去。她大概是在追念自己早逝的情人,我想,不然怎会如此鬼鬼祟祟。深思间,我已来到父亲碑前。

打扫完父亲的墓碑,我将花放下,静静地陪他坐了一会。那一刻,望着一排排整齐的墓碑,我觉得父亲如今已有那么多人陪着,不会再感到孤独了。

我是在回去的路上才决定去老宅看望母亲的。尽管我们相隔只有七站路的距离,但我自元宵节后再也没有回去过。

母亲站在窗前手握花洒,沉思地看着那盆生机盎然的绿萝。我开门走进去,将一周前她嘱咐我去药店买的中药放在客厅的桌子上。母亲这时回过身看了我一眼,说:"回来了?"我"嗯"了一声,问她头疼是不是好些了。母亲叹了一口气,说:"还是老样子,见不得一点风。"说着将花洒放下,问我有没有吃早饭。我回答说来的路上在巷口的小店吃了点。

在父亲去世后最初的一段日子,母亲变得郁郁寡欢起来。她不再去楼下对面的公园散步或晨练,除了上班、吃饭,更多时候她躲进自己的房间翻看影册,时不时还隔着紧闭的房门问我记不记得某一次她跟父亲出去旅行的时间,或是干脆把不同时间发生的事情混在一块。随着她类似的询问和错误次数的增多,我怀疑她一定是因为悲伤过度致使记忆出现了紊乱,直到她安静地度过一段沉默时光后决定搬回老宅。

彰叔敲门时,我坐在沙发上拿着遥控器百无聊赖地更换着电视频道。母亲为他开了门,他将从市场买来的青菜和鱼递给母亲,说:"今天什么日子,菜市场买菜的人这么多?"俨然一副主人的口吻。进门看到我,他显得有些吃惊,微笑着跟我搭话,问我什么时候回来的。我关了电视,礼貌地起身向他问好。尽管一开始我从心里就排斥这个早已年过半百的老家伙从我父亲离开后不久就觊觎我的母亲,但他这些年不改初衷的坚持还是让我动了恻隐之心。或者说是我不想母亲老年无伴,孤身一人。事实上,我曾一度猜测当年母亲之所以会在买菜回来的路上出现在公园,且巧合地撞见父亲的私情,一定跟他有关。若推测属实,那便是母亲有错在先,如此,她对父亲的责怪和怨怒就显得不合情理。换言之,她怎么还有脸去痛斥一个跟自己犯了同样错误的丈夫呢?

然而我又有何资格去妄加揣测或评判一个人的忠贞?况且她还是我的母亲。

"没事下两盘?"

"好啊。"我笑道,起身递给他一支烟。

"那我现在回家取棋。"彰叔接过烟,看了母亲一眼,笑道,"本来打算戒的。"

彰叔出了门回家取棋,母亲洗了一个苹果给我。

"你觉得他怎么样?"母亲盯着我,问道。

"什么怎么样?"我咬了一口苹果,不冷不热地回道,"你们的事我才不管,你觉得好就行。"

"你若是觉得不好……"

"今天这个日子谈这个事不合适吧?"我打断母亲,突然感觉嘴里的苹果寡淡无味。

母亲愣了一下,欲言又止。

左岚出现在我身后时,我正对着棋盘沉思着下一步是"跳马"还是"吃炮"。或许是心神不属的缘故,前两盘我被"杀"得一子不剩。她突然弯下身子贴近我,我惊慌地做了一个防备的动作。

"你就这么怕我吗?"左岚直起身子说道。

"是你啊?什么时候回来的?"我连忙赔笑道。

"为什么不接我电话?"

我看了一眼左岚,将落在地上的棋子捡了起来。

"为什么不接我电话?"左岚又问了一遍。

彰叔看出端倪,借口说去趟厕所,起身离开了。我紧紧地握着棋子,不知如何是好。

"你打算就这样一直躲着我吗?"

"我没有躲着你。你打电话的时候可能我碰巧不在吧。"

"你撒谎。"左岚说,"你是不是跟那个女人好了?"

"哪个女人?"我说,"你瞎猜什么?"

"我瞎猜?"左岚冷笑,说,"你以为我真的什么都不知道吗?"

"你知道什么?"我生气地说道。

一阵静默。地面的叶影无声地随风微微晃动。

我再次抬起头去看左岚,发现晶莹的泪珠竟从她圆润的脸颊滚落了下来。那一刻望着她,我不由得记起多年前的一个夏日,杜伊受了委屈哭着跑来找我祖母诉苦的情景。那时她还没有怀上孩子,她那个性情多变,与她聚少离多的商贩丈夫那日借着酒劲,将深埋心中积攒已久的怨怒一股脑全撒在了她身上。杜伊说他竟然还动了手。

我乖巧地站在祖母身旁望着悲伤的杜伊,默数着从她脸庞落下的泪珠。

"你是不是跟她好上了?"左岚擦去泪水,再次问道。

"你到底想知道什么?"

"我问你是不是真的跟那个老女人好上了?"

我深深地吸了口气,不想再作任何辩解。

"你若是没跟她好上,为什么不敢否认!"左岚突然大声叫道。

我转身想要离去,看见杜伊站在自家门前一声不响地望着我。明媚阳光下,她仿佛一下子就老了,已能隐约看到白发。然而凭借记忆时间的混乱,我觉得仿佛就在昨天,她就这样望着离开人世前一天的祖母,听祖母跟她说:"你一定要生个漂亮的女儿,将来好给我孙子做老婆。"不同的是,那天她脸上始终带着语言难以形容的喜悦。

可以想见,那个多雨的四月注定是多情而迷离的,早已在一周前左岚频繁来电里被涂上了祭悼的黑色。我不能断定她是为了我才毅然决然地放弃北方的那份报酬丰厚的工作,但我相信在左岚最后下决定的一刻,我至少充当了一个不可或缺的重要角色。这使我甚为惶恐不安。

那天午饭时候,母亲问我是不是真的对左岚没有感觉。她询问的表述方式尽管含蓄,更接近书面用语,但我心不在焉的表情和沉默已能够说明一切。

"你真的一点不喜欢她吗?"母亲似乎根本不相信自己的判断,追问道,"还是你喜欢上别的女孩了?"

我吞咽下嘴里的饭菜,抬眼看了母亲一眼,说:"我饱了。"放下吃了一半的碗筷,准备离开。

"你可千万别辜负了她对你的一片真情。再说你还是她妈妈看着长大的呢。杜伊可跟我提过很多回了……"

听到杜伊的名字,我一阵耳鸣,母亲再说的话语我已全都不能听清。拉门离去时,我竟莫名悲伤起来。

无疑,那悲伤更大程度上来自我负罪的心理,并且它滋生的来源始终与我对杜伊不可名状的情感息息相关。我知道,无论如何,我都不能让左岚在这份有悖伦理的隐秘情感里以替代者的身份牺牲她尚未被俗世玷污的至纯之爱。

因为我知道她是无辜者。

五.

或许是天气的诱使,这些日子,我开始在梦中迷失。那些不复存在的过往充塞梦境的同时还召来了恐惧的事物。我不得不一次次在那可怕的一幕中从黑夜醒来,一身冷汗。我实在惶惑那些游蛇从何而来,又怎会无故爬上我的床铺,甚至在梦里我还真切地感受到了它们爬过我身体时光滑清凉的肌体。

乔盈周末来看我,我已病倒。高烧和反复的乱梦使我萎靡疲倦,昏昏欲睡。

乔盈说事实上那天她原本是专门来还书的,见我病了,才执意留夜照顾我。她说在此之前她已想了很久,我们不可以再见面了。尽管乔盈没有说出缘由,但我已猜到她一定是感到了厌倦。或许从她想要将梦带出黑夜,将那个她在梦中虚构的美其名曰"造梦师"的人物带进真实世界,我就注定了只是她人生历程无足轻重的精神慰藉者。

乔盈说那个造梦师已经陪伴她很久了。模糊的时间概念不禁令我浮想联翩。我弄不清究竟是怎样的困境或伤害诱发了她精神的分裂,让她至少十年(时间可能更久一些)都甘愿停留在梦中的情感樊笼,宁可拥他而眠。并且那些梦中不可辨认的场景,乔盈竟还能一一复述。他们亲吻、争吵、奔跑、欢笑……相爱的如同奇想的真实,荒诞却美好。

"我承认是你把我带回了现实。可是,你也毁灭了我。"

"何以见得?"

"我只有告诉自己你根本不存在的时候,他才会再次出现。我们的梦才会继续。"

"这意味着是我毁掉了你的梦了?"

"是的。你本来就不该出现。"

"事实是我已经出现了,况且我们……"

"你可以消失。或者是我消失。"

"原来你一直都不是爱我。"

"我从没说过我爱你。"

　　那是一次毫无温情可言的外出会晤。因为初见一刻乔盈肃穆冷然的表情已经暗示这将是一次最终会面。其实乔盈电话里的态度早已表明一切,只是我一厢情愿地将之视为了一个女人定期而至的生理反应所致。尽管我在电话里极力推说单位有事,要外出一趟,可她还是口气坚决地跟我说她必须马上见到我。

　　我之所以简单地认定乔盈不过是急需见我,大概是因为上一个周末我们还柔情蜜意地躺在一张床上,我依然还停留在那令人回味的销魂时光。然而过于美好的事物一开始就潜藏着残忍的一面,如同这一刻,碎片式的怀想形同一道锐利的寒光,被唤醒时就在记忆的迷宫里丢失了方向，变得模糊不清。

我们的身体刚一分开，乔盈就说起话来。

"你知道吗？从我被带到这个城市的那一天起，我就感觉自己永远不会被人疼爱。"

她再次说起十岁那年父母离异后自己的人生遭遇。此前欢愉的时光在房间悄然隐退。

"嗯，我知道。"我不禁想起她曾说起跟着父亲来此不久，他就将一个妖艳的女人带进了家门。

"我有跟你讲过吗？"

"说过一次。"

"嗯。那是段我不愿对任何人提及的往事。"

我下了床，从桌上的烟盒里抽出一支烟。

"直到十九岁那年遇见他。"乔盈说道，将话题转接到那个早已离她而去的情人身上。

每次说起那个钢琴师，乔盈就显得兴奋不已，尽管她也不时地否认他，说他是个恍惚的人。她说他们在一起的时候，他总是会对着某个事物呆视半天，然后告诉她他在跟它们说话。之后她便会走到他身后，紧紧地抱住他。乔盈说那个时候，她对他的爱会比任何时候都更加强烈。这不禁使我沮丧不已，不得不在想象他安详的面孔时再一次心生妒意。

我不清楚自己怎会对一个可能并不存在的代称——钢琴师——萌生愤恨的情绪,他像那个只于乔盈梦中出现的造梦师(他们是同一个人?)一样,任何时刻出现在乔盈的口中,我生命的爱意就会被涂上一层无色之毒。

"他是个迷人的男人。"说完,乔盈欣然一笑。

我起身开了窗。燥风迎面吹来。

晚些时候,我们再次回到彼此的怀抱,热情地接吻,抚摸,在身体的温暖里取悦对方。最后是倦意将我们暂时安放在无梦的睡眠。

母亲推门进来时,我们丝毫未曾察觉。

按照惯例,母亲每次来都要收拾一遍房间(尽管她已经半年没有来过了)。可那日当她推开我卧室的房门,开了灯,却发现我和乔盈赤身裸体地躺在床上。我在刺眼的光亮里醒来去抓衣物掩体,母亲已坐在客厅的沙发上等待着。

倘若那日母亲撞见我们惊愕之余还有气愤的情绪,我想作为女人,她一眼就看出了乔盈的实际年龄。尽管她条件优越,已保养得极为完好。

"她是谁?"母亲碍于情面,将我拉到了门外。

"没谁。"我说。

"你们在一起多长时间了?"

"不记得了。"

"我原以为上次是左岚那孩子胡闹,没想到你……"母亲长叹了一声,说,"你觉得你对得起左岚那孩子吗?"

我无言以对。

"你真打算跟这个老女人过一辈子?"

"不知道。"我答道,将烟蒂扔到地上,踩灭。

母亲怅然若失地离开后,乔盈也离开了。拉门离去时,她头也没回。

我知道她肯定听到了我和母亲的对话。

六

狂欢暂时在南方的雨季退却。雨水不分昼夜,一场接着一场。日子变得索然无趣。那些寂寥的时光,仿佛连阴郁也不甘寂寞,在夜晚戴上滑稽的面具偷偷发笑。我从那个长长的梦里醒来,窗外已经放晴,天空干净得让人心慌。梦中模糊不清倏然而逝的事物,此时只留下了微弱的声音和呼吸。

这时节,盛放灼灼的夹竹桃开满了公园,熙攘的人群擦肩而过时弥留的气息混在一起,使这个城市瞬间迷蒙燥闷。那只与我一样嗜睡的猫咪此时从书房悄然走出,打了一个舒服的哈欠,之后轻捷地跳上沙发,冲着我乖巧地叫了一声。

我忽然很想去抱抱它。

母亲将那只毛发油亮的黑猫送来那日,我在楼下的小店喝了酒,怅然的醉意使我感到茫然无比。母亲放下那只黑猫,咳了一阵。

"你知不知道,左岚下个月就要嫁人了。"母亲看上去有些失落,惋惜道,"这么好的姑娘……"

我抬起脸看着她,淡然一笑。

我没有告诉母亲,其实杜伊不久前的一天曾约我在一家茶馆见过面。那个星隐月没的夜晚,她坐在我对面一声不响地望着我,眼瞳纤弱柔软的光芒带着一丝难以释然的惆怅。我不否认对于那样的单独相处,我已期待多年,而且那期待已久的想象背后在成年之后还存有难以启齿的渴望。可那一刻当我真正面对她时,属于童年时的温暖和美好再一次占了上风。我只能回到最初的时光,在她关切疼爱的眼神里寻找我仿佛早已在风中丢失殆尽的记忆。

虽然我不愿凭借记忆将杜伊年轻时的样貌在此极力渲染一番,但那时她的确很是漂亮,双腿修长,腰柔臀肥,眉弯鼻挺,唯一不足的大概是她圆润的面孔下没有一对俏立的乳房。我相信若是祖母在她生下左岚后还活着,一定会对她这一缺陷进行一番无休止的嘲讽,甚至还会当面指责她根本没有足够的奶水将孩子喂养长大。

然而,漫长的沉默之后,杜伊只轻声说了句:"孩子……"

我已猜出了她的意思。

事实上,那晚杜伊并没有如我所想,摆出一副长者的模样,语重心长或苦口婆心地对我进行劝导,甚至从头到尾她都没有提到左岚对我是何其用心。在客人寥落暖黄色灯光游离的茶馆里,她只静静地给我讲了一个故事。故事里,那个稚嫩的小女孩总爱跟在邻家小哥的身后,操着稚嫩的声音问:"哥哥,哥哥,等我长大了,我给你当老婆好吗?"

杜伊说她很是怀念那时候的我们。

整理衣衫准备离去前,杜伊说不知道为什么,这么多年她总是觉得我是她的儿子。

"昨晚上吃了饭,她还到家里坐了坐,说是想跟我说说话。"母亲又说道,"也不知道那孩子昨晚上是怎么了,话特多,杜伊喊了她两回也不愿回去睡。"犹疑间,母亲似又想起了什么,说,"临走的时候,她说她在街上碰到了一个以前的女同事,那人告诉她,说公司的一个女老板刚被公安局的人抓了,说是那个女人跟她的情人合谋杀了自己的丈夫,尸体还没找到呢。怪吓人的。"

惊叹之余,母亲还告诉我,说左岚当初去那家公司面试还是我陪着去的。

说不上为什么,就在那一刻,我突然觉得一切不真实起来,脑海瞬即闪过乔盈洁白的面孔。

昔日的室友来电邀我参加同学聚会,我正在整理书房。那些堆积一地的凌乱书籍被分类塞进书柜后,终于回到了它们该去的地方。可挂断电话,我却突然记不起那些同窗四年任何一个室友的面目。记忆,像田野刈割后的荒凉,在稻草人守望的孤夜越发混沌不清。我站在窗前竭力回想,只在他们游弋的影迹里寻到一阵狂傲不羁的笑声。或许就在那无可辨识的笑声里,他们像我一样,早已开始衰老,娶妻生子不过生命放纵后饱含敬意的归返。然而我懂得,他们的幸福至少远胜于我。

  再次想起乔盈和杜伊时,夜色涌来。那只黑猫不知何时来到我身边,正用它毛茸茸的耳朵轻摩我的裤边。我知道是饥饿唤醒了它温柔的一面。然而,谁能在这夜色里将我唤醒呢?

  换了鞋,准备下楼去买食物,门外响起一阵敲门声。

  开了门,两个衣冠整齐神采奕奕的警察站在门外。之后,他们亮出了证件。